北斗の邦へ翔べ

谷津矢車

角川春樹事務所

◆目次

装画／立原圭子
装幀／五十嵐徹（芦澤泰偉事務所）

北斗の邦へ翔べ

序　文化十年

絶え間のない北辺勘察加《カムチャツカ》の波音が、桟橋に立つ嘉兵衛《かへえ》の横面を叩《たた》く。

晴れがましい青空の下、海鳥が風に舞い、脳天気に恋歌を口ずさんでいる。

嘉兵衛は海から目を離した。

桟橋の前、船を見送る人々の最前に、一人の女が立っている。

膝《ひざ》ほどの長さの瑠璃《るり》色の服に赤の広裾袴《ひろすそばかま》が大柄な身体《からだ》によく映える。赤い組紐《くみひも》の細い鉢巻きを長い黒髪の上に巻き、飾り羽根をあしらうその装束は、女の出自、イテリメンの民の衣装だという。寒冷で雪深い勘察加の地に生きるイテリメンの民は、女でも袴を穿《は》き、色とりどりの装束で己を着飾る。侍《はべ》らせる際、これらの着用を許したのは、あまりに女に似合っていたからだった。

女の袴の裾は、この日も緩やかな風に揺れていた。

その女は、人目を憚《はばか》らずしゃくり上げていた。

嘉兵衛は万力で胸を締め付けられる思いがした。

この女は、いつだって陽気だった。元々歌妓《かぎ》であったから踊りや楽器はお手のもので、三角形の胴をした三味線《しゃみせん》のような楽器――バラライカというらしい――を好んで弾いた。この楽器の音色は、孤狼《ころう》の遠吠《とおぼ》えに似た気高さと、その奥に秘めたる哀《かな》しみが居並んでいた。あの楽器の音色こそがこの女の本心を映していたのかもしれぬ――、別れの今となって、嘉兵衛は女の真の姿にようやく思いが至った気がした。

嘉兵衛は女の前に立った。

「連れて行って、くださらぬのですね」

流麗な大和《やまと》言葉で女は問う。嘉兵衛の為《ため》に覚えた言葉で、女は嘉兵衛を責める。

すまぬ、と嘉兵衛は応じた。

「お前を連れて帰っては、我が国の法に障るのだ」

嘉兵衛の国――日本は、海禁政策を採っている。勘察加の人間が日本の土を踏むことはできない。

嘉兵衛は海風に揺れる女の真《ま》っ直《す》ぐな黒髪を撫《な》でた。この黒染めの絹のごとき髪を嘉兵衛は愛した。だが、もう二度と触れることは叶《かな》わない。

「泣かんでおくれ。そなたは若い、これからまたよい男が現われる。わしのことなど忘れて生きておくれ」

慰めの言葉を掛けると、女は太い眉《まゆ》を吊《つ》り上げ、気色ばんだ。

「何を仰《おつしや》るのです。わたしにとっては旦那《だんな》様がただ一人のお方でございます。それに」

女は泣くのをやめ、己の腹を撫でた。

「この腹には、旦那様のお子がおるのです」

「まことか」

女は、目を伏せ、控えめに頷《うなず》いた。

「わしの、子か」

「誓っても」

この期に及んでも嬉《うれ》しさが勝《まさ》ってしまうのは、男親の身勝手だろうか。情けない感傷が嘉兵衛の胸に去来する。

「そうか。わしに、子か」

胸が温まるのに従い、女と子との生活の幻景が眼前に立ち現われた。雪の降りしきる島の平地、竪穴《たてあな》を掘って作った住居の中、瑠璃色の服を身に纏《まと》う小さな子を抱き上げる己と、その横で穏やかに笑う女の姿がある。そこには、幸せな家族の姿があった。

だが、そんなささやかな幸せを捨てると決めたのは、己だ。嘉兵衛はあり得たかもしれぬ未来《さき》を未練ごと追い出した。

「ここで暮らすことも、お前を連れて帰ることも叶わぬ。だが――」

嘉兵衛は懐《ふところ》から取り出したものを、絹のような女の髪に挿した。

金色の牡丹《ぼたん》の花があしらわれた飾り櫛《ぐし》だった。商いの目玉にと船に積んでいたもので、これ一つで小さな国一つ買える値がつく。異国との交易のために日本各地の職人をかき集め、腕によりをかけ作らせた。

「海禁が解けたら、これを持って会いに来い。何百年隔てておっても、子孫が必ず報いる」

女は涙の跡を頰《ほお》に残したまま、首を横に振った。その度に、頭や首の紐飾りが揺れた。

「先の約束など存じませぬ。わたしはただ、旦那様と一緒にいとうございます。それだけでございましたのに」

「できぬのだ、察してくれ」

「ならば――、わたしは、旦那様に呪《のろ》いをおかけします」

女は腹を撫でると、涙の跡が残る目を細め、陶然と微笑《ほほえ》んだ。その顔は、恐ろしく冷たく、綺《き》麗《れい》だった。それまで、この女に親しみこそ覚えていたが、美しいと思ったことはなかった。それだけに、空恐ろしさが胸に迫り来た。

「わたしの真名は、旦那様の国の言葉に直すなら、吹雪《ふぶき》でございます。腹の子にも雪にちなんだ名をつけ、この子の一族が続くなら、雪にまつわる名をつけるのを定めといたします。さすれば、冬の訪れの度、必ず旦那様はわたしとこの子のことを思い出すことでしょう」

雪を目にする度に胸に去来するのは、棘《とげ》のように刺さり続ける罪の鈍痛なのだろうか、それとも、女と子への思慕なのだろうか。そんなあてどのない問いを自らに課しつつ、嘉兵衛は女の名を呼んだ。日本の言葉で吹雪を意味する名を持つ女は、南の空を見遣《みや》り、長い髪を手で梳《す》きながら、南から吹き渡る海風に身を晒《さら》していた。

第一章　明治元年十一月　伸輔《のぶすけ》の章

肩にかかる粉雪を手で払うと、一陣の風が伸輔《のぶすけ》の首元をすり抜けた。

辺りは薄暗い。裏路地の隅には庇《ひさし》からずり落ちた雪が溜《た》まり、山を成《な》している。凍った水たまりを覗《のぞ》き込むと、己の青白い顔が映っていた。月代《さかやき》が伸びて総髪のようになった頭にも、もう慣れた。

胸に手を当て、動悸《どうき》を抑えながら、伸輔は海岸通りに目をやった。

廻船《かいせん》問屋や呉服屋が軒を連ねる海岸通りは箱館《はこだて》の目抜き通りだが、夜となると人影は途端に少なくなる。この日は冷え込んだこともあって外を出歩く者はなく、道にはうっすら雪が積もっているる。そんな真っ白な道の上に、足跡を遺《のこ》すようにして歩く二人組の男の姿があった。金色釦《ボタン》の目立つ筒袖《つつそで》上衣に細身の山袴《やまばかま》姿で、腰に大小を帯びる二人の左肩には短冊型の袖章《そでしよう》が翻《ひるがえ》っている。

寒い寒い、と言い合いながら、腕を組み、白い息を吐いている。

榎本《えのもと》軍の兵士だ。

行かねばならぬ。わかってはいるが、足が言うことを聞かない。

男たちが間近に迫ったその時、隣で息を潜《ひそ》めていた三平《さんぺい》がしびれを切らした。刀を抜いて表に飛び出し、男たちに立ちはだかった。

「義により参上、覚悟しろ」

榎本軍の兵士たちは目を剝《む》いて、身構えた。だが、刀の柄《つか》に手をかけただけで抜いておらず、腰も引けていた。

三平が間髪を容《い》れずに横薙《よこな》ぎを払うと、榎本軍の兵士は雪でぬかるんだ地面に尻餅《しりもち》をついた。後ろから二人に近づき、金目のものを奪うのが伸輔の役目だった。だが、この期に及んでも、足がすくんで動かない。震える手で太腿《ふともも》を叩《たた》いても震えが大きくなるばかりだった。

覆面から覗く目を伸輔に向けた三平は諦《あきら》めたように首を振り、榎本軍の男たちの腰から刀を鞘《さや》ごと抜き取ると、闇《やみ》の中に逃げた。

兵士の間抜けた怒声を浴びつつ、伸輔も逃げた。前に踏み出せぬのに、背を向けることはできるのか。そんな自嘲《じちょう》が頭の中に響く。

ぬかるむ路地の水たまりを踏んだ。折から降る雪も次第に強まり、辺りを真っ白に染め上げる。海岸通りから延びる坂道を登り、かねてより落ち合い場所に決めていた十字路に至った。雪に半ば埋もれた地蔵の前でしばし待っていると、三平が暗がりから駆け寄ってきた。黒の着物に袴を合わせた姿の三平は既に覆面を外し、その顔を露《あら》わにしていた。

大きく剃《そ》った月代が眩《まぶ》しく、四角く男ぶりのいい顔立ちは、「幼い」と朋輩《ほうばい》に小馬鹿にされる伸輔とは比べものにならぬほど凜々《りり》しい。いつも通り自信に満ちたその顔は、口の端に苛立《いらだ》ちを滲《にじ》ませていた。

「仲輔、今日も駄目だったな」

「ご、ごめん」

三平が標的を脅し、仲輔が金目の物を奪う。その取り決めは、一度として守られていなかった。毎回仲輔が怖じ気《おけ》づき、その度に三平に尻拭《しりぬぐ》いしてもらっている。

仲輔は己の細く頼りない手足と三平の体を見比べた。仲輔と同い年、今年十五の三平の肉付きは、大人のそれと見まごうほどに大きく、たくましい。

三平は深く息をついた。

「——まあいい。お前は昔からそうだったからな」

己の臆病《おくびょう》な性分に嫌気が差して顔を伏せた。そんな仲輔の肩を、三平が強く叩いた。

「今は怖いかもしれないが、勇気を出してやってみればなんてことない。要は踏ん切りだ」

三平は竹を割ったような性格をしている。それだけに、というべきか、仲輔とはほんの少し、だがかなり根深く物事の捉《とら》え方に違いがあって、その違いを突きつけられる度、仲輔の中にもやもやが広がる。

子供の頃《ころ》から、仲輔はうすのろ侍と馬鹿にされて育った。寝小便も十になるまで収まらなかった。体が小作りで線も細く、剣や馬、弓の修練にも身が入らない。かといって、頭脳明晰《めいせき》な連中ほどに学問ができるでもない。一方の三平は藩校でも出色の英才だった。文事の成績も抜群で、剣の稽古《けいこ》でも負けなし。しかし本人はそんな己の才をひけらかすことなく、あくまで親切に人に接した。そのせいか、三平の周りにはいつも人がいた。

よりによって二人の親が同僚で、三平の器量と引き比べられることも多かった。三平が褒められる度にねじけにねじけ、気づけば卑屈な十五歳になっていた。

あてどなく心中で劣等感に苛《さいな》まれる仲輔をよそに、三平はそっぽを向いた。

「行くか」

三平に促されて、仲輔は坂を駆け上がり、帰途についた。

口から白い息を吐きつつ振り返ると、雪景色の向こうに、弓なりを描く港と澪標《みおじるし》、湾内を行き交う和船の漁《いさ》り火《び》が見えた。その姿はまるで、天の星々を鏡映しにしたかのようだった。

ここは蝦夷地《えぞち》、箱館である。

津軽《つがる》海峡に向かって南に張り出したこの半島が形づくる港は古来「巴港《ともえ》」と呼ばれていたという。本州の側から眺めると右手に丸、左手に尾を引く姿が、巴を連想させたのだろう。この日も「巴港」はその姿を真っ暗な海の上に浮かび上がらせていた。

いつもは奪ったものを質屋に入れてから塒《ねぐら》に戻るのだが、今夜はあまりに寒く、そのまま帰途についた。

仲輔たちの長屋は箱館山の中腹、神明町《しんめいちょう》と呼ばれる一角にある。二人して戦果の刀を抱えて裏長屋へ続く辻《つじ》を曲がると、裏長屋の路地へと続く門前に、一人の男が立っていた。

その男は袖口のすり切れた黒の木綿着物に黒い山袴を合わせ、黒の首巻きを風に翻し、蓑《みの》を纏《まと》い、頭には笠《かさ》を被《かぶ》っていた。そんな格好のせいで、顔立ちを窺《うかが》い知ることはできない。わずかに笠の縁《へり》から見える口角は上がり、歪《ゆが》んでいる。

三平は刀の柄に手をやった。

「何者だ」

三平の上ずった誰何《すいか》を、男は黙殺した。

「誰《だれ》だ、お前は」

三平はそれでも重ねて問うた。まるで、子犬が吠《ほ》えるようだった。

ややあって、男は口を開いた。

「お前たち、〝黒兎《くろうさぎ》〟か」

三平の言葉に応じぬばかりか、問いに問いを被せた男は、蓑から腕を出し、顎《あご》に手をやった。

仲輔たちを値踏みするかのような仕草だった。

――なんだ、こいつは。

仲輔が困惑に囚《とら》われ棒立ちになる横で、三平が飛び出した。

三平は先に兵士から奪った刀を抜き払い、一気に目の前の男に切りかかった。

だが――。

男は三平の一撃から刃先が届く刹那《せつな》の間に、ふわりと距離を置いた。

三平の一撃を躱《かわ》した？　信じられなかった。三平のやっとうは藩校随一だった。この日の三平の太刀筋も、冴《さ》えに冴えていた。傍《はた》で見ている仲輔ですら目で追いきれぬのだから、対峙《たいじ》しているあの男からは一瞬の閃光《せんこう》にしか見えまい。にも拘《かか》わらず、男はその太刀筋を一振りで見切った。

三平は舌を打ってなおも刀を振り回す。だが、男は顎に手をやったまま避《よ》け続け、口を開いた。

まるで、世間話でもするような口調だった。

「お前たちのことは噂《うわさ》になっている。榎本軍の兵士を狙《ねら》って金目のものを掠《かす》め取る義賊がいるとな」

裂帛《れっぱく》の気合いと共に歯軋《はぎし》りをした三平は突きを放った。

男は首を振って避け、伸び切った切っ先を指で摑《つか》んだ。

「だが――期待外れだ。腕が立つものと思っていたが――」

男は三平の刀をくぐり抜け、腕を伸ばした。その手に握る小刀が三平の首筋を捉え、刀身が光る。

「あまり火遊びするな。返り討ちに遭《あ》う前に、箱館から離れろ」

男の小刀の刃先が、三平の喉《のど》の皮にめり込んでいる。

三平は震えながらも声を発した。

「俺《おれ》たちには、これしかない」

絶叫と共に、三平は手元に引き戻した刀を切り上げた。奇襲じみた一撃は、男の笠の縁を捉えた。

菅《すげ》の屑《くず》が雪と混じって宙を舞う。

ひゅう、と口笛を吹くと、男は破れ笠を捨てた。

笠がくるくると宙を舞い、年の頃三十ほどの総髪の男の顔が露わになった。四角い顔の輪郭、全体に小作りな顔の造作は儒者や医者の類《たぐい》を思わせたが、恐ろしく鋭い眼光が、印象のすべてをねじ曲げている。

「ま、おまけで合格というところか」

男の言葉には、先ほどまでみなぎっていた殺気が失《う》せていた。三平もすっかり毒気を抜かれ、刀の切っ先を呆然《ぼうぜん》と下げた。

男は己の顎を撫でた。

「〝黒兎〟。お前たち、酒は飲めるか」

二人して小さく頷《うなず》くと、男は上々、と言った。

「なら、酒でも引っかけて話をしよう。ここは寒い。安心しろ、おごる」

男はむすりとしたまま、踵《きびす》を返した。


箱館山の中腹にある神明宮、その門前町は夜だというのに喧噪《けんそう》に満ち溢《あふ》れていた。この界隈《かいわい》は貧乏人の塒が多く、早い安いが売りの、鰻《うなぎ》の寝床のような飲み屋や飯屋が軒を連ねている。男が足を踏み入れたのもそんな居酒屋の一つで、「津軽屋《つがるや》」の看板が掛かっていた。暖《の》簾《れん》をくぐるとこんもりとした熱気が伸輔たちを迎えた。幅一間（約一・八メートル）もない細長い座敷が屏風《びょうぶ》で細かく区切られ、顔を真っ赤にした漁師や船乗りや人足たちが口から泡を飛ばしつつ酒を呷《あお》っている。適当に酒と肴《さかな》を頼んで奥の座敷に腰を下ろした男と差し向かいに伸輔たちも座った。

蓑を脱ぎ去り、がっちりとした体格を晒《さら》した男は、村山次郎《むらやまじろう》と名乗った。

「お尋ね者だ」

伸輔は耳を疑った。深刻な告白と、暢気《のんき》な口ぶりが噛《か》み合っていない。

村山次郎は冗談のような態度を崩すことはなかった。

「俺の首を榎本軍に引き渡せば、小遣い稼ぎにはなるぞ」

店の者が盆を運んできた。村山は猪口《ちょこ》を並べ、銚子の注《つ》ぎ口を伸輔たちに向けた。

村山は顎をしゃくって猪口を二人に握らせ、左手で酒を注いだ。

手酌で自らの猪口を満たした村山は、その猪口を左手で取って伸輔たちの猪口に軽くぶつけた。

ちん、と、陶器のぶつかる高い音が響く。

「さあ、呑《の》もうか」

村山の言葉には有無を言わさぬ力があった。敵か味方かもわからぬ相手の勧めに従ってよいものか逡巡《しゅんじゅん》はあったが、ままよ、とばかりに伸輔は猪口を呷った。熱いものが喉から腹に駆け巡っていく。これまで、まともに酒を飲んだことがなかった。横に目を向けると、猪口を呷った三平が何度も目を白黒させている。三平もまた、初めての経験だったのだろう。

そんな伸輔たちを眺めていた村山は、何が楽しいのか、口角を上げた。

「まずは俺のことから話そう。俺は蝦夷地《こご》の人間じゃない。薩長《さっちょう》政府の役人で、御一新に伴ってやって来た人間だ」

御一新——、榎本——。奥底に沈んでいた澱《おり》が浮かび、心が濁った。

今年、慶応《けいおう》四（一八六八）年は、激動の年となった。

慶応三（一八六七）年十月の大政奉還の後、矢継ぎ早に出された王政復古の大号令を経て、今年の正月、徳川《とくがわ》と薩長政府との大戦が京で勃発《ぼっぱつ》、日本全体に激震が走った。

この激震は、伸輔と三平の故郷、蝦夷松前《まつまえ》をも揺るがした。

徳川が恭順を決めた後の慶応四年五月、徳川の蝦夷地支配の出先機関、箱館奉行所が薩長政府に組み込まれ、箱館府と改められた。この際、混乱は殆《ほと》んどなかった。遅滞なく薩長政府に従うようにと徳川家が箱館奉行所に申し伝えたがゆえである。

蝦夷地は大過なく薩長政府の勢力域になるはずだったのだが――。

くいと酒を呷った村山は、力任せに猪口を床に置いた。

「榎本のせいで、蝦夷地は大変なことになった。お前らも当然知っているな」

榎本釜次郎《かまじろう》という幕臣がいる。徳川家きっての軍艦通にして徳川家海軍の総覧者であり、恭順反対の旗頭だった。

徳川家は江戸城無血開城時点ですら、独力で他藩の連合軍を相手にできるだけの海軍力を保有していた。この国内最強の海軍を巡る協議は薩長政府との間で紛糾、徳川家の保有軍艦の半分を薩長政府に引き渡すという条件で妥結がなされた。

榎本はこれを不服とし、軍艦を多数率いて江戸の内海を脱出、薩長政府と反目していた奥羽越《おううえつ》列藩同盟の元に参じ、同盟が破綻した後には蝦夷地へと向かった。薩長政府との対決を望む幕臣や諸藩の隊を吸収し三千あまりの一団となった榎本軍は、明治《めいじ》元（一八六八）年十月、本州に張り出すように延びる蝦夷渡島《おしま》半島の東、鷲ノ木《わしのき》に上陸するや破竹の勢いで海沿いを西に回って箱館を占領、続いて松前に進軍を開始した。

喧噪溢れる飲み屋の中で、村山は不機嫌そうに声を潜めた。

「榎本たちもひどかったが、箱館府の上の連中の醜悪さは笑い草だ。榎本軍が攻め上がってきた時、あいつらはどうしたと思う？　下っ端に戦を押しつけておきながら、逃げたんだ、一戦もすることなく。そんな無責任なことがあるか。密偵の俺でさえ、鉄砲担いで戦ったのにだ」

村山は息をつき、天井を見上げた。

「本州に逃げることもできたのだが、あえてここに残った。俺にも意地があるのでな」

村山は手酌してすぐ酒を呷り、続けた。

「箱館は榎本軍の手に落ちた。不法な占拠だ。必ず薩長政府は奪還に動く。俺はその日に備えて〝遊軍隊〟を作った。薩長政府と連携して、箱館奪還の地均《じなら》しをするのが役目だ」

村山は猪口に酒を注ぎ、芋の煮転がしを丸呑みにした後、酒をちびちびと飲んだ。

「さて、俺の話はこれで仕舞いだ。次は、お前らの話を聞きたい、お前、名前は」

「松前家中、黒木《くろき》三平。こっちは春山《はるやま》伸輔」

三平が姓名を名乗ると、村山は、へえ、と唸《うな》った。

「松前の武家か。道理で金の匂《にお》いがするわけだ」

どういうことだ、と三平が声を尖《とが》らせると、村山は伸輔と三平の横に鎮座する佩刀《はいとう》を一瞥《いちべつ》した。

「松前の侍衆は内福で有名だからな」

伸輔の差料《さしりょう》は螺鈿《らでん》細工の上に漆塗《うるしぬ》りされた豪華なもので、三平のそれは金粉が市松《いちまつ》模様に散らされた蒔絵《まきえ》細工で彩られている。

他家中のことは知らない。だが、江戸帰りの者たちが、一様に他家中の侍の質素ななりについてこき下ろしていたことを伸輔はふと思い出した。

三平は首を横に振る。

「詳しいことはわからない。家のことは父上がなさっていた。だが、場所請負のおかげで裕福であったのは事実だ」

松前では米が育たないため、知行されたアイノとの交易権を御用商人に預けて利の一部を受け取り、松前藩士は暮らしを立てている。この仕組みを場所請負という。

「お前たちの父上はどんなお役目だったのだ。それとも無役か」

猪口を呷った三平に代わり、伸輔が口を開いた。

「三平と某《それがし》の父は、松前の目付見習いでした」

「だった、か。それは大変だったな」

この男は松前の事情を知っているのか――。伸輔は身構えた。

曰《いわ》くありげに、村山は口角を上げた。

「密偵だと言っただろう。当然、松前のことも調べている。御家騒動があったそうだな」

春山家は家格こそ高くはなかったが、学問好きだった祖父の代から栄達が始まり、伸輔の父は家中の勘定方に登用、働きが認められて目付見習いに抜擢《ばってき》された。目付は藩士の監督を職掌とし、後にはさらなる累進が約束された花形のお役目である。黒木家は、春山家と鏡合わせのような家だった。やはり、祖父の代から勘定方で頭角を現し、父の代で出世、目付見習いに抜擢された。もしも世が凪《な》いでいたなら、平穏な暮らしが待っていたのだろう。もはやあり得ないもしもが頭を掠《かす》め、伸輔は気が塞《ふさ》いだ。

慶応四年、松前で政変が起こった。

松前では家老による合議制が敷かれ、下士の不満が抑え込まれていた。だが、時代の風雲が、家中の均衡を崩した。慶応四年七月、下士を中心にした正議《しょうぎ》隊が結成され蜂起《ほうき》、それまで藩政を担っていた者たちは吊《つる》し上げられ、切腹、蟄居《ちっきょ》や閉門に追い込まれた。

そうして断罪された中に、目付見習いだった伸輔と三平の父がいた。

「父は、決して下士を弾圧していたわけではありませんでした。でも――」

「見習いとはいえ目付、家中の締め付けが役目である以上、憎まれ役の筆頭、か」

二人の父の不幸はそれだけではなかった。

上役――二人の父を引き上げていた御仁――が裏切った。

正議隊への締め付けは、黒木と春山が功に逸《はや》ってやったこと、某は与《あずか》り知らぬ。

取り調べの際、上役はそう言い放ったという。

二人の父は一切の申し開きもせず、従容と松前城下の屋敷に蟄居した。切腹をさせようという意見もあったというが、辛くも免れた格好であったらしい。鏡合わせのような二家は、同じく家《か》禄《ろく》を停止され、息子の登城や藩校への通学も差し控えとなった。

「で、それから、どうなった」

促されたものの、三平が間に入った。

「なんであんたにそこまで説明しなくちゃ――」

「今の状況、わかっているか」

村山は居酒屋に入ってからずっと、左手だけしか使っていない。その間、ずっと右手は懐《ふところ》に入ったままだった。

今、自分たちが危うい所に身を置いていることに、伸輔はようやく気づいた。

ぶるりと身を震わせる伸輔に代わり、三平が固い声を発した。

「榎本軍が蝦夷地にやってきたとき、家中から命令が下された。箱館に赴き、榎本軍の抑えとなれと。もし軍功を挙げれば、父の蟄居を解き、家禄を復活するという話つきで」

「なるほど、それで、箱館まで」

明治元年十月、伸輔と三平に、藩命が下された。

箱館東関門守備隊の増援部隊に加わるべし。

当時、榎本軍は蝦夷地の鷲ノ木に上陸、松前を目指して海岸沿いを進軍していた。前線に出される、そう察した。だが、結局東関門に配属されることはなかった。予想外に榎本軍の進軍が速く、伸輔たちが箱館に到着した頃には、既に辺りは榎本軍に制圧されていた。

「それで、俺たちの属していた隊は、方針が変わって、後方攪乱《かくらん》任務に就くことになった」

箱館の裏路地に潜み、榎本軍の兵隊に斬《き》りかかる。それが伸輔たちに課された役目だった。だが、三日も経《た》たぬうちに隊士の多くは捕まるか逃げるかし、隊長格だった正議隊士も逐電した。

箱館に取り残された伸輔は途方に暮れた。逃げ帰ろうと思い悩んだのも一度や二度ではない。

そんな伸輔を奮起させたのが、共に箱館にやってきていた三平だった。

『もし逃げたら、父上をお助けすることも、家を守り立てることもできぬ』

その時、父の言葉が、伸輔の耳朶《じだ》に蘇《よみがえ》った。

『伸輔、武士とは、家のために尽くすものだ』

伸輔からすれば、家の重みだの、松前家中の武士だのといった訓告は、あまりに漠とした概念に過ぎなかった。

父がいて、母がいて、己がいる、その手触りだけが、伸輔にとっての現実だった。

肉親への思慕が碇《いかり》となり、伸輔を箱館に縛りつけている。

話を一通り聞いた村山は鼻を鳴らした。

「そんなに、武家の身分が大事か」

三平が然《しか》りと頷く前で猪口を手に取った村山は、座を見渡した。

「榎本軍は旧徳川軍の中でも特に腕っこきの集まりだ。三千くらいしかいないが、それでも負け知らずなのは、あいつらが強いからだ。生まれ持った運の良さを誇るといい」

「なんだと――」

「それが証拠に、俺の仲間は何人も榎本軍に斬られている」

伸輔の背に冷たいものが走った。

「その顔、ようやく己の拠《よ》って立つ処《ところ》の危うさに気づいたようだな」村山は伸輔の顔を覗き込んだ後、硬い表情を浮かべる三平に向いた。「――これから、お前、どうする」

問われる格好になった三平は、固い表情のまま、答える。

「役目をかなぐり捨てるわけにはいかない」

「松前に帰参するため、か」

「父と母のため、ひいては黒木家のためだ」

しばらく三平の顔を覗き込んでいた村山は、手酌した後、猪口をまた呷った。そして、酒臭い息を伸輔に吹きかけた。

「忠義、忠孝は綺麗《きれい》な旗印だが、それゆえに、重いぞ」

「忠告一つで翻意できるなら、今頃松前に逃げ帰ってる」

村山は、苦々しげに後ろ頭を掻《か》いた。

「お前たちが松前に帰ると言うなら放《ほう》っておくつもりだったんだが、死ぬのが目に見えている奴《やつ》らを見殺しにするのは、寝覚めが悪い」

「な――」

「行き当たりばったりにやっていると、本当に死ぬぞ。運上所近くの高札場に首が晒されても面白くなかろう」

数段低くなった村山の声に圧《お》され、三平は息を呑んだ。

村山が怪しげな笑みを浮かべ手を打つと、辺りに漂っていた剣呑《けんのん》な気配が消え去った。それを見越したかのようにずいと身を寄せ、朗らかに言葉を放った。

「そこで、だ。俺の仲間に加わる気はないか。遊軍隊《俺たち》は、榎本軍の敵だ。松前も榎本軍の敵。敵の敵は味方だ」

村山の言うことは正しいのだろうが、遊軍隊を信じていいのか。目の前の男を信じていいのか。そんな疑問が伸輔の頭上で堂々巡りしている。

三平も伸輔と同じだったらしい。問いを発した。

「なんであんた、俺たちを引き入れようとするんだ。怪しいと思わないのか」

「思わんな。これでも、人の上に立つ人間だから鼻は利く。お前たちみたいなお武家育ちは、嘘《うそ》をつくのが苦手だし、育ちがいいから真面目《まじめ》に働く」

世間知らずと言われた格好だが、ぐうの音も出ない。

何も言えずにいる伸輔たちの前で、白い歯を見せて村山は笑う。

「強いて言えば、行ないだな。お前たちの噂はよく聞いていた。榎本軍を狙うその手口から見て、榎本軍に恨みのある奴らの仕業だってことは察しがついていた。腕が立たないのは予想外だが――、二人きりになっても役目を果たそうというその根性、買ってやってもいい」

父の蟄居を解くには功を挙げるのが早道、しかし二人では心許《こころもと》ない。ならば遊軍隊に合流し、そこで挙げた成果を功にすり替えた方が早い、そんな算盤《そろばん》勘定が頭を掠めた。長いものに巻かれてやっていく。それが、人の輪の中で埋もれがちだった伸輔が十四年あまりの人生で培った処世術だった。

伸輔は己の思いを口にしようとしたが、三平が先に言葉を放った。

「あんたに加わる。黒木家復権のためだ」

口角を上げた村山は銚子を取り上げて、空になっていた三平の猪口に酒を注いだ。

「思い切りのいい奴は、嫌いじゃない。お前はどうする」

三平に機先を制される格好になっていた仲輔も慌てて頷いた。

どうしたらいいのか判断がつかない。そういうとき、仲輔は三平についていくことで解決していた。結局、このときも、その習いに従っただけのことだった。

村山は手を叩いた。

「よし、固めの杯といこうか」

仲輔と三平、村山の三人は、同時に猪口を呷った。

仲輔が飲み下した酒は、どうしたわけか味気がなかった。

かくして明治元年十一月半ば、仲輔たちは遊軍隊に加わった。


「お前たちの働き場を紹介してやろう」

居酒屋を出た直後、村山に案内され、箱館市街の南西にある河岸町へと向かった。

河岸町坂上には箱館最大の遊里、山之上町《やまのうえちょう》がある。異国人向けの三階建て妓楼《ぎろう》、御休息所の灯りに照らされた河岸町界隈は、少し歩いただけでも堅気の気配がしなかった。牡蠣殻《かきがら》葺きの庇の下、溝《どぶ》の蓋《ふた》は破れ、蹴破《けやぶ》られた戸が並ぶ長屋の裏路地を暫《しばら》く進むと、村山はある長屋の戸の前で足を止めた。

村山が無造作に戸を開くと、部屋の中に提灯《ちょうちん》の光が差し込んだ。

いかにも男所帯といった風な光景が広がっていた。衣紋《えもんか》掛けに掛かった着物がいくつも壁からぶら下がり、部屋の隅には乱雑に布団が折り重ねられている。隅に埃《ほこり》が溜《た》まり、男所帯特有の饐《す》えた臭いに包まれる、そんな部屋の只中《ただなか》に文机《ふづくえ》の上の帳面とにらめっこしている男の姿があった。

文机の男は、眉間《みけん》に皺《しわ》を溜めて顔を上げた。

「おや隊長、こんな時分にいかがなさったのですか」

「手の者が欲しいと言っていただろう。連れてきた。三平に伸輔。腕は立たないが、使い走りくらいにはなるだろう」

その男は帳面を閉じ、伸輔の前に立った。暗がりのせいでそれまで判然としなかったが、年の頃は三十と少しくらいだろうか。顔に苦労の皺が刻まれていた。

「初めまして。私は遊軍隊の小隊長で、藤井民部《ふじいみんぶ》という」

そう名乗った藤井は、帳面を見下ろす時とは打って変わり、柔らかく微笑《ほほえ》んだ。

村山は伸輔たちを一瞥し、藤井を顎でしゃくった。

「藤井は俺の相棒だ。元々は箱館府の役人で、そのせいで榎本軍に捕まっていたんだが――。仕事ができるんでね。脱獄させて遊軍隊に引っ張った」

民部は付け加えた。

「これでも薩長政府の役人で、箱館府の役人として蝦夷地《こ　こ》に来たんだ。よろしく」

伸輔たちは、控えめな笑みを浮かべる小隊長、藤井民部の下についた。

早速、波乱があった。

袴、刀を着用せぬよう、村山から命じられた。「そんな姿では変に目立つ」というのが村山の弁だった。伸輔は渋々従い、隠れ家の長持に収めたものの、足元の冷え、左腰の浮ついた感覚にはなかなか慣れなかった。三平は武士の沽券《こけん》に関わると拒否したが例外は許されず、三平も無理矢理着流し姿にさせられた。

伸輔たちに任された役目は、刷り物撒《ま》きだった。

藤井民部小隊は、箱館町民への浸透、資金集めをその仕事としており、伸輔たちはその片方に携わった格好になる。

刷り物撒きとは――。榎本軍の非道を糾《ただ》し、薩長政府の正義を唱える刷り物を町中の塀に貼《は》り付け、町人に配る任務だ。なんの意味があるのかと問われても、伸輔には答えようがない。そもそも、町の人々は関わり合いを嫌って刷り物に目を向けることすらしない。だが「こういう仕事は、薄く広く、だが確実に効くものなんだよ」という民部の言葉を信じ、三平と共にこなした。

割合に危険な任務だった。

町は榎本軍が目を光らせている。

「もし捕まったら隠れ家の場所を吐くまで榎本軍に拷問される」

遊軍隊の先輩に脅された。

実際に見つかったことも一再ならずあった。ある時などは警邏中の榎本軍に咎《とが》められ、刷り物の束を相手に投げつけ、その隙《すき》に逃げた一幕もあった。

「こっちだ」

三平と一緒に右に左に、坂道を登ったり下ったりして箱館の町を走り回った。こんなんじゃ命がいくつあっても足りないとぼやく度、

「御家のため、主家のためだ」

と横で息を弾ませる三平に肩を叩かれた。三平のその言葉は、己に言い聞かせているようでもあった。

そんなある日のこと、民部に連れられ、蛭子町《えびすちょう》へ向かった。

蛭子町は箱館の東、箱館山と蝦夷地の陸橋にある。荒れ海の津軽海峡に面しているため港は置かれておらず岡上に南部《なんぶ》陣屋があることから武家町の匂いが強いものの、南部の侍は本国に引き揚げているゆえか、少しうら寂しい。

そんな蛭子町の一角、ある書物問屋の裏にある長屋の門をくぐった。南部の武家相手に商売をしていた小売り人や職人が暮らしているらしく、ふと見れば、町人の童が小道の真ん中で雪合戦に興じている。子供たちのはしゃぎ声を背に、民部はある部屋の前に立ち、戸を叩いた。

「あー、はいはい」

足音と共に中から一人の少女が顔を出した。

年の頃はそう仲輔と変わらない。ほっかむりをし、綿の入っていない着物を幾枚も着込んでいる。薄汚れたなりをしているが、太い眉《まゆ》、そして柴犬《しばいぬ》のように吊《つ》り上がった目、高い鼻に厚ぼったい唇、そのどれを取っても、いかにも意志の強そうな顔立ちをしていた。

「紹介しよう」民部は少女を指した。「お雪《ゆき》という。刷り物の版木を彫る、彫り師だ。今年十五だが、よい彫り師だ」

仲輔と同い年だった。

「よろしく」

お雪はにこやかに白い歯を見せた。

この女子《おなご》がですか、と呟《つぶや》く三平を前に、お雪は不機嫌な顔をした。

「女が彫り師になれないなんてことはないでしょ。少なくとも、あんたみたいな細腕に、鑿《のみ》さばきで負けるつもりはないよ」

少女の肩越しに見える長屋の中には、方二尺（約六十センチ）ほどの板材が積み上がり、ひしめきあっていた。薪《まき》というわけでもなさそうだが、建材という風でもなかった。木材と木材の間に簀《す》の子《こ》を挟み、丁寧に積み上げたその様子は、この長屋の主の仕事ぶりを雄弁に物語っている。

民部は咳払《せきばら》いして続ける。

「今後、二人にはお雪との繫《つな》ぎを頼む。私の書いた原稿をお雪に渡して、作って貰《もら》った版木を受け取って貰いたい」

お雪は仲輔に微笑んだ。悪戯《いたずら》を企《たくら》むような、そんな表情だった。

「よろしくね。ええと」

「仲輔」

「よろしく、仲輔」

有り体に言えば、伸輔はすっかりその笑顔に射止められてしまった。

胸の高鳴りが収まらず、思わず手を胸にやった。そうでもしないと、騒ぎ立つ心の臓が胸からこぼれ落ちそうだった。

思えばこれまで、女子とこんなに近いところで接したことがなかった。それだけに、伸輔は胸の高鳴りの正体を摑《つか》むことができずにいた。


十一月十五日、伸輔はこの日、地蔵町《じぞうまち》界隈で刷り物を撒いていた。

地蔵町は、お雪の住む蛭子町の北にあり、箱館湾に近いことから箱館の町の中でも特に栄えている一帯である。表通りには間口六間の大商家が居並び、建物の合間からは異国船や弁才船《べざいせん》の留まる港が見え、箱館港に突き出す人工島・築嶋《つきしま》新地や、新地と呼び習わされている埋め立て地の異国人町が広がっている。朝から降り続いていた雨が止《や》んだ隙を見計らい、裏路地に隠れるようにして、伸輔たちはこの日の仕事をこなしていた。

「飽きたな」

ぼやくように口にした伸輔は、刷毛《はけ》で糊《のり》を塗り、刷り物を裏路地の壁に貼り付けた。刷り物は少し曲がっていた。

「そう言うな、これも立派なお役目だ」

釘《くぎ》を刺す三平も、刷毛を手に持ったまままあくびした。

「お前も同じじゃないか」

「――仕方ないだろう」

二人でぶつくさ言い合いながら糊を木の壁に塗りつけていると、人々の喧噪と太鼓の音が伸輔の耳朶を揺らした。

お祭りかと思ったが、伸輔の知る祭りとは雰囲気を異にしていた。太鼓の音も音が高めで、囃子《はやし》を形作る横笛の哀愁漂う音色は聞こえてこず、代わりに勇壮で高らかな音色が旋律を彩っている。

「なんだろう」

顔を出そうとした伸輔だったが、三平に止められた。

「仕事をやってからにしろ」

「でも、気になる」

伸輔は表に飛び出した。

「お、おい」

三平の制止を聞かずに海岸通りに飛び出した。

港を望む海岸通りは黒山の人だかりになっていた。うだつの立った大店《おおだな》の建ち並ぶ道に色とりどりの万国旗が渡され、道端の人々も小さな旗を振っている。港内に浮かぶ異国船が砲を鳴らす度、辺りの板塀や戸がびりびりと震えた。いわゆる祝砲というやつだろうと一人納得した伸輔が海岸通りに目を向けると、道の真ん中に喇叭《らっぱ》兵《へい》や洋太鼓兵が軍楽を奏でつつ先頭を歩き、捧《ささ》げ銃《つつ》をした兵士たちが曇天の下を行進していた。

なんだこれは。

野次馬を捕まえて事情を聞くと、そのうちの一人が教えてくれた。

「なんでも、松前様を討伐した榎本軍が凱旋《がいせん》しておるそうで」

「えっ、松前様討伐……。松前家中はどうなったのですか」

話を聞いた旦那風の男は首を横に振って口を濁したが、何回か問うて、ようやく色々なことを教えてくれた。

松前城が落城したこと。松前家中は松前を脱出し、松前の北にある館《たて》城に立て籠《こ》もったこと。榎本軍の猛攻に耐えきれず敗北、松前の殿様をはじめとした将兵たちは、船に乗り、本州青森《あおもり》へと逃亡したこと。松前領がすべて榎本軍の手に落ちたこと——。

俄《にわか》には信じられなかった。伸輔からすれば、松前家中は天下のすべてだった。敵に攻められ主君が逃げるなど、亡国同然ではないか——。まるで、なにも目印のないだだっ広い平野に捨て置かれたような心地に襲われた。

頭が回り始めた頃には、父母の面影が脳裏に浮かんだ。

二人はどうしたろう。どこにいるのだろう。

無事だろうか、それとも——。

行列を眺めたまま、旦那風の男は続けた。

「なんでも、土方歳三《ひじかたとしぞう》という男が指揮していたそうだ。京都で人を斬りまくった新撰組《しんせんぐみ》とかいう連中の副長だったとか」

ひじかた、としぞう。

己の藩を滅ぼした男の名を胸に刻み込んだ。伸輔が考え事をしているうちに、旦那風の男はいなくなっていた。

ふと辺りを見渡すと、あることに気づいた。

最前列で小旗や手を振る者たちは笑みを顔に貼り付けていた。しかし、後ろの方にいる野次馬の中に、反感の目でもって兵のお練りを眺める者がある。風体は色々だった。商家の主《あるじ》、町娘、やくざ者、浪人――。色々な者たちが、松前藩を滅ぼした者たちを睨《にら》み付けている。

一人じゃない。そのことが、伸輔を勇気づけた。

「おい、仕事に戻るぞ」

いつの間にか表に出ていた三平に肩を叩かれ頷いた、その時だった。

二人の頭上に、影が差した。同時に三平と伸輔が顔を上げると、後ろに一人の男の姿があった。男だった。

そうとしか言いようがなかった。

紺色の着流し姿で、町人髷《まげ》を結っている。中肉中背で馬面。なのだが、そうやって顔の部品を並べても、この男の面体は一向に像を結ばない。

この男には、気配がない。相対してもなお、存在がおぼろなほどだった。

ただ、唯一ある特徴といえば――。まるで、影が歩いているかのような陰鬱《いんうつ》さが漂っていることだった。

剣呑な気配を感じ取っているのか、三平も固唾《かたず》を呑み、口を結んでいる。

遠くから人々の歓声が聞こえる中、ややあって、影そのものの如《ごと》き男が口を開いた。

「童《わっぱ》、遊軍隊の者だな」

ゆうぐん、まで聞いたところで、伸輔と三平は同時に駆け出した。あえて裏路地には逃げ込まず、人でごった返す表通りを選ぶ。この逃げ方は村山から教わっていた。体が小さいなら、いっそのこと、人混みに紛れた方が見つからない。

この日もそうだった。人混みに無理矢理肩を突き入れて進む。

かなり走ったところで振り返った。追跡の様子はない。

ほっと息をついた次の瞬間、伸輔の天地がひっくり返った。

変な声が出た。

逆転した光景の中、特徴なき男の逆さまの顔を見下ろした時、ようやく事態を把握した。

追跡された挙げ句、足を摑まれ、逆さ吊りにされた。

肉薄されていたことにさえ気づけなかった。

どうする。

考えを巡らしていると、男の手が足から外れた。

なんとか受け身を取れた。即座に立ち上がると、男が忌々《いまいま》しげに手を押さえる姿が目に入った。

足下には、小石が転がっている。

すぐ近くの裏路地から声がした。

「逃げろ」

濁った男の声だった。

仲輔は脱兎《だっと》の如く駆けた。後ろを振り返らず、坂道を一気に駆け上がり、裏路地を四方八方に走る。

いざというときのための落ち合い場所に決めていた南部坂上の十字路を裏路地から窺う。既にそこには三平が立っていた。仲輔が辺りを窺った後顔を出すと、三平は驚愕《きょうがく》の顔で仲輔を迎えた。

「無事だったのか。よかった。それにしても、よく逃げ切れたな」

「それが――助けられた」

仲輔は己の見たものを説明した。それを聞いた三平はしばらく腕を組んで唸っていた。信じられぬという風だった。

突然、仲輔の背に手が掛かった。

「おう、無事だったか」

思わず身を翻す。

後ろには、一人の男が立っていた。

年の頃は四十ほど。源氏香文《げんじこうもん》を白く染め抜いた黒羽織という目立つ格好で、腰には長脇差《ながどす》を一本閂《かんぬき》に差している。総髪に結った髪、眠たげな目に無精ひげ。すらりとした体つきに二枚歯の高下駄。絵に描《か》いたような博徒《ばくと》だった。

だが、仲輔は気づいていた。この男のだみ声は、先に石を投げて仲輔を逃がしてくれた人物のそれだった。

「あなたは――」

「ああ、俺かい？　名乗るほどのもんじゃねえが――。やくざだよ。皆からは、鼠《ねずみ》の富蔵《とみぞう》って呼ばれてる」

「鼠の、富蔵？」

「おう、よろしくな」

可愛《かわい》げな二つ名には不似合いな厳つい顔を緩め、富蔵はからからと笑った。

「おめえさん、変な野郎に目をつけられていたみたいだからよ、ちょいと助けてやったのさ」

「ありがとうございます。おかげで助かりました」

「いいってことよ。世知辛《せちがら》い今日この頃、お互いに困ったことがあったら助け合おうじゃねえか」

高笑いをした富蔵は、踵を返すと手を振り、未《いま》だに凱旋の続く南部坂を降りていった。

富蔵の後ろ姿を眺めていた三平は、困惑の声を発した。

「なんだろうな、あれは」

伸輔にも答えられそうになかった。二人で暫く顔を見合わせるうちに、どちらともなく、逃げようと声が上がった。

伸輔たちは、南部坂上から、西へ走った。

右手の坂下、目抜き通りではなおも榎本軍が練り歩いている。海に目を向ければ、薄雲が割れ始めたからか、先ほどまで鉛色だった海も真っ青に変じ始めている。その上に浮かぶ異国船は、景気よく空砲を打ち鳴らし、辺りの戸を揺らしている。

だが、凱旋の喧噪は、山の上には届かない。英国の領事館や奉行所跡の建物は、白々しげに目抜き通りの騒ぎを見下ろしていた。

身を切るような寒風が吹き付ける。

これから、蝦夷地は長い冬に包まれる。

白い息を吐きながら雪道を走る伸輔は、未来《さき》に向かって、目をこらした。だが、吹雪《ふぶき》で塗り込まれたかのように、何一つ明瞭《めいりよう》な像を結ぶことはなかった。

第二章　明治元年十二月　歳三《としぞう》の章

凱旋《パレード》を終えた土方歳三《ひじかたとしぞう》は、馬に揺られ、五稜郭《ごりようかく》の櫓門《やぐらもん》をくぐった。

午前中から一転、午後は晴れ渡った。道の端の残雪が日差しを照り返し、目が痛い。故郷の武《ぶ》州日野《しゆうひの》も、長く逗留《とうりゆう》していた京都も、さほど雪の降らない地域だった。それだけに、当たり前のように雪があり、家中に置いてある甕《かめ》の水さえ凍る蝦夷地《えぞち》の気候に、未《いま》だ慣れることができずにいる。

馬の口を取る市村鉄之助《いちむらてつのすけ》が鞍上《あんじよう》で襟を握る歳三に気づいた。

「先生、如何《いかが》なさいましたか」

「少し冷えてな」

「すみません、先生、気づきませなんだ。外套《がいとう》を用意します」

「いや、構わん。もうすぐだからな」

歳三は、黒の西洋割羽織《フロックコート》と黒ズボンに身を包んでいる。先ほどまで外套を羽織っていたのだが、町の様子を目の当たりにして脱いだ。馬に乗っているからこそわかった。町のあちらこちらに漂う不穏な気配に。

いざというとき余計なものを着ていては対応が遅れる。そう判断し、邪魔になる外套を脱いだのだった。

鉄之助は怪訝《けげん》な顔をしながらも、最後には頷《うなず》いた。

「はい、かしこまりました」

利発な子供だ、と歳三は心中で独りごちた。

市村鉄之助は今年十五、本当は元服させねばならぬが、戊辰《ぼしん》戦争のごたごたで前髪を落とす暇もないままここまで来てしまった。下級兵士に支給されている西洋上衣《シャツ》と詰め襟の軍服、縞《しま》の野袴《ばかま》は華奢《きやしや》な体にはぶかぶかで、まっすぐで大きな目で上目遣いにこちらの顔色を窺《うかが》う様は柴犬《しばいぬ》を思わせる。

鉄之助は慶応《けいおう》三年、兄と共に新撰組《しんせんぐみ》隊士となった。兄は大垣《おおがき》藩士を称していたが、身なりからして浪人していたのだろう。その兄の後ろに隠れるようにして新撰組屯所《とんしょ》の門をくぐったのが鉄之助だった。年端《としは》の行かぬ子供を戦線に出すわけにもゆかず、こうしてずっと歳三の小姓《こしょう》につけている。

土方さんは、不器用ですねえ――。

不意に、己の名を呼ぶ若者の声が耳の奥でこだました。ここのところ、年若の人間を目の当たりにする度、もうこの世にいない弟分の面影が頭を掠《かす》めるようになった。歳三は空を見上げ、懐かしい残響が失《う》せるのを待った。

馬に揺られたまま歳三は城の半月堡《はんげつほ》を通り抜け、橋を渡って五稜郭の中に入った。番方の詰所の横にある下馬所に馬を預けると、五稜郭の中央にある建物へと向かった。

その建物は、堂々たる姿で歳三を迎えた。

妻飾りのなされたその屋敷は、かつて歳三が目の当たりにした二条城《にじょう》の二の丸御殿のようだったが、その建物の上、屋根の真ん中辺りに小ぶりの望楼が据えられていた。そのおかげで、和風建築ながら異人館のような雰囲気も醸《かも》している。

この屋敷は、箱館《はこだて》奉行所政庁である。

通用口から上に上がり、暗い廊下を進んだ。雪国のゆえか、和建築ならば縁側となるところも外側に壁が据えられ、廊下のようになっている。鉄之助と共に暫《しばら》く進むと、首脳を除いては立ち入りを禁じられた区画へと至った。

「先生、ではここで」

鉄之助が、持たせていた愛刀、和泉守兼定《いずみのかみかねさだ》を差し出してきた。

「ああ、しばし待て」

刀を受け取り、鉄之助を控えの間に残した歳三は奥へと進んでいく。そうして向かったのは、皆が円卓の間と呼ぶ部屋だった。

畳の十六畳一間に赤い絨毯《じゅうたん》を敷き、異国人商人から買い付けたのであろう、渋い茶色の円卓と椅子《いす》が置かれている。ここは、首脳の評定に使う予定だという。かつて、評定は殿の御座所において、家臣が膝《ひざ》をつき合わせて行なうものだった。丸い大卓を目の当たりにする度、歳三は時代の移ろいを思わされている。

部屋には既に先客がいた。

円卓の上で手を組んで座る一人の男。西洋割羽織《フロックコート》に八の字ひげ、既に髷《まげ》は落として髪を後ろに撫《な》でつけている。丸顔で親しみやすい顔立ちをしているが、どことなく漂う気配に利刀《りとう》のような鋭さがある。

「悪いね、歳《とし》さん。戦帰りだってのに色々とやらせちまって」

洋装とは裏腹な歯切れのいい江戸言葉が男の口から飛び出した。

江戸で丁稚《でっち》をやっていた頃《ころ》、よく頭から浴びせられた言葉だった。ちゃきちゃきの江戸言葉に江戸の香りを思い起こしつつ、歳三は手を振った。

「構いませんよ。戦が終わったことを箱館の連中に見せつけるには、ああして練り歩くのが一等わかりやすい」

「察しがよくて助かるぜ」

口ひげを僅《わず》かに動かして笑うこの男こそ、榎本釜次郎《えのもとかまじろう》である。

反薩長政府の士を糾合し、海軍力を駆使して蝦夷地を占領した。薩長《さっちょう》政府からすれば平将門《たいらのまさかど》の如《ごと》き男だろうが、その屈託のない笑みは、誠実さや親しみやすい印象すら与える。いや――、歳三は考え直す。世を騒がす悪党は、案外善人の顔をしているものなのかもしれない。

歳三は榎本の真向かいにある椅子を引き、座った。卓に刀を立てかけ、右肘《みぎひじ》をついた。

「二人で話したいっていうのは、どんな用件なんですか」

「ああ。あんたに伝えたいことがいくつかあるんだ。その前に、何か呑《の》まないか」

榎本が手を叩《たた》くと、控えの間から小姓がやってきた。

「白葡萄酒《しろワイン》でもどうだい。ちと甘い香りもするが、案外いけるぞ」

「いえ、お断りします」

「なんだ、下戸《げこ》か」

歳三は苦笑した。

「京の昔を思い出して、悪酔いするもんで」

新撰組の副長だった頃は、禊《みそぎ》と称して酒を呑んだ。機会は多くなかったが、副長である歳三が手を汚す時は、決まって新撰組内部の粛清だった。幾度かは言葉を交わし同じ釜《かま》の飯を食った者を手に掛けてそのまま眠ることができず、酒の力を借りた。だが、それがいけなかった。今度は酒を呑む度、手に掛けた者たちが脇《わき》に佇《たたず》むようになった。

察するものがあったのだろう、曖昧《あいまい》に頷いた榎本は杯《さかずき》を一つだけ持ってくるよう小姓に命じた。

小姓が下がった後、榎本はきりと表情を硬くした。

「さて、歳さん、今日の練り歩き、どうだった」

「どう、とは」

「なんか、気づいたことはなかったかい」

歳三は顎《あご》に手をやった。

沿道で旗を振る人々、箱館湾に浮かぶ異国船の祝砲、兵士たちの晴れがましい表情。馬上でそれらの姿を目の当たりにしていた歳三だったが、そこかしこから刺すような視線を感じた。はっきりとわかる。あれは――。

「相当、恨まれたみたいだな」

あれは、殺意の眼差《まなざ》しだった。

歳三の言葉に、榎本は表情を変えず頷く。

「ああ。とはいえ、仕方ねえわな。俺《おれ》たちは国盗《くにと》りをしに蝦夷地《こ こ》に来たんだ」

歳三が蝦夷地の土を踏んだのは、榎本の国盗り計画に魅力を感じたからだった。

『蝦夷地で独立国を作り、薩長政府の属国となる。薩長政府に従いつつ、北辺の守りと蝦夷地開拓を任とする国家を作り、やがては徳川《とくがわ》家とその侍をこの地に招く。さすれば、逼塞《ひっそく》させられている徳川家を救うことができ、薩長の顔も立つ』

薩長政府を尊重しつつ、徳川家の生き残りを図るにはこれしかない。そう榎本は言った。

仙台《せんだい》でこの話を耳にした歳三は、榎本の下についた。

慶応四年四月、従容《しょうよう》と薩長政府に降《くだ》ったはずの新撰組局長、近藤勇《こんどういさみ》が斬首《ざんしゅ》された。薩長政府に恭順すれば命はない、歳三は盟友の死をもってそう悟った。死にたくなければ、逃げるか、戦うかしか道は残されていない。その二者択一ならば後者を選ぶのが歳三の流儀だった。そんな歳三の流儀がそのまま新撰組の方針となった。

小姓が白葡萄酒の瓶《ボトル》と杯を持って部屋に戻り、榎本の前に置いた。

釣《つ》り鐘《がね》を逆さにし一本足をつけたような形をした硝子《ガラス》の杯に白葡萄酒を満たした榎本は、少しばかり黄色がかった液体に口をつけ、また口を開いた。

「本当はもっと穏便に事を運びたかったんだが、現地の反撥《はんぱつ》は想像以上だった。今、箱館市中の治安が悪い。我々を狙《ねら》って斬《き》りかかる〝黒兎《くろうさぎ》〟なんて賊もいたくらいだ。まあ、ここしばらく現われていないから捨て置けばいいが――。問題は薩長政府の密偵だな」

「穏やかじゃねえな」

「ああ。箱館府の元役人たちが箱館に潜伏して遊軍隊なる一団を作って、町の者たちを煽動《せんどう》しているらしい」

透明な杯の中身を飲み干した榎本は、また、葡萄酒の瓶《ボトル》を傾け、杯に白葡萄酒を満たした。

「今日の夕方、選挙を行なう予定になっている」

「選挙ってのは？」

「入れ札のことだ。この前、英仏が、俺たちに『事実上の政府』のお墨付きを寄越《よこ》した。まあ、これを認《したた》めたのは向こうの海軍だから外交上の実効性は低かろうが、使える札だ。おかげで俺たちは政府を名乗ることができる。そのための儀礼みたいなもんだ」

「へえ」

歳三は生返事をした。己に関係あることとは思えなかった。

「おいおい、何をしょぼくれた声を出しているんだ。あんたにも、しっかり政府に参画してもらうぞ。松前《まつまえ》でのあんたの采配《さいはい》に誰《だれ》もが感服していることだろうから、かなり票が集まると思うぜ。間違いなく、首脳の一人になるだろう」

「俺が、ですか」

「ああ。陸軍奉行か、その下の陸軍奉行並か。下馬評から見るに、そんなところだろう」

新撰組副長として百人あまり、鳥羽伏見《とばふしみ》の戦い以降、多くて三百程度を率いるに過ぎなかった歳三が、一気に千人以上の兵を預かる立場に出世することになる。

「で、歳さんに頼みたいことがあるんだ。これからどんな肩書きがついても、あんたには箱館市中取締、陸海軍裁判局頭取のお役目は兼務してほしい」

名前からして、箱館の警察権を歳三に一任するつもりらしい。

「で、先に話に出た遊軍隊を、一網打尽にしてくれ」

「なるほど、新撰組の残党にはお似合いの仕事ってやつだな」

「市中の治安維持をでくの坊の仕事と言う者もあるが、俺はそう思わない。むしろ、とてつもない激務だし、難しいお役目だ。だからこそ、経験者のあんたに任せたいんだ」

榎本は市中取締の難しさを理解している。そう確信が持てただけに、歳三は胸を叩いた。

「承った。で、市中取締は、これからどこの隊に当たらせるんだい」

松前との戦が終わり、箱館政府は曲がりなりにも平時の体制に移行する。となれば、市中取締を担う軍があるはずだ、というのが歳三の読みだった。

榎本は曰《いわ》くありげに口角を上げた。

「陸軍第二大隊第三小隊……、新撰組だ」

蝦夷地へ向かう船上、軍艦に乗り合わせた旧幕府軍や諸藩隊を組織化し、数字をつけた。しかし当人たちはおろか、上層部の人間すら、その際につけた無機質な数字の呼び名ではなく、かつての隊名を用いている。

新撰組に市中取締を任せる辺り、かつて京で鳴らした隊名が役目の割り振りにも響いたようだが、内実を知る歳三には不安がある。

「今の新撰組は名ばかりだ。市中警固の役目を果たせるかどうか怪しいな」

かつては泣く子も黙らせ、不逞《ふてい》浪士を震え上がらせた新撰組も、今はもう見る影がない。京時代を知る隊士は殆《ほとん》ど脱落し、桑名《くわな》、唐津《からつ》兵が主力の別部隊である。市中取締は勘所の多い役目ゆえ、今の新撰組ではかつてのようにはいくまいというのが歳三の見通しだった。

「なるほど、人材が払底《ふってい》しているってわけかい。ならば、一人、人をつける。小芝長之助《こしばちょうのすけ》という男だ。今も軍斥候《せっこう》や、市中の取締を行なわせている。此度《こたび》、市中探索方の肩書きをつけるつもりだ。彼を、あんたにつける」

「できる野郎なのかい」

「元を正せば将軍家の御庭番《おにわばん》だ。江戸城無血開城の折には、松平太郎《まつだいらたろう》殿と一緒に千両箱をいくつも運び出した。我々の手元に当座の金があるのは奴《やっこ》さんのおかげだ」

話に出た松平太郎は今回の入れ札で副総裁の座を射止めることになる男で、榎本に続いて人望がある。元は幕臣だが、江戸城の無血開城、恭順を嫌い、榎本らと共謀する形で出奔した。この際、江戸城から持ち出した数万両もの大金が、箱館政府の軍資金に流用されている。

ようやく歳三は得心した。松平太郎は豪胆なところこそあるが、至誠を絵に描《か》いたような男だった。その男が徳川の金蔵から千両箱を持ち出したとは信じられなかったが、もし、実際に手を下した人物が他にいたならば得心がいった。しかも――。

「有能だァな、そりゃ」

「ああ。そのうち、小芝君を訪ねさせる。上手《うま》く使ってくれ」

「心得た」

「頼んだ。――そうだ、一つだけ」榎本は指を一本立て、歳三に向けた。「元箱館奉行所の上に、〝鼠町《ねずみちょう》〟と呼ばれた町があるのを知っているか」

「知らん」

榎本が言うには――、箱館の町のほぼ中央にある旧箱館奉行所の裏手にある町の通称で、破れ家が延々と続く、さながら廃墟《はいきょ》のような町だという。その町にはいつからか最貧困層の町人たちが肩を寄せ合って独自の集団を形成しており、喧嘩《けんか》や刃傷沙汰《にんじょうざた》こそ絶えぬものの、それでも秩序は保たれている。道を歩いていると身ぐるみを剝《は》がされると噂《うわさ》になっているがゆえ、地付きの人間もめったなことでは足を踏み入れない。

「あすこには関《かか》わるな」

「なぜです」

「箱館奉行所も箱館府もそうしてきたらしい」

「で、我々も手を出さぬと」

皮肉っぽく言ってやると、榎本は顔を曇らせた。気分を害したかに見えたが、歳三はあることに気づいた。榎本の手が、細かく震えていた。

「箱館占領から少しして、治安維持のために町に兵隊を巡邏《じゅんら》させたんだが――。そこで、数名が怪我《けが》をする事態となった。〝鼠町〟の町人との小競り合いだ」

「穏やかじゃねえな。全員しょっ引けばよかったじゃねえか」

「そうもいかない。あの町の住人は、なぜか皆、我らに――、いや、お上に反感を持っているようで、下手人を引き渡さぬ上、無理矢理押し通ろうとすれば流血沙汰も辞さずの態度で来る。あそこを変に突《つつ》けば面倒なことになる。下役人どもも及び腰でな」

これから箱館政府は総勢三千名を蝦夷地の要所に分配する、貧弱な布陣を敷かざるを得ない。そんな状況下では、寝る子を起こすなとなるのは当たり前かもしれない。

「ああ、承知した」

それで話は終わった。

円卓の間を辞し、廊下を歩く歳三は、一人、物思いに沈んでいた。

箱館にいる不穏な者ども。そして、その者たちをいかに追い詰めるべきかと。

役儀上の悩みに頭をひねっていると、ふと、昔の光景が浮かんだ。

――歳よぉ、俺ァ、一国一城の主になるぞ。

棒きれを持ち、鼻水をすする少年は、夕陽《ゆうひ》を背にして、確かにそう言い放った。

何を言うやら。幼なじみの無茶な願いに、子供ながら内心で呆《あき》れていた。

その少年は長じて剣術道場の道場主となり、時代の風雲に乗じて一隊を結成、あれよあれよのうちに徳川家の家臣に取り立てられ、そして最後には、

『上手くやってくれたら、甲府《こうふ》をあんたにくれてやるよ』

と徳川家の宰相、勝安房《かつあわ》（海舟《かいしゅう》）にお墨付きを貰うまでに至った。

果たして、あいつは、勝安房のあの約定が空手形だったことに気づいていただろうか。それに気づかぬほどの馬鹿だったとは思いたくないが、一方で、何も知らぬまま、甲斐《かい》百万石《ごく》の夢の中で死んだのだと信じたくもあった。

友の面影に、歳三は心中で語りかけた。

あんたの夢を叶《かな》えたぞ。甲府じゃなくて、蝦夷地でだけどな、と。

そして――。歳三は手を握った。

俺の夢にもあともう少しで手が届く、と。

その日の夕方、入れ札がなされた。

下馬評通り榎本釜次郎が圧倒的な票を集め、政府の首魁《しゅかい》、総裁に上った。歳三はやはり榎本の読み通りに陸軍奉行並を拝命、さらに箱館市中取締、陸海軍裁判局頭取を兼務することになった。

箱館政府が、少しずつ、よちよち歩きを始めた。


執務机に向かう歳三は、ふいに顔を上げた。開け放たれた障子戸《しょうじど》の向こうには小ぶりな庭があり、さらにその奥には市街や箱館湾が広がっている。

鈍色《にびいろ》に染まる湾の上を異国船が行き交っている。和船はほとんど見当たらず、異国船の立てた波間に漁船がいくつか漂うのみだった。もしこれらの漁船がなければ、異国に迷い込んだものと錯覚しそうになる。

歳三が軽く息をつくと、目の前の椅子に座っていた老人が、おや、と声を発した。

「如何なさいましたかな。この部屋がお気に召されませぬか」

茶の羽織に鼠の着物姿だが、老人の身の丈にぴったり合っている。木綿風の仕立てだが、紬《つむぎ》らしい。この老人のなりは質素に見せて、ところどころに贅《ぜい》をこらしている風が見て取れる。懐《ふところ》に忍ばせている煙管《キセル》も、いぶし銀の逸品だった。江戸ならば、粋《いき》と褒めそやされることだろう。

「いや。気に入っているよ」

「お気に召して頂けていれば何よりでございます。箱館の治安を守ってくださる方にご協力できますのは、この萬屋《よろずや》、この上ない誉れでございます」

骨の浮いた拳《こぶし》で胸を叩《たた》くのは、佐野専左衛門《さのせんざえもん》——萬屋である。

萬屋は、松前の請負商人としてその名を轟《とどろ》かせている。

松前には場所請負制という知行制度がある。米の採れぬ松前では通常の知行制を取ることができず、アイノとの交易権を家臣に宛《あて》がい、禄《ろく》としている。しかし、代を重ねるごとに武家は自ら動くことを厭《いと》い、間に商人を挟むようになった。これが請負商人と呼ばれる者たちだが、ちょうど江戸における札差《ふださし》のように武士相手の金貸しを営んで場所請負制を支え、その見返りに莫大《ばくだい》な利益を上げていた。

ここは、箱館「巴港《ともえ》」丸部分の中央に位置する、浄玄寺坂《じょうげんじざか》沿いの萬屋屋敷である。

箱館政府の政庁は五稜郭に置かれている。有事の際、箱館市街は海からの砲撃に晒《さら》される虞《おそれ》があるがゆえの措置だが、市中取締を任された以上、歳三は箱館市街に拠点が欲しかった。どこかにいい屋敷がないかと探していたところ、箱館有数の大商人である萬屋が、土方のために寓居《ぐうきょ》を用意した。箱館奉行所跡や運上所にも近く便利だが、何より、歳三は執務室からの眺めが気に入っている。

執務室の庭は、箱館湾を借景に組み込んだ大胆なものだ。あえて低く作っている垣の向こうには、坂に張りつくように続く甍《いらか》、海沿いに立つ異国風の建物や坂下の栄える町、港に停泊している異国船、煙突から蒸気を吐き出す蒸気船の姿が見える。

江戸の海を思い出す。若かりし頃、奉公の合間に眺めた穏やかな内湾に似ていた。

「土方様。何かお困りのことがございましたら、この萬屋へご相談くださいますよう」

そう述べると、萬屋は頭を下げ、辞去していった。

萬屋と入れ違いに部屋に入ってきた市村鉄之助は、怪訝《けげん》な目で萬屋の後ろ姿を見送っていた。

「先生、あのお方を信頼してよいものでしょうか。このお屋敷も無償の提供なのでしょう」

「腹の底から信じちゃいないから安心しろ。――それより、どうした」

鉄之助は己の役目を思い出したのか、まっすぐ立ち直し、声を発した。

「島田《しまだ》魁《かい》殿がお越しです。如何なさいますか」

「通せ」

暫く待っていると、鉄之助は一人の大男を連れて戻ってきた。

身の丈六尺（約百八十センチ）を超え、でっぷりと太った体つきはさながら力士を見るようだ。

どうやら軍服も合う物がないようで、箱館政府の人間としては例外的に、黒の羽織と袴で通している。だが、大きななりとは対照に目が小さく、愛嬌《あいきょう》のある顔立ちをしている。鴨居《かもい》をくぐるように部屋に入ってきたその男は、土方に向かって大声を発した。

「何かご用ですか、局長」

「おい力《りき》さん、局長呼ばわりはやめてくれ。今の新撰組の隊長は俺じゃない」

歳三が釘《くぎ》を刺しても、島田は揺るがない。

「いえ、拙者にとって局長とは近藤局長のことであり、土方殿のことでござる」

苦笑しつつ歳三が椅子を勧めると、島田はどっかりと腰を下ろす。木製の椅子が悲鳴を上げた。

島田魁は、今や数少ない新撰組の生え抜きである。

慶応三年入隊の市村鉄之助も今の新撰組にあっては古参だが、わずかに京での活動を知る程度でしかない。だが、島田は違う。新撰組の名を高めた池田屋《いけだや》事件にも参戦し、功を挙げている。

古武士然とした態度、どこか憎めない穏やかな性格ゆえに、大人から子供にまで人気があり、隊士の引き締めや内偵に当たる監察を任せていた時期もある。だが何よりこの男を際立たせるのは、力士と見まごうほどにでっぷりとした体つきで、ついたあだ名が〝力さん〟だった。

「新しい隊長をしっかり立ててろよ」

島田は後ろ頭を掻《か》いた。思い当たる節があったらしいが、話をはぐらかした。

「して、今日は何用でございますかな、局長」

局長、のところを強調した島田は、満足げに微笑《ほほえ》んだ。

苦笑しつつ、歳三は読んでいた書付に己の署名を付して決裁済みの文箱に収めると、机越しに身を乗り出した。

「悪いんだが、新撰組隊士から数人、影働きのできる者を俺に見繕っちゃくれねえか」

「む？　護衛なら、既に陸軍から別に出ておりましょうに」

「違う。ちょっと、面倒なことを調べたくてね。意のままになる密偵が欲しいんだ」

ふうむ、と島田は息をついた。

「なかなかの難事ですな。局長のお気に召す人材となると、多くは小隊長以上になっておりますゆえ」

「だろうな」

歳三は〝猟犬〟探しをしている。臨機応変に動くことができ、かつ、腕の立つ人間が絶対条件だ。京にいた頃の新撰組ならよりどりみどりだったろうが、その多くは鬼籍に入っており、残った者には別の役目が割り振られている。対局でと金《きん》に成る歩《ふ》が少ないのと同じことである。

島田は松前攻略まで歳三の身辺警護の頭を務めていたが、箱館政府の成立に従い新撰組に戻した。表立った役職にはついていないものの、新撰組の顧問役めいたお役目を与えている。もしできるものなら島田を引き抜きたいところだが、そんなことをすれば新撰組の練兵にも支障が出る。

「伊庭《いば》八《はち》の野郎が暇していたらよかったんだがな」

「ああ、伊庭殿ですか。あの方は松前におりますからな」

話に出た伊庭八郎《はちろう》は、心形刀流《しんぎょうとうりゅう》の宗家に生まれた剣客である。徳川の役人として篤実に勤め、剣客としても恐ろしく強く、甘い顔立ちと立て板に水の弁舌で名うての女郎が軒並み泣かされたという。華がありすぎる気がしないでもないが、あの男ほど密偵に向いている者はそうはない。

だが、その伊庭八郎も、今や江差《えさし》方面の一軍を率いる立場である。

箱館政府は人材に乏しい。いや、銭、金、弾薬、資源……。何もかもが不足している。

歳三は卓上で手を組んだ。

「無理か。なら、いざってとき、新撰組の人間を融通して欲しい、ってのはどうだ」

「何を仰《おつしや》るかと思えば。陸軍奉行並閣下の命令なら、新撰組はどうとでも動きますぞ」

「頼りにしてるぜ」

胸を叩いて頭を下げた島田は、鼻息荒く部屋を辞した。用がなくなれば即座に去る。これもまた、島田の美点だ。

一人部屋に残された歳三は、椅子の背もたれに寄りかかり、息をついた。

本当は、専従で遊軍隊を追う直隷の小隊を作りたかった。かつての新撰組監察のように、有能な者のみで固めたかったが、小隊を作ることすらも難しく、いざという時の人員の融通しか期待できない。

だが、満足にものが揃《そろ》うのを待っていては、いつまで経《た》っても動けない。結局は、無様にあがいて、足りないものを押っつけるしかない。

「そろそろ、俺も動くか」

歳三が独りごちたのを聞き及んだか、控えの間にいた鉄之助が顔を出した。

「なにか仰いましたか、先生」

「いや、なんでもない。——それより、これから予定は」

「はい。午後、運上所で異国人向けの宴《うたげ》が開かれます。先生もご参加のご予定です」

「——一番に、影武者が欲しいもんだ」

歳三はそっとぼやいた。またなにか仰いましたか、と鉄之助に問われ、手を振って打ち消した。


午後、歳三は寓居にもほど近い運上所の官舎を訪ねた。

運上所は、箱館市街の中心地、旧箱館奉行所の目の前の海沿いにある。

馬に揺られて浄玄寺坂を下りて右に折れ、しばらく大店《おおだな》が軒を連ねる海岸通りを進むと、湾に張り出す形の広場が見えてきた。そこには蒸気船を初めとする西洋船がいくつも停《と》まり、奥の方では役人たちが走り回って船から下ろされたばかりの荷を改めている。

運上所である。

関税の取り立てや荷改めを行なう玄関口であり、歓迎や別離の宴が開かれる場である関係上、運上所の一角には応接のための西洋風官舎が設けられている。官舎は異国風の建物がちらほら並ぶ箱館の町にあっても豪奢《ごうしゃ》な建物の一つで、この日歳三が通されたのも、赤絨毯が一面に敷かれ、暖炉や壁据え付けの燭台、硝子八方行灯《シャンデリア》まで設《しつら》えられた西洋風の大部屋だった。

既に宴は始まっていた。異国の客人たちでごった返す大部屋の中に足を踏み入れると、顔見知りに行き会った。目立つ格好ゆえに見つけるのにそう時は掛からなかった。

「永井《ながい》殿」

「おお、土方君か」

歳三の声に振り返ったのは、永井玄蕃《げんば》だった。

西洋風に身を改めている者の多いこの宴の場で、永井は一人髷を結い、茶の裃《かみしも》に身を包んでいる。三十歳代の者で占められている箱館政府首脳陣の中、ひとり五十歳代、かなり年嵩《としかさ》である。

そんな永井玄蕃は、運上所を管轄する箱館奉行に就任している。

永井は歳三の顔を見るなり安堵《あんど》の息をこぼした。

「いや、来てくれて助かった。異人ばかりで心細くてな」

「はは、ご冗談を。永井殿に限ってそれはないでしょう」

「そんなことはないぞい」

おどけてみせる永井だが、安政《あんせい》の大獄の折、一橋慶喜《ひとつばしよしのぶ》を担ぎ上げたかどで一度御公儀の役職を罷免《ひめん》され、のちになって返り咲き、若年寄に上ってからは朝廷との折衝で頭角を現した豪胆の人である。これしきのことで気後れする御仁ではない。

苦笑いを収めた歳三は永井に顔を近づけた。

「ところで、なぜ拙者を呼んだのですか」

今日の宴は、箱館に駐留する各国の領事や領事館職員、またはそれに類する異国人商人に対する箱館政府の披露目《ひろめ》である。この場には何名か箱館政府の高官が臨席しているが、基本的には文官ばかり、武官にはお門違いである。

歳三はそこに老箱館奉行の計算を嗅《か》ぎ取った。

そんな歳三の鼻先を躱《かわ》すように、永井は人の良さそうな丸顔に笑みを湛《たた》えた。

「これからお主は箱館の市中取締を担当することになる。異国の領事や商人たちと知り合っておくのも悪いことではないと思うてな」

それからは永井の後ろについて、各国領事に挨拶《あいさつ》して回った。英国、仏国の領事に声をかけたものの、狼《おおかみ》に出くわした鹿《しか》のような顔をして歳三を一瞥《いちべつ》した後、取り繕いの笑みを顔に貼《は》り付け、そつなく挨拶の言葉を述べたのみだった。つれない二国とは異なり、米国領事のライス氏は快活な笑みを浮かべつつ、手を差し出してきた。最初は戸惑ったものの、異国の挨拶の習慣で手を握って振るということがあることを思い出し、ライス氏の手を取った。柔らかな手は、文官のそれだった。

「箱館の発展を、異国の友人として、また一個人としてもお祈りします」

通詞《つうじ》越しに、ライス氏はそう口にした。

ロシア領事のビュッオフ氏は、熊《くま》のような威圧感のある、白ひげの大男だった。だが、声をかけるとにこやかに笑みを浮かべ握手を求めてきた。

「貴国と当国の互恵的な発展を祈念します」

やはり通詞を通じてそう述べた。

その後、フランス、プロイセン、オランダといった主要国の領事との挨拶を終えたところで、歳三は永井とともに大部屋の隅に寄った。

「概《おおむ》ね、各国領事を紹介できた。なかなか気持ちのいい連中だろう」

「ええ、ただ、各国の態度に違いがあるように思えますね」

永井は我が意を得たりとばかりに頷いた。

「英国は薩長政府と関係が深く、仏国、露国は様子見、米国は先の南北戦争のせいで出遅れて失地を取り返そうと必死といったところ。この有様を、お主に知ってほしかったのだ」

歳三がここに呼ばれた理由がようやく腹に落ちた。

主要国の領事と挨拶を交わした後、歳三は一人で挨拶に回った。

領事が外交官なのは大国だけで、箱館にいる自国商人を領事に任命している国もあった。そうした国々の領事にも一通り声を掛けて回った歳三は、ようやく己の役目を終えると、部屋の隅に寄り、杯《グラス》の水を飲み干した。

宴はあくまで華やかだった。きらびやかな西洋割羽織《フロックコート》やドレス姿の男女が白い歯を見せて談笑する様は、極楽浄土を見るが如き華やぎに満ちていた。だが、歳三には見える。にこやかに笑う男女が、目に見えぬ刃《やいば》を持ち、相手に突きつけ合う姿が。

輪から外れた歳三がぼうっと宴を眺めていると、その輪の中心からこちらにやってくる異国人の姿があることに気づいた。

脇に通詞を引き連れたその男はフランス式の肋骨服《ろっこつ》にズボン、左胸に一つ勲章を下げている。黒髪に髭《ひげ》を蓄えた彫りの深い顔。しかし、にかりと相好を崩すと威厳に満ちた顔は途端に少年じみたものに変わる。

歳三は軽く手を挙げ、その異国人の笑みに応じた。

顔見知りだ。

「おう、ブリュネさんか」

「土方《イジカタ》さん」

フランスでは語頭の「はほへひ」をそれぞれ「あおえい」と発音するようで、ヒジカタもイジカタになるようだ。

呼びかけだけは通詞を介さない。その短い言葉に籠もる親愛の情は、フランス語を解さない歳三にも受け取ることができた。

この男はジュール・ブリュネ、フランスの砲兵士官である。いや、「だった」というほうが正確だろう。

元は徳川幕府に派遣されたフランス軍事顧問団の一員だった。しかし、徳川家が政権を手放し、薩長政府への恭順を決めた際、本国の帰還命令を無視、フランス軍籍を捨てて蝦夷地に馳《は》せ参じ、箱館政府に加わったという異色の経歴の持ち主である。今は陸軍顧問の地位にあり、五稜郭の修復や防衛計画の策定に辣腕《らつわん》を振るっている。

「忙しいんじゃなかったのか」

ブリュネは苦笑を浮かべ、通詞越しに愚痴を述べた。

「永井殿にどうしても来て欲しいと打診されたのだ。フランス人が政府に参画していることを示したかったのだろう」

そのブリュネは宴の場を一瞥し、肩をすぼめた。

「晴れがましい場は好きになれない。土塁の図面を引いたり、作戦を一人で考えている方が性に合っている」

「図面云々《うんぬん》はさておき、同感だ」

歳三がけたたけた笑うと、ブリュネもつられるように相好を崩した。だが、すぐに真面目《まじめ》な顔に立ち返った。

「そういえば、先の松前攻略、君の作戦指揮は見事だった」

「いや、あれは、下の連中の武功だ。俺は何もしてねえよ。むしろ、禍根が残った。松前を滅ぼしちまったのは失策だ」

眼窩《がんか》の奥にあるブリュネの目が光った。

「と、いうと？」

「俺たちは円満な独立を狙ってた。だが、いたずらに戦の火蓋《ひぶた》を切ったせいで、薩長政府を敵に回す羽目になっちまった。薩長政府との折衝も不調らしいしな」

十二月初旬、榎本は薩長政府の岩倉具視《いわくらともみ》に向けて、蝦夷地の開拓許可を求める嘆願書を送った。だが、はかばかしい返事はないらしい。もし、松前と戦を構えていなかったら――。手遅れな問いかけが歳三にのしかかる。

歳三は渋面を作った。

「それに、開陽《かいよう》の沈没もまずい」

総勢三千人あまり、軍資金にも限りがある箱館政府軍躍進の原動力は、徳川海軍から持ち出した軍艦の数々である。特に主力艦であった開陽は三十五門もの大砲を積載した蒸気船で、これを超える船は薩長政府すら所有していなかった。

だが、開陽は、松前藩攻撃の際に沈んだ。

陸軍にばかり負担を掛けるわけにゆかない、という海軍の申し出で箱館を発《た》ち、海からの側面攻撃に当たることになった開陽であったが、既に松前兵が撤退していた江差において座礁、そのまま身動きが取れぬまま海の藻屑《もくず》と消えた。かくして、薩長政府への最大の切り札は無意味に失われた。

海軍に疎《うと》い歳三とて、これが何を出来するか、手に取るように理解できた。

もし開陽があれば、津軽《つがる》海峡の封鎖が可能だった。裏を返せば開陽なき今、敵海軍の進攻を掣《せい》肘《ちゅう》できない。

今は松前撃退の美酒に酔っている。だが、やがて悪酔いに代わり、宿酔《ふつかよい》の頭痛にのたうち回ることになる。

箱館政府が、開陽喪失のつけを払うのはいつになるか。

冬の今は外海が荒れ狂い、吹雪《ふぶき》が蝦夷地を覆っている。だが、いつか春はやってくる。氷が溶け、暖かな日差しがこの蝦夷地にも降り注ぐ。

そうなれば――。

黙りこくる歳三の前で、ブリュネが声を上げて笑った。

何がおかしいのかと聞くと、ブリュネは目尻《めじり》の涙を指で払い、通詞に、流麗で長い、さながら歌のように響く長舌を聞かせた。通詞は、眉を動かしつつ、噛《か》み砕くように、日本語に直す。

「榎本氏は蝦夷地全体を収める、かなりの大局眼をお持ちだ。しかし、あなたは陸軍奉行並、軍隊の長の補佐役。陸軍全体を眺めるのがあなたの仕事だろうに、時に途轍《とてつ》もなく大きなことを考えているようでいて、市中取締のような小さなことも考えている。かといってある種の下士官たちのように、死に場所を求めているわけでもなさそうだ。それが不思議でならない」

――と陸軍顧問は仰せです。通詞がそう言い添えると、ブリュネは歳三を見据えた。

「あなたは、どうして箱館までやってきたのですか」

一瞬、歳三の時が止まった。

なぜ、箱館に。

歳三は瞑目《めいもく》し、息を整えてから、ブリュネの視線に向き合った。

「泉下の友との約束さ。それじゃ、駄目かい」

通詞の訳を聞いたブリュネは、くるりと踵《きびす》を返し、手を振った。そして、何事かを言い残し、宴の場へと戻っていった。

「なんて言ったんだい、最後に」

歳三が脇をつつくと、通詞は慌てて声を上げた。

「いつか箱館にやってきた理由を教えてくれ。そう仰せでした」

通詞がブリュネに駆け寄っていく。歳三はその姿を眺めながら、ふと、友との約束を思い返していた。あの日、多摩川《たまがわ》の川沿いで二人連れ立って歩いていたあの日、泉下の友、近藤勇と交わした約束が、少し遠ざかった気がした。

それから数日、歳三は陸軍奉行並、陸海軍裁判局頭取としての仕事に追われていた。

部下に練兵の徹底を指示し、先の箱館、松前攻撃における軍令違反者の摘発に当たった。その合間に死者数の確認と墓の手配、郷里への死亡通知の発送といった各種事務処理にも道筋をつけた。

快勝で終わった戦でも、必ず死者は出る。名簿の中には、見知った者の名前もあった。

三好胖《みよしゆたか》。

唐津藩の藩主、小笠原長行《おがさわらながみち》の義弟、つまりは殿様身分のお人だったが、縁あって仙台で新撰組に合流、歳三の部下となって蝦夷地に上陸した。しかし、進軍の途上、箱館府との遭遇戦に巻き込まれ、命を落とした。

一度しか話したことがない。だが、今にして思えば、あの若殿は、かつて己の後ろを走り回っていた弟分とよく似ていた。

『殿様の子と遠慮しないでください。戦が起こったら、誰よりも前に駆け出て、斬って斬って斬りまくってやりますよ』

細面の胖は、船の甲板上で力こぶを作り、四股《しこ》を踏んだ。棒きれのように華奢な体つきでは、まったく様になっていなかった。

前線に向かう胖を押し留めるべきだった。だが、他の者たちの手前、特別扱いもできず、むざむざ死なせた。胖の弔いも、他の兵士と同じ扱いとした。

歳三には客人も多かった。

京にいた頃もそうだったが、市中取締の役目に就いていると、とにかく近在の商人たちが挨拶、付け届けに現われる。お上の機嫌を損ねれば面倒なことになると疑心暗鬼なのだろう、毎度のように二重底の菓子箱を持参して「お納めください」とへりくだり、曰くありげに醜悪な笑みを浮かべる。そうした手合いには、「献金ならば奉行所に直接送るように」と指示して引き取らせている。

領事の遣いもやってくる。米国の領事ライス氏が「ここのところ、領事館の庭に何者かが侵入している形跡がある。某国の密偵かも知れぬ」と相談に訪れたこともある。領事館内はあくまでその国の管理であり、歳三は相談に乗るだけに留《とど》めたが、怯《おび》えるライス氏に対して、近隣の警邏を強化すると約束することくらいしかできなかった。

ついには異国商人までも訪ねてくる。本場のフロックコートを仕立てませぬか、というプロイセンのテーラーや、弾薬の調達は是非当商会へ、と売り込んでくる武器商人もあった。中には両手いっぱいに西洋楽器を持ってやってきて、「軍には軍楽が欠かせませぬゆえ、ぜひ、当商会の楽器を」と売り込んできた商人までいたのは閉口した。

「まったく、困ったもんだよ」

窓に厚い布の掛かった真っ白な部屋の只中《ただなか》で、歳三は愚痴った。すると、横に座っていた西洋《フロック》割羽織姿《コート》の男、大鳥圭介《おおとりけいすけ》は、へえ、と声を上げた。

「なるほどねえ、それで、楽器商人が私のところにも来たわけだ」

「えっ、大鳥さんのところにも行ったのか、あいつ」

するとと、身じろぎ一つせず、大鳥はカイゼルひげの丸顔をにっと緩めた。

「黒眼鏡をした、金髪の楽器商人だろう」

「そうそう」

大鳥が顎に手をやろうとすると、二人の前に立つ右足のない男――田本研造《たもとけんぞう》が両手を広げて押しとどめた。

「大鳥さん、絶対に動かんでください。写真がぼやけてしまいます」

「心得た」

大鳥は精一杯にいい表情を作り、一間ほど前に置かれた四角い箱に顔を向けた。だが、すぐに飽きが来てしまうようで、口を動かさぬように話し始めた。

「それにしても、写真とは面倒なものだなあ」

「昔は、どうらんを顔に塗りつけて半刻《とき》（約一時間）あまり箱の前で構えてなくちゃいけなかったんだぜ」

歳三の言葉に、大鳥は「そりゃ、今の方が楽だね。技術革新万歳だ」と軽口を叩いた。

大鳥圭介は陸軍奉行、すなわち歳三の上官である。

陸戦の軍略において、この男の右に出る者はない。蘭学者として軍学書の翻訳に従事するうちに陸軍畑を進むことになった経歴から座学の人と誤解する向きもあるが、戊辰戦争の際には手塩にかけて育てた伝習隊《でんしゅう》とともに数々の戦を渡り歩いた実践の人である。そんな経歴からは意外なことにひょうきんなところも持ち合わせていて、帷幄《いあく》は常に笑い声が絶えない。規律と恐怖で部下を縛る歳三とはまったく違う部下運用を身上とする男である。

しばらく大鳥が写真機を前に微笑みを引きつらせていると、写真技師の田本研造が頭を下げた。

「はい、大鳥殿、結構です。お疲れ様でした」

椅子から立ち上がった大鳥は頬《ほお》を両手で撫で回し、眉間《みけん》を揉《も》んだ。

「いやあ、ずっと同じ顔っていうのも大変なもんだね」

「同感だな。だが、どうしてこんなことを」

「諸外国への体裁作りだろうね。向こうの国は、組閣ごとに写真を撮るらしいから。うちの親分は形から入る癖がおありだからねえ」

数日前、政府首脳の写真を撮ることになったゆえ、箱館市街にある田本研造の写真館を指定の日時に訪ねるように、と通達があった。

そして、たまたま同じ日の扱いになった大鳥とかちあい、こうして世間話に花を咲かせることになったのだった。

真面目な顔をした大鳥は、歳三の肩を叩いた。

「そういえば、この後、手は空いてるかい。ちょっと意見交換をしておきたいんだが」

「すまねえな。市中取締の役目に暇はねえんだ」

「じゃあ、帰り道で手短に」

「それなら」

二人して、田本写真館を出た。

雪の降る外では、大鳥の部下、歳三の小姓が寒さの中で震えていた。歳三と大鳥は、馬にまたがった後、部下を引き連れ、田本写真館のある見返り坂を降り、海岸通りに出た。

海岸通り界隈《かいわい》は町も賑《にぎ》わっている。かつて異国人居留地があったことから西洋風の建物もちらほら見受けられ、道に沿って彩り豊かな建物が並んでいる。そんな道の上では新撰組隊士が辻《つじ》に立って目を光らせ、道行く人々の往来を厳しく見咎《みとが》めている。

大店のうだつが並ぶ大通りを馬を並べて東にしばらく行くと、浄玄寺坂下に至った。そこで、大鳥が大仰に振り返った。

「そうそう、君の寓居はこの辺だったたっけ」

「ああ。この坂の上です」

「じゃあ、手短に話そうか」

大鳥は馬を止め、声を潜《ひそ》めた。

「君は今、市中取締に力を入れているようだけど、軍事をもっと学んだ方がいい。これから戦がある。君の采配に期待したいんだよ」

「お断りですよ。先の松前討伐だって、あんたの部下が露払いしてくれたようなもんだ」

皮肉ではなく、ありのままを口にした。歳三につけられた伝習隊の中隊長の指導があったおかげで、松前攻略では大過なく任務を果たすことができたのだ。

海風が吹いた。辺りの雪を巻き上げ、大鳥の姿を白く染め上げる。

「それじゃあ困る、と言っているんだ。これからの戦争で、私が戦死することだって十分に考え得る。そうしたら、君がこの国の陸軍を率いることになるんだ。これからしばらくは雪の降り積もる季節だ。勉学に勤《いそ》しむにはもってこいだろう」

大鳥、歳三はいつしか無言になっていた。だが、大鳥は歳三に馬を寄せると肩を叩き、微笑みかけた。曰《いわ》くありげで、複雑な笑みだった。

「期待しているよ、陸軍奉行並、土方歳三君」

大鳥は馬上で手をひらひらと振り、小雪舞い降る箱館の町中に消えていった。

取り残された格好になった歳三は、くだらねえ、と吐き捨てた。

いつまで経っても、なりたい自分に近づくことができない。

くしゃみを一つすると、小姓を引き連れて浄玄寺坂を登って寓居へと戻った。

屋敷に戻ると、歳三の部屋には客人が上がり込んでいた。

机の前に置かれた客人用の椅子に、見知らぬ男が腰を下ろしている。

大柄な男だった。五尺半は優にある。だが、そう感じさせないのは、異様なまでに男の存在感が希薄だったがゆえだ。歳三はこれまで人の顔を覚えるのが特技だった。そんな歳三をしても、特徴らしい特徴を見出《みいだ》すことができない。すらりと背が高い、という体つきの特徴はあるが、顔つきも、その服装も、座り姿も、そのどれもが半刻の後には忘却の彼方《かなた》に置かれてしまいそうなくらいだった。ただ、この男には影のような昏《くら》さがまとわりついていて、そのおかげでかろうじて頭の片隅に置いておくことができそうだった。

「忍びか」

歳三が声を掛けると、椅子に座る男は、然《しか》り、と声を発した。

「榎本殿より、命を受けて参りました。小芝長之助と申します」

「ああ、あんたがそうか。何でも、十一月からずっと市中取締に当たっているとか。悪いが、虚礼は省かせてもらう。——遊軍隊の動きはどうなってる」

「今、追っているところです。見つかり次第ご報告を」

小芝はぬうと立ち上がり、縁側に出た。歳三は呼び止めた。

「進捗《しんちょく》は報告しないのか」

小芝は振り返りもせず、短く答えた。

「求められるは結果のみ。それが御庭番でございますゆえ」

小芝は庭先に降りた。と、次の瞬間には、その姿はすっかり消え失《う》せていた。思わず歳三は椅子を蹴《け》り、縁側に出た。やはり、そこにはもう誰の姿もなかった。

「忍び、か」

歳三は独語した。

徳川の世の黄昏《たそがれ》に、絵に描いたような忍びが未だこうして残っていることに、歳三は不思議な感慨を抱いた。有り体に言えば、主の墓前で丸くなり、香華《こうげ》を手向けようとする者に牙《きば》を剝《む》く忠犬を見るような心持ちがしたのだった。

懐かぬ犬は、放し飼いとするしかあるまい。

「俺たちも、似たようなもんか」

「如何なさいましたか」

控えの間から顔を出した鉄之助に対し、歳三は、続けて述べた。

「これから、外出する」

「外出、ですか。ではご用意を」

鉄之助の応《いら》えに、歳三は白い歯を見せた。

「いらねえ。独りで、ちっと遊びに行くだけだ」


歳三は、一人で箱館の町を歩いていた。

西洋割羽織《フロックコート》姿ではない。

散切《ざんぎ》り頭を隠すためにほっかむりをして、紺色の着物に綿入れ半纏《はんてん》、脚絆《きゃはん》に蓑《みの》、さらに黒塗りの大きな木箱を背負う。薬売りのなりだ。

着ているもので景色が変わる。そううそぶいていたのは、大坂の商家の息子という、新撰組の古参隊士だった。腕こそ立たなかったが、芝居が好きで役者の物真似《ものまね》に凝るうち、ついには変装の術を覚えるに至ったという、怪しげな経歴の持ち主だった。歳三はその男の変装術を買い、新撰組監察の地位と不逞《ふてい》浪士探索の役目を与えた。

『色んな格好して回ってるから分かるんやけど、格好によって見えるもんが変わるんだす。物乞《ものご》いには物乞いの、侍には侍の、商人には商人の目があって、その格好をせんと見えんもんがある。そやから、変装は止められまへん』

その言葉に感化されて、京時代、歳三は薬売りの格好で町に出た。確かに、言うとおりだった。新撰組副長の衣を脱ぎ捨て、町人として対峙《たいじ》した京の町は、まったく違う横顔を歳三に見せた。それからは仕事の合間に薬売りに身をやつし、一人で町をうろつくようにした。

萬屋屋敷を寓居として十日弱、ようやく身辺も落ち着いた。頃合《ころあ》いだった。

今、歳三が箱館の町を行く際には馬に乗り、護衛を引き連れている。陸軍奉行並の秘書である陸軍奉行添役は警護の関係上大通りを選んで通行させるし、治安の悪いところは避ける。結果として、箱館の真の姿から遠ざかった上澄みばかりを目の当たりにすることになる。

歳三はこの日、山之上《やまのうえ》遊郭近辺にいた。

門前には三階建ての妓楼《ぎろう》があり、箱館の人々は「休息所」と呼んでいる。ここは、異国人向けの揚屋《あげや》で、一年中灯《とも》が灯り、遠目には箱館山に立つ城の櫓のようにも見える。そんな「休息所」の前では、日の高いうちから酔っ払っている異国人が、だらしない格好で男二人、腕を組んでふらふらしていた。

遊郭から目を背け辻に入ると、神明町に至った。

昼間ですら、新撰組隊士も立ち入りを嫌うこの町は、海岸通りとはまるで気配が違う。強烈などぶの臭いに、歳三は思わず鼻をつまんだ。

牡蠣殻葺き屋根の下ですれ違う者たちは険しい顔をしている。中にはふんどし一つの者、紋々を背負っている者もある。江戸と同じく博徒の一家があるのだろう。また、厚司織《アットウシ》を纏《まと》う者もある。町に流れ込んだアイノたちもこの辺りを住まいにしているようだ。

良民たちも綿入れを着ている者はほとんどなく、単衣《ひとえ》の着物を幾枚も重ね着して防寒としている。足袋《たび》を履いている者もおらず、雪の積もる中、裸足《はだし》で歩く者すらあった。

箱館は日本有数の良港、そう聞いていた。アイノとの交易品を扱う松前藩とその御用商人によって銭金が溢《あふ》れ、北日本はおろか、諸外国の物品が一堂に会する港である、と。しかし、その美辞麗句は、あくまで上っ面を捉《とら》えたものに過ぎなかったらしい。

理由はわからない。だが、箱館全体に、貧の気配がある。

町が貧すればどうなるか。

まずは貧乏人、力の弱き者から悲鳴が上がる。それまで良民として暮らしてきた者たちの暮らし向きが立たなくなり、中には生きるため、してはならぬことに手を染める者も出てくる。そう、治安が悪化する。

風が吹けば桶屋《おけや》が儲《もう》かるという言葉がある。市井の暮らしでは笑い話だが、政《まつりごと》の場においてはあの例えが成り立ち得る。

早急に手を打たねえとまずい――。

心中でそう呟いた歳三の目に、居酒屋の灯りが飛び込んできた。

縄暖簾《なわのれん》のその店は、遠慮するように裏路地の隅にあった。

歳三はその暖簾をくぐった。

中は、腰高屏風《びょうぶ》で四つほどに座敷が仕切られた小さな店だった。もう夕方だからこの手の店はかき入れ時のはずだが、明らかに暇をしている。年の頃十五ばかりの子供二人が差し向かいに座って芋を頰張り、少し離れたところに座る四十がらみのいかにも博徒然とした男はつまらなそうに酒を飲み、大きな体を持て余すように腰を丸めていた。それ以外に客の姿はなく、しんと静まり返っている。

歳三は他の客から距離を置き、薬箱を脇に下ろし、酒と食い物を適当に頼んだ。

すぐ酒が出てきた。みりんのような酒を水で薄めた安酒で、暫く経って出てきた肴《さかな》は水煮と見まごう芋煮だった。主人に話を聞けば、ここのところ、本州からの船の便数が減り、蝦夷地では採れない米や大豆の価格が上がっているという。

煮物を囓《かじ》ってみると、味付けが薄い。醬油《しょうゆ》も貴重品になりつつあるということか。

表に出て初めて見えてくることがある——。

一人、味気ない芋を囓っていると、狭い居酒屋の中で言い争いの声が上がり始めた。

先ほどまで一人で物を食い呑みしていた博徒然とした男が、少年二人に言いがかりをつけている。肩がぶつかったのなんだのとがなり立てて因縁をつけ、銭をせびっているようだった。こんな男に絡まれたら逃げ出すなり謝るなりしそうなものだが、子供たちは二人組だからかその様子がない。気弱そうな方がなだめに掛かっているが、もう一人の凜々《りり》しい少年が売られた喧嘩を買い、火に油を注いでいる。

ことの推移を見守るうちに、顔を真っ赤にした男は懐に手を突っ込んだ。

本来ならば、無視すべきところだ。

だが、箱館市中取締のお役目が、歳三の肩にのしかかる。猪口《ちょこ》を置いて、三人の間に割って入った。

「どうした事情かは存じませんが、まあまあ抑えて」

「黙れ黙れ、なんだてめえは」

「へえ、あっしは薬売りでござんす」

歳三はあえて下手に出て、さりげなく子供二人の盾となる。

「薬売り、俺に意見するってのか」

「いえいえ滅相も。でも、あんまり暴れちゃ、この店で今後飲み食いができなくなっちまいますよ。ねえご主人」

歳三は店の主人に目配せをした。いかにも小心者を絵に描いたような店主は、蒼《あお》い顔をしながらも何度も首を縦に振った。

「暴れても、誰の得にもなりゃしませんよ」

「うるせえ」

絶叫と共に、男は歳三に裏拳《うらけん》を当てた。

振り払われた格好になった歳三は、壁に激突した。その拍子に真上にあった神棚が落ち、歳三の頭に落ちた。

子供たちも店主も、当の男もきょとんとしている。

しばらくして、歳三は落ちてきた神棚の下から顔を出した。ぬらりと立ち上がると、頭を抱え、大袈裟《おおげさ》に痛がって見せた。

「痛《いて》え、痛えよう」

ふらふらと男に近づき、店主、子供二人の死角になるところで、歳三は懐からあるものを取り出した。

護身用の匕首《あいくち》だった。

男は銀色に光る刃先を見るなり顔色を失った。驚愕《きょうがく》の顔で、歳三と匕首を見比べている。だが、歳三が顎をしゃくってやると、暫く目を泳がせていた男も、銭を置いてばつ悪げに居酒屋から出て行った。

男が這々《ほうほう》の体《てい》で去った後、子供の方の片割れ、なだめていた方が歳三に話しかけてきた。

「だ、大丈夫ですか」

「へえ、おかげさまで」

懐の奥に匕首を押し込み、歳三は商人の顔を取り戻した。

「でも、口から血が」

「なんてことはありませんよ」

歳三は奉公人として商家に勤めていた時期がある。その頃先輩どもから殴る蹴るのいじめに遭《あ》うようになり、必要に迫られて受け身の術を覚えた。実家の薬売りを手伝っていた折には、祭りの際に隣り合わせた蝦蟇《がま》の油売りから口上を教わった。

先ほどのあれは、昔取った杵柄《きねづか》の合わせ技だ。

男の裏拳に合わせて後ろに飛び、あえて派手に壁にぶつかってみせる。歳三を殴った男には、まったく手応《てごた》えがなかったはずだ。そして、地面に倒れたところで顔に血糊《ちのり》を塗って相手を油断させ、懐に潜《もぐ》り込んだところで相手を脅す。

絵に描いたように上手くいった。

そんなことをつゆ知らぬ少年はなおも感謝の言葉を述べる。

「助かりました。おかげで怪我をせずに済みました。なんとお礼を申し上げればよいか」

少年は妙に恭しい。袴を穿《は》いておらず、町人髷なのに、ふとしたときに出る所作は武家のそれだ。

ちぐはぐなものを感じながら、歳三が手を振っていると、少年はなおも続けた。

「せめて、お名前だけでもお伺いしたく」

一瞬考え、歳三は名乗った。

「へえ、薬売りの才《さい》と仲間からは呼ばれてます」

この偽名は、かつて新撰組の仲間が、歳三の名前をもじって「サイゾウ」と呼んだのを思い出してのものだった。まったく知らぬ名を名乗るより、ちょっとは自分のことを混ぜた方が忘れづらい、というのが、歳三に変装術を教えた隊士の弁だった。

するとと少年は目を輝かせ、名を名乗り返した。

「才さん、ですね。拙者……俺は仲輔。横のこちらは三平。ありがとうございました」

やはり、この少年たちからは武家の匂《にお》いがする。

だからどうした、と考え直す。武家の子など、日本津々浦々、どこにでもいる。

その仲輔は、なおも歳三の血糊を前に、顔を曇らせている。

「この血はどうしたら」

歳三は首を振って、血を拭《ぬぐ》おうとした仲輔の手を止めた。

「あたしは薬売りですよ。心配には及びません」

脇に置いていた薬箱から石の字を丸で囲んだ印の入った散薬の紙袋を取り出し、口上を述べた。

「さてお立ちあい。この散薬は、呑んでもよし、傷口に塗ってもよしの薬でございます」

薬包を破ってやると、中から黒っぽい粉末が出てきた。それを顔に塗りたくった後、懐から出した手拭いで拭いてやる。すると――。

「はいこの通り、傷も消えてしまいます」

最初から怪我などしていないのだから、こすれば消えるのは当たり前だ。だが、仲輔はおろか、もう一人の少年――三平も目を輝かせている。

「すごい。どうすればこんなことが」

それまで怪訝そうに歳三のことを見ていた三平も、目を輝かせ、こちらを見ている。

「これがこの薬――、石田《いしだ》散薬なんです、そうだ。一人一包、差し上げましょう」

「本当か」

二人に薬を一包ずつ与え、注意を与えた。

「普通に呑んでも験《げん》はありますが、酒と一緒に呑むといいんですよ」

「へえ、珍しいですねえ」

「ああ。これも石田散薬の特徴でしてね」

つい、昔の杵柄が顔を覗《のぞ》かせる。

歳三は昔、実家が製造していた石田散薬という薬の行商をしていた。付き合いのある薬屋や旦那に売りに行けばいいだけの仕事だったが、油売りから教わった口上を用いて道行く者たちに売りつけたり、生傷の絶えない道場の門人に薬効を説いて小銭を稼いだものだった。

実際のところあまり効果はないようで、それを逆恨みした連中に追われたことも一再ならずあったが、それでもあの頃は毎日が楽しかった。

歳三は立ち上がり、薬箱を背負った。

「もう行っちゃうんですか」

「ええ、行商に行かないと」

嘘《うそ》だった。単に、顔を覚えられるのを嫌ってのことだった。

頭を下げ、主人に金を払った歳三は、戸を開いて外に出た。

外は吹雪《ふぶ》いていた。

箱館は、長い冬の只中にあった。

第三章　十二月　伸輔の章

久々に晴れた。隠れ家の与力窓から覗《のぞ》く曇り空を見上げ、背伸びをした伸輔《のぶすけ》は、三平《さんぺい》と共に蛭《えび》子町《すちょう》へと向かった。

表通りは雪が掃いてあって歩きやすい。道端で雪かきに勤《いそ》しむ丁稚《でっち》の横を通りつつ、書物問屋の裏手にある長屋の門をくぐった。

裏長屋の通りを暫《しば》く行くと、障子紙《しょうじがみ》代わりに真っ黒な反故紙《ほごがみ》が貼《は》られている戸があった。その戸を叩《たた》くと、中から柔らかな声がした。

「いるよ、入って」

二人して戸を開いた。

長屋の中では、小刀を手にしたお雪《ゆき》がおが屑《くず》まみれになっていた。ぐいと額の汗を拭《ふ》くと、小刀を持つ手を止め、二人を迎えた。

「いらっしゃい」

三平がひょいと手を上げると、お雪はいぶかしげな顔をした。

「今日は随分早いのね。暇人はいいわね。こちとら汗水垂らして働いているってのに」

「何を無礼な。俺《おれ》たちだって色々と忙しいのだ」

「ふうん。ま、そういうことにしておくよ」

肩をすくめる三平を前に、お雪はほっかむりを解いて軽く笑った。

お雪の言う通り、暇だった。

新撰組《しんせんぐみ》の警邏《けいら》が苛烈《かれつ》になった。四人一組で小道や長屋の通用路にも分け入り、怪しい者は容赦なくしょっ引く。鼠《ねずみ》一匹逃がさぬと言わんばかりのやり方には、箱館《はこだて》の町民も迷惑げに眉《まゆ》をひそめ、肩をすぼめている。

十一月の末、伝令役の者が新撰組に捕まった。隠れ家が漏れた危険性があった。その日のうちに元の隠れ家を引き払い、他のところに移った一幕もあった。

遊軍隊士には今、待機命令が下されている。だが、隊として何もせぬわけにはいかぬようで、比較的見咎《みとが》められづらい伸輔や三平が買い出しや刷り物撒《ま》きといった細々としたお役目に当たっている。それでもやることは限られるため、一日を持て余すことに変わりはなかった。

小刀を脇《わき》に置いたお雪は、湯飲みを取り上げて口をつけた。

「どっちでもいいんだけどね。依頼主が暇していても、あたしには関係ないことだし。しっかり、手間賃を払ってくれればそれで」

三平は小さく頷《うなず》き、懐《ふところ》から銭の入った袋を取り出すと、お雪の掌《てのひら》の上に置いた。

「改めても?」

「ああ。お雪、見せて貰《もら》おうか」

「中身を確認してからね」

銭を数え終えたお雪は部屋の奥に置かれた木板を指した。

履き物を脱いで伸輔たちは部屋に上がり込み、壁際の文机《ふづくえ》に置かれていた木板を覗き込んだ。刷り物の版木だった。反転された文字列がびっしりと刻み込まれ、絵が付されている。菊の御紋の入った旗を掲げる兵士が五稜郭《ごりょうかく》を囲った光景を描いたものだった。

「これでいいでしょ?」

掌の銭を巾着《きんちゃく》に収めつつ、お雪は言った。

「ああ、結構だ。試し刷りはあるか」

「ちょっと待って。これからやるつもりだったの」

銭を懐に入れたお雪は、脇の棚から四角い盆を取り上げ、伸輔の前に座った。上には、ばれんやたんぽ、墨などの刷り道具がひとまとめにしてあった。版木の前に座ったお雪は、脇に置いた盆からたんぽを拾い上げて墨に浸し、版木の表面に塗り始めた。しばらくしてから白紙をその上に乗せ、ばれんで紙を押しつけて墨となじませると、両手で版木から引き剝《は》がした。

刷りたての刷り物が姿を現した。

お雪は顔をほころばせて、出来上がったばかりの刷り物を見下ろしている。

雪解けと共に薩長《さっちょう》政府軍が海を渡り、不逞《ふてい》な者どもを討ち果たすことだろう……。そんな内容の檄文《げきぶん》だ。だが、本文などよりもよほど、端に付された箱館山の遠景に目が行った。版木の段階から凄《すご》いとは思っていた。だが、紙の上に落としてみると、新鮮な驚きに襲われる。紙の上で手足を自在に広げて見得《みえ》を切る兵士たちの姿は、今にも飛び出してきそうな躍動に満ちていた。

文句など、あろうはずもなかった。

「すごい」

思わず伸輔が声を上げると、お雪に軽く小突かれた。

「これ程度のことはできなくっちゃおまんま食い上げちゃうよ。職人なんだから」

「すまぬ」

お雪に触れられたのと謝らなくてはならないのとで、伸輔はおたついた。それに、受け答えの堅苦しさに、伸輔自身がばつの悪さを覚えた。なにその話し方、とけたけた笑ったお雪は機嫌を直したのか、怒気を表情から追い出して、版木の表面を汚れ布で拭《ぬぐ》い始めた。

「いつものことだけど、直しは一回まで受け付けているからね。あんたたちの親分が気に食わないって言うなら、また持ってきて」

手早く版木を幾重にも風呂敷《ふろしき》で包んだお雪は、それを軽々と振り回し、伸輔に手渡した。ずっしりと重かった。

「じゃ、ということで。これから、他の仕事があるから」

あからさまな厄介払いだった。

だが、伸輔は勇気を振り絞って声を上げた。

「お雪」

「何？　どうしたの」

お雪が顔を仲輔に近づけた。化粧気がまるでないのに白く透き通ったその顔が、仲輔の眼前にある。

仲輔は、紙包みをお雪に差し出した。

「これを」

「何これ。――あ、お饅頭《まんじゅう》」

「たまたま人から貰《もら》ったんだ。拙者はいらないから、食べてくれ」

「ありがと」

お雪は白い歯を見せて笑い、紙袋を受け取った。その時、お雪の手が仲輔に触れた。娘の、というより、ひび割れてごつごつした手でも、仲輔の心は浮き立った。

仲輔たちは外に出て、二人、帰途についた。

辻《つじ》を右に曲がり、地蔵町《じぞうまち》の海岸通りに出る。まるで槍《やり》のように尖《とが》った塔の並ぶ異人館の向こうには、青く輝く箱館湾が見える。白く輝く波、空の色を映した深い青の海。それはまるで、研ぎ澄まされた刃物のように清冽《せいれつ》で、冷ややかだった。

「よかったな」帰り道の途中、三平は肩を叩いた。「ようやく、渡せたじゃないか」

「なにが。あのお饅頭はたまたま余って……」

「お前が甘いものに目がないのは知ってる。幼なじみだからな。それに、お雪の元に行く前の日に、茶店で饅頭をわざわざ買っているのも、お前が毎回お雪に渡そうとして果たせぬまま、隠れ家で一人で始末していたことも、全部知ってる」

顔から火が出そうだった。

そうだった。あの饅頭はわざわざ用意したものだし、今日、ああして渡すことができるまでに五回ほど空振りを繰り返していた。

己の心中を見透かされたことが気恥ずかしくなって、慌てて伸輔は話題を変えた。

「それにしても、お雪、何者なんだろう」

年端《としは》もいかない少女が、なぜ、遊軍隊の刷り物を作っているのか。

遊軍隊は、非合法の一味である。協力者とて、露見すれば牢屋《ろうや》にぶち込まれ、拷問を受けるはめになるだろう。何を好き好んで遊軍隊の仕事を請けているのだろう？　お雪の淡々とした態度からは職人の誇りは感じられても、榎本《えのもと》軍への反発や怒りを見出《みいだ》すことはできなかった。ならば金のためか？　そう考えたものの、しっくりこない。お雪への払いは、材料費を除けば、五日分の手間賃にもならない。〝悪事〟の見返りとしては割に合わないと言わざるを得なかった。

そんなことを言い出したら、そもそもお雪の存在自体が不可解だ。お雪には家族の影がない。年端も行かぬ十五の少女が裏長屋に一人で住み、版木職人をやっていること自体が、大いなる謎《なぞ》としか言いようがなかった。

三平は伸輔の疑問に答えなかった。別のことを考えているらしかった。物憂《ものう》げな顔をして、伸輔に釘《くぎ》を刺した。

「念のため言っておくが――本気になるなよ。お前だって承知しているとは思うが、お前は武家、あれは町人だ。身分が違う」

「わかってる」

仲輔は短く答えた。

武家では、好いた惚《ほ》れたのという感情は、一時の気の迷い、麻疹《はしか》の類《たぐい》と教わる。家を継ぐ器である嫡男は、脇目も振らず親の決めた相手と添い、子をなさねばならない。その道理は仲輔とて弁《わきま》えている。

だが――。

お雪の顔が眼前を掠《かす》めるたび、胸が締め付けられる思いがした。

だからといって、どうしたらいいのか、仲輔には見当もつかない。

今の仲輔にできること。それは、胸の痛みを前に見て見ぬ振りを決め込むことだった。

仲輔は別の話題を振った。

「そういえば、才《さい》さんはどうしたろう」

「またあの男の話か。聞き飽きたぞ。薬売りなんだから、行商でうろうろしているだろうよ」

少し前、神明町の居酒屋で出会った才なる男の姿を思い起こした。柔らかな物腰と、ひょうげた振る舞いを持ったその男のおかげで、無用な争いに巻き込まれずに済んだ。ほっかむりで隠れていたが、その顔立ちには役者のような華があった。

格好良かった。ああいうものになりたい。そんな剝《む》き出しの憧《あこが》れが、今も仲輔の中で燻《くすぶ》っている。

「また、逢《あ》えないものかなあ」

「箱館は小さい。そのうち、出くわすこともあろうさ」

三平は投げやりに言い、道の上の石を蹴《け》った。その石は踏み固められて凍った雪の上を転がり、ついには、向こうからやってくる男たちの足下で止まった。

仲輔は息を呑《の》んだ。横の三平も顔を硬くした。

黒の軍服に大小を差し、左肩に誠の文字が躍る袖章《そでしょう》をぶら下げた四人組。新撰組だった。

仲輔と三平は目配せし合い、また歩き始めた。

ここで踵《きびす》を返しては目立つ。堂々とすれ違うが吉だ。

新撰組隊士に近づく度に、心音が高まってゆく。固唾《かたず》を呑みながら、脇をすり抜けた。

ほっと息をついたその時、後ろから呼び止められた。

「童《わっぱ》、止まれ」

仲輔は、三平と共に振り返った。

声を掛けてきたのは、例の新撰組隊士だった。四人が足を止め、仲輔たちを眺めている。一番前にいる男は刀の柄に肘《ひじ》を掛け、散切《ざんぎ》りにした髪をもう一方の手で撫《な》でている。

仲輔は辺りをそれとなく見た。裏路地、小道は近くにある。いざとなればそこから逃げればいいと算段を打ち、軽く三平と頷き合った。

新撰組隊士は口を開いた。

「すまぬが、この辺りに食い物屋はないか。探しておるのだ」

非番の者たちだったらしい。誰《だれ》にも聞こえぬよう息をつき、この坂道を登った南部《なんぶ》陣屋の辺りに食い物屋が多い、と説明してやると、四人は礼を言い、連れ立って坂道を登っていった。

四人の姿が小さくなってから、三平はようやく口を開いた。

「驚いた」

「本当に。帰るか」

「そうだな」

伸輔たちは早足にその場を去ろうとした。だが、前方から見慣れぬ一団がやってくるのに気づき、思わず足を止めた。

十人ほどだろうか。十二月に着るにはあまりに寒々しい、白い単衣《ひとえ》のぼろを身に纏《まと》っている。手には数珠や独鈷《どっこ》、法華《ほっけ》太鼓などの道具を持っている。その持ち物は皆で揃《そろ》えているわけではなさそうで、なんとなく統一感を欠いていた。先頭を歩く男が竹竿《たけざお》の先に白い麻布をくりつけた旗を振り、足を踏み鳴らして先導し、皆がその後ろに続いている。この一団は、乱舞しながら南無なんとか大明神と口々に唱えている。人々の題目が混ざり合い、うねるせいで、肝心な部分が聞き取れない。

いずれにしても、ただならぬ気配に圧《お》され、伸輔たちは道端に寄り、行列に道を譲った。

喚声と共に去って行く行列を見送ると、三平は目を何度もしばたたいた。

「なんだ、あれは」

「さあ」

顔を見合わせた伸輔たちは、今度こそ、帰途についた。

次の日、伸輔と三平は内陸部にある五稜郭に足を延ばした。

一休みする旅人と同じく道端の岩に座り、顔を隠すための笠《かさ》の縁《へり》を上げて街道沿いから五稜郭の様子を眺めた。五稜郭の周りでは人足がしきりに走り回って大梃子《おおてこ》の縄を引き、堀下に足場を組んで、石を積み直している。その上では、他の人足が雪をかき、堀の下に落としていた。

五稜郭を上から見ると籠目《かごめ》のような形をしているそうだが、伸輔には大きな丘のようにしか見えない。

榎本軍が五稜郭を修理している――、そんな噂《うわさ》が遊軍隊にもたらされた。真偽を確認に行かねばならぬとなり、伸輔と三平に白羽の矢が立った。

伸輔は街道を行き交う人々や、五稜郭のすぐそばに立ち並ぶ真新しい屋敷地の一角を一瞥《いちべつ》しつつ、声を上げた。

「それにしても、人が多いなぁ」

「松前《まつまえ》よりも栄えているかもしれぬ」

数年前、箱館市街にあった箱館奉行所が五稜郭に移されたのに伴い役人の屋敷地も移転され、五稜郭の〝城下町〟が形成された。人が集まれば商いの機を捉《とら》えた商人が近隣に居を構えるのは世の常、箱館ほどとはいえぬまでも、この界隈《かいわい》もそれなりに賑《にぎ》わうようになった。

寒風吹きすさぶ中水堀に舟を浮かべて底を浚《さら》う人足や、雪のこびりついた土塁に鏝《こて》を振るう職人の姿を眺めつつ、伸輔はぽつりと疑問を述べた。

「なんで今、直しているんだろう。春を待てば楽だろうに」

冬、大地が凍って土塁を壊し、均《なら》した地面も凸凹になる。石垣の間に入り込んだ水も悪さをして石を割り、石垣を崩す働きをする。冬の間はひたすらに寒さを耐え忍び、暖かくなった折に打ち崩れた土塁や石垣を直し地面を綺麗《きれい》に均す。それが蝦夷地の作事の常である。

恐らく、と前置きして三平は答えた。

「春まで待ってたら、薩長政府軍が攻めてきたときに間に合わなくなるだろ」

「ああ、そうか。でも三平、本当に攻めてくるかな。薩長軍は」

三平に促され、伸輔は己の腹の内を形にした。

「蝦夷地は寒すぎて米が育たない。薩長政府からすれば、あえて犠牲を払ってまで支配したい地じゃないんじゃないか。もしかして、ずっとこのまま――」

榎本軍はこの地に居座り続けるんじゃないか。そんな疑問がやまなかった。

だが、三平は伸輔の言葉にかぶせるように、己の見解を述べた。

「そんなこと、あってたまるか。また、元の日々がやってくる。松前家中は必ず復興する。そして、俺たちも松前に帰ることができる」

決然とした言葉の割に、三平の声は震えていた。

初めて伸輔は三平の心の揺れに気づいた。三平はいつだって頼れる兄貴分だった。だが、三平も伸輔と同じ、十五歳の少年に過ぎなかった。

三平に言葉を掛けなくてはならない。そんな思いに駆られたものの、形にならないまま、時ばかりが過ぎていった。

言葉の接《つ》ぎ穂《ほ》を探していると、仲輔に声をかけてくる者があった。

「あれ、お前たち、いつぞやの二人組じゃねえか。なにしてるんだ」

妙に親しげな声だった。からころと鳴り響く下駄音に振り返ると、そこには、源氏《げんじ》香文《こうもん》の染め抜かれた羽織を纏う、無精ひげの男が不敵に笑っていた。

いつぞや出会った、鼠《ねずみ》の富蔵《とみぞう》とかいう博徒《ばくと》だった。

ご無沙汰《ぶさた》してます、と頭を下げたのち、仲輔は口を開いた。飛び出た言葉は、自分でも驚くほどに砕けていた。

「なんだはこっちの台詞《せりふ》ですよ。こんなところでなにしているんですか」

「おう、俺は五稜郭近くの町の寺銭を集めにな」

富蔵は左手の麻袋を掲げた。揺れる度、中からちゃりちゃりとけたたましい音がした。そんな富蔵は、仲輔と三平の顔を怪訝《けげん》そうに見比べた。

「お前らはなにを……って、まあいいか。誰しも、言えねえことは沢山あるわな」

一人で納得した風の富蔵を前に、仲輔を一瞥した三平は口を開いた。

「俺たちもぼちぼち箱館に帰ろうと思っていたんです」

「そうかい。なら、一緒に帰るか。一人より、数人で歩く方が楽しいだろ」

仲輔は三平の背を叩いた。

「何だ」

「富蔵さんと一緒なんて、いいのか」

振り返った三平は、小声で耳打ちした。

「むしろ、俺たち二人でうろうろしている方が目立つ。あの男を隠れ蓑《みの》に使おう」

かくして、三人は連れ立って箱館へ戻った。

箱館へと向かう街道は、まるで雪の海に浮かぶ橋のようだった。右を見ても左を見ても雪原が広がっており、日の光を照り返していた。しかし風は強く、津軽《つがる》海峡から渡りくる海風が地吹雪《じふぶき》を起こし、氷の粒がきらきらと光った。

暫く道を歩いていると、行きでも見かけた光景に出くわした。

この辺りは一本木《いっぽんぎ》と呼ばれている。地名の由来ともなっている春楡《はるにれ》の木は高さ十丈（約三十メートル）はあり、人二人が手を伸ばしても回りきらぬほど幹が太い。葉が落ち、裸の枝を晒《さら》す春楡は、風に揺れて震えていた。だが、陸橋の蝦夷地《えぞち》側の根元に位置し、左右に海が迫っているゆえか、名の由来となっている木の他には背の高いものの何もない雪原が広がっている。

以前までうら寂しかった一本木界隈は、人足の熱気に満ちていた。

丸太を運ぶ者、雪をかく者、地面に穴を掘る者、丸太を縄で結わいている者、丸木柵《さく》を立てている者、色々あった。西の海岸から東の海岸まで一直線に柵を立て、街道沿いに官舎のような建物を普請し、門の柱を地面に打ちつけている。

普請の有様を眺める三平は、響く槌音《つちおと》に耳を塞《ふさ》いだ。

「ひどいことをする」

「まったくだぜ」富蔵も苦々しい顔で三平の言葉に頷いた。「この関門ができちまったら、おちおち寺銭も集められねえ」

十二月の二十日頃《ごろ》、榎本軍によって高札に掛けられた布告は、箱館の町に波紋をもたらした。来年一月から一本木に関門を設け、通行料を取るというものだった。仮に、親子が柵で分かたれようが、山菜採りで柵をまたごうが、例外なく一律に銭を徴収する、そんな居丈高な命令だった。町方でも反発の声が上がっている。海上交通が絞られる中、陸上交通まで制限を受けては物流が凍りつく。町名主は榎本軍に再三に亘って中止を言上したようだが、結局この決定が覆されることはなく、粛々と柵の建造は続いている。

「俺には政《まつりごと》はわからんが」

三平はかがみ込んで石を拾い上げると、力一杯に雪の原に投げた。放物線を描いた石は、やがて雪の原に音もなく落ち、見えなくなった。

「こんな馬鹿げたことをするために、奴《やつ》らは海を渡ってきたのか」

石に驚いたのか、雪原のこぶから兎《うさぎ》が顔を出した。真っ白な毛並の兎はまるまると太り、暖かそうな毛を逆立てている。

「寒さに凍えて痩《や》せ衰えているのは、人間様だけか」

三平は石を兎に向かって投げた。

兎はひょこっと身をかがめ、姿を隠した。

舌を打った三平は顎《あご》をしゃくった。

「行くか」

建造途中の一本木関門、寒さに震えるように立つ春楡の大木を横目に、仲輔は三平の背を追った。富蔵は何も言わず、仲輔たちに続いた。

箱館山の西突端、箱館湾を扼《やく》する場所に位置する弁天町《べんてんちょう》。この裏路地に、藤井民部《ふじいみんぶ》が仕切る遊軍隊の隠れ家がある。

海岸通りに沿って「巴港《ともえ》」箱館の町をぐるりと回った。大商家や異国人の新地が並ぶ地蔵町から、箱館でも最大の妓楼「武蔵野楼《むさしのろう》」のある南部《なんぶ》坂下まで行くと、巴型の海岸の形に沿って道は大きく右に湾曲する。運上所や高札所のある箱館市街の中心地に至る途中、旧箱館奉行所の東門の手前で富蔵と別れた。

坂を登っていく富蔵の背を見送った後、大きな廻船《かいせん》問屋や材木問屋が軒を連ねる弁天町に足を踏み入れた。

仲輔は常ならぬ胸騒ぎに襲われた。

何かがおかしい。言葉にすることができぬ漠《ばく》とした違和感が、仲輔を捉《とら》えて放さない。

いつしか足を止めていた仲輔は、横の三平に脇を小突かれた。

「おい、あれ」

隠れ家のある裏長屋前に、人垣ができていた。

黒山の人だかりは、裏長屋の住民たちだった。顔を見合わせ、不安げに門を見上げている。長屋門には黒い軍服姿の兵士が立って目を光らせ、他の兵士たちが物々しく出入りしていた。誠の一字を染め抜かれた兵士の袖章で気づいた。新撰組だ。

摘発だと察するのに、時間はかからなかった。

三平と目を見合わせて、ゆっくりと後ずさった。今すぐにでも駆け出したい衝動を堪《こら》える。

藤井民部の言葉が耳奥でこだました。

危機に陥った際、何も考えずに駆け出すのはよくない。

変に駆け出すと、向こうにこちらの存在を教えることになる。だから、まずいと思ったら呼吸を整え、ゆっくりと身を翻《ひるがえ》し、普段と同じ歩幅でその場を離れるべし。それが民部の弁だった。

その警句に従い、後ずさるようにその場を離れた。

新撰組隊士ともすれ違う。だが、仲輔たちの存在は気づかれなかった。

裏長屋の門から離れ、ようやく新撰組の影も見えなくなった。

仲輔と三平は同時に息をついた。

だが、突然、あらぬ方から伸びた手に腕を取られ、そのまま裏路地に引きずり込まれた。すっかり足が浮いている。口も何かで塞がれた。

仲輔が声にならない声を上げる中、低い男の声が仲輔に浴びせられる。

「静かにしろ」

殺されるかと思った。だが、目が慣れて、相手の顔が闇《やみ》の中から浮かび上がると、むしろ深い安堵《あんど》が仲輔を包んだ。

伸輔の口を塞いでいたのは、蓑《みの》を肩に掛けた村山次郎《むらやまじろう》だった。その横には、顔見知りの遊軍隊士の姿もあった。

「た、隊長」

「しっ、静かにしろ」

村山は指を一本立てて、もう一人の隊士に抱きすくめられていた三平の口を封じた。目を白黒させる三平だったが、やがて落ち着きを取り戻したのか、小声を発した。

「どうしてここに。何かあったんですか」

「質問が二つになっている。質問は一つずつが鉄則だ」

「す、すみません」

「まあいい。順を追って説明する。――遊軍隊は、ほぼ壊滅した」

俄《にわか》には信じられなかった。冗談ではないかと疑ったくらいだった。だが、村山はいつまで経《た》っても深刻な表情を崩さなかった。

「どういうことですか」

「今日の昼、遊軍隊の本拠が新撰組に踏み込まれた。俺は辛くも抜け出したが、何人かは斬《き》られた。で、仲間と合流しようとしたんだが、他の隠れ家もことごとく新撰組に押さえられていた。それで弁天町の隠れ家に足を運んだら、お前たちを見つけたという寸法だ」

伸輔は気がかりを口にした。

「あの、隊長、民部さんを見ませんでしたか」

「俺が聞きたいくらいだ。お前ら、知らぬのか」

三平は首を振る。

「朝から民部さんの言いつけで、五稜郭の普請の様子を探っていて、留守にしていたので」

「そうか……ってことは、あいつももう、駄目か」

首を何度か振った村山に、三平は問うた。

「これから、どうします」

「とりあえず逃げる。下の者には話していないが、いざというときに逃げ込む秘密の落ち合い場所がある。お前たちにも、任務をしくじったとき、逃げ回った後に集合するよう取り決めている場所があるだろう。その親玉のような場所だ」

「でも、そんな場所、どこに」

「詮索《せんさく》は無用だ。どうせすぐにわかる。行くぞ」

村山が先導する形で、仲輔たちは裏路地を進んだ。

複雑に入り組んだ裏路地は、庇《ひさし》や壁の影がわだかまって薄暗い。だが、村山は勝手知ったる庭の如《ごと》く、右に折れ、左に折れてずんずん奥へと進んでいった。道の隅には雪が残り、折からの晴天で緩んだ屋根の雪がどしゃりと地面に滑り落ちる。一日中日の当たらぬ通りは、地面の雪が凍り、気を張り詰めていないと転びそうだった。

足下がおぼつかず、もたつく仲輔と三平の遥《はる》か前で、村山は呆《あき》れ顔をしていた。

「今行きます」

仲輔は声を上げた。その時、仲輔は己の背後に影が差したことに気づいた。振り返る。

刹那《せつな》、仲輔は横の壁に吹き飛ばされた。

受け身を取り損ねた。胸が潰《つぶ》されるような痛みと共に呼吸が詰まる。

だが、すぐに気を取り直し、周囲を見渡した。

近くにいた遊軍隊士が、地面に倒れていた。肩から腹に掛けて一直線に傷が走り、服はおろか肉を裂き、傷から止めどなく血が流れている。その手は左腰に伸びていたものの、柄にまで届くことなく地面に落ちていた。

血だまりに仰《あおむ》向けに浮かぶ遊軍隊士の向こうに、一人の男が立っている。

短刀を血払いする、紺の野袴《のばかま》を穿《は》いた男――。

仲輔は、起こったことを呑み込んだ。

後ろから、野袴の男が迫ってきていた。狙《ねら》いは仲輔だったのだろう。それを察知した遊軍隊士が仲輔を突き飛ばし、迎え討とうと振り返ったものの、野袴の男に殺《や》られてしまったのだと。

俺のせいだ。

血まみれの隊士を見下ろす。その顔からはどんどん血色が失われていく。痙攣《けいれん》していた頬《ほお》も、ついに動かなくなる。少しずつ瞳孔《どうこう》が開き、ついに瞳《ひとみ》が闇《やみ》色一色に染まった。

目の前で、一つの命が失われた。

仲輔は地面にへたり込む。

だが、そんなことはお構いなしに、紺袴の男は淡々と声を発した。

「また会ったな」

最初、この男が誰なのか、思い出せなかった。記憶の棚をひっくり返し、必死で探すうち、ようやく、伸輔の頭の中の像と目の前の男の姿がぴたりと重なった。

一月ほど前、榎本軍が町を練り歩いていた日、伸輔たちを襲った男の顔だった。絶体絶命の危機という強烈な体験を経ても、相手の顔を一切覚えていないのには奇異の感を覚えた。しかし、こうしてまじまじと眺めていても、目の前の男の造作は、見ているそばから忘却に呑み込まれていくかのような、おぼろな印象しか持っていない。

「野郎」

坂の上にいた村山は腰の脇差《わきざし》を抜き払いつつ、紺袴の男に斬りかかった。横薙《よこな》ぎ一閃《いっせん》。だが、紺袴の男はちゃちな小刀で村山の一撃を受けた。

伸輔の眼前では、二人の男が鍔迫《つばぜ》り合《あ》いを繰り広げていた。両手に持ち直し、体重を掛けるような塩梅《あんばい》で刀を握るのは村山、そして、そんな村山の圧に対し、右手の小刀だけで応じる紺の装束の男――。

ちっ、と村山は舌を打った。

「――忍びだな」

男は然《しか》り、と頷く。

「御庭番《おにわばん》だ。元だがな」

「榎本め、御庭番まで蝦夷地に引き込んでいたか」

二人の得物《えもの》が競り合い、火花を散らした。

「隊長」

駆け寄ろうとした三平を、村山は制した。

「来るな。邪魔だ」

三平がその場で棒立ちになったのを見届けた村山は、体軸をずらし、攻めに転じた。

伸輔の目には、何が起こっているか捉えることすらできなかった。

村山の技は、舞のようだった。蹴り、突き、そして脇差による斬撃《ざんげき》が一連の動作となり、見ていて不思議と心が躍った。

だが相手は、村山の攻撃を避《よ》け、さばき、いなしてすべて無効としている。それどころか、合間に己の攻撃を挟む。

気づけば、村山の蓑や軍服には斬撃の痕《あと》がいくつも走っていた。

「ちっ」

少し距離を置いた村山は、笠を目深に被《かぶ》り直し、蓑の中に手を突っ込んだ。そして、ひゅっと息を吐き、何かを投げ放った。

野袴の男は身を翻した。

先ほどまで男の立っていた場には、棒手裏剣が幾本も刺さっている。

「お前も忍びか」

ぬらりと立ち、構えようともせぬ男の問いに、村山は口角を上げ、軽口を叩いた。

「俺はそんな辛気臭い生業《なりわい》に手を染めてはいない。俺は――役人だ」

二人はまた、喧嘩《けんか》独楽《ごま》のように激突した。

仲輔も、三平も、浮世離れした戦いを、ただ眺めていることしかできなかった。

そんな中、また男と距離を置いた村山は、二人を見据え、顎《あご》をしゃくった。

逃げろ。

その謂《い》いなのは、仲輔にも理解できた。だが、動かなかった。

否、動けなかった。

村山と戦っていると見せて、あの男は仲輔たちへの注意を怠っていない。背中を見せようものなら斬りかかる。そう言わんばかりの圧に呑まれ、足がすくんでいる。

「逃げろと言っただろう」

村山に怒鳴られ、ようやく仲輔は駆け出した。だが、足がもつれる。しかも、地面が凍りついていて滑る。

村山の脇をぬうとすり抜け、男は仲輔の前に立った。

最短の突きが、仲輔の胸に吸い込まれる。

仲輔は己の血が凍る音を聞いた。だが――。

男の刃は、仲輔に届かなかった。

仲輔の目の前には、村山が立ちはだかっていた。

「た、隊長」

思わず、伸輔は声を上げた。

様子がおかしい。

村山を覗き見た。すると――。

村山の足下に、血だまりが広がっている。その血の流れ来る先を見上げれば、村山の蓑は血に染まり、右肩に深々と男の小刀が刺さっていた。

「隊長！」

伸輔は悲鳴にも近い声を上げた。だが、村山はいつもの口調でたしなめた。

「うるさい、少し黙っていろ」

その声はわずかに上ずっている。

村山はそれでも動いた。左手を蓑の中に突っ込み、取り出したそれを村山は地面に転がす。火のついた紙縒《こよ》りの先からしゅうしゅうと煙を立てる直径二寸（約六センチ）ほどの黒玉。紙縒りがすべて燃え尽き、火が黒玉の中に吸い込まれた瞬間、辺りは閃光《せんこう》と煙に塗り込められた。

襟首を引っ張られ、伸輔の口から蛙《かえる》のような声が出た。

ぐいぐいと上に引っ張られるうちに視界が晴れた。

伸輔が見上げると、そこには伸輔と三平の襟首を取り、二人を引きずる村山の姿があった。普段の余裕《よ》綽々《ゆうしやくしやく》な表情は崩していないものの、顔には脂汗が浮かび、口元がわずかに震えている。あの男の小刀がなおも刺さったまま、血を滴らせている。

「これは」

三平が血だらけの柄に手を伸ばそうとしたその時、村山は吼《ほ》えた。

「やめろ、触るな。抜いたら一気に血が噴く」

三平は顔を青くして手を引っ込めた。

「いい加減、自分の足で歩け。さすがに、疲れてき……た」

慌てて二人が足を地面について振り返ると、村山は右肩に刺さる小刀を睨《にら》み付け、憎々しげに歯噛《はが》みしていた。

「少々血を流しすぎたか」

「た、隊長、大丈夫ですか」

「安心しろ。幸い、もうそろそろ、着く」

唇から血の気が失われかけている村山は、ちらと坂の上を見上げた。その双眸《そうぼう》の先には、欄干が赤く塗られた三階建ての望楼が見える。箱館の西の山の中腹にある三階建ての建物。箱館中の者が知っている。

異国人向けの揚屋《あげや》、山之上町の門前にある『休息所』だった。

「あそこだ」

「異国人じゃないと入れないんじゃないですか、あそこ」

「安心しろ」

三人は、坂道を早足で登っていった。

夜ともなれば男どもでごった返す山之上町は、日の高い昼間は割合に静かだった。まだ辺りも明るく、提灯《ちょうちん》も下がっていない。張見世《はりみせ》の女たちもけだるげに格子の向こうで座り、人の殆《ほと》ど通らない目抜き通りを胡乱《うろん》げに見遣《みや》っているばかりだった。

仲輔と三平は、村山に肩を貸し、傷口を手ぬぐいで押さえながら目抜き通りを行く。

「裏手に回れ」

言われたとおり『休息所』の脇にある暗い小道を入って暫く歩くと、塀の向こうに小さな枝折《しおり》戸《ど》が見えてきた。その戸を押し開くと、向こうには狭いながらも手入れの行き届いた苔庭《こけにわ》が広がっていた。そんな侘《わ》びた庭を尻目《しりめ》に飛び石を踏んで屋敷へと向かい、縁側にまで至ったところで、向こうから揚屋の男衆と思《おぼ》しき屈強な男が姿を現した。

仲輔は身構えた。

一方の男は血だらけの村山を一瞥しても眉《まゆ》一つ動かさなかった。事情は知っている、と言わんばかりに仲輔や三平に向いて深く頷き、村山を両腕で抱え上げた。

二人は履き物を脱ぎ捨てて上がり込み、その後を追った。

村山を抱えた男が入っていったのは、表通りを見下ろす欄干を備えた、二階の大広間だった。普段は高級芸者や遊女を呼んで宴会を開いているのだろう、鳳凰《ほうおう》を透かし彫りにした欄間や格天《ごうてん》井《じょう》を備えた二十四畳敷きの大部屋に、十人ほどの男たちが肩を落として座っていた。見れば、誰も彼も、どこかしらに晒《さらし》を巻いている。中には全身に晒を巻かれ、畳の上に横たえられた者もある。そんな部屋の中では、頭を剃《そ》り上げた黒十徳《じっとく》の中年男が忙しく飛び回っていた。

「おお、三平、伸輔」

呼び声に振り返ると、そこには、頭に血の滲《にじ》む晒を巻いた藤井民部の姿があった。民部は立ち上がり、伸輔と三平の前に立つと、手を広げて抱き寄せた。

「よくぞ、無事だったね。怖い思いをしただろう」

「み、民部さん」

三平は涙声だった。

「よくぞ無事で」

民部は三平の肩を何度も強く叩いた。

「民部さんも、よくぞご無事で」

伸輔の言葉に、民部は深々と頷いた。

「私も運がよかったんだ」

この日、民部は他の小隊長との打ち合わせがあり、外の茶店に出ていた。二人で茶を飲みながら密談していた折、一人の隊員が転がり込んできた。その者は打ち合わせ相手の部下だったが、その者が遊軍隊の危難を告げた。

「複数の隠れ家が襲われたと聞いてね。特に、本拠が潰《つぶ》されたという知らせを聞いて、ここに逃げ込むことに決めたんだ」

「そのお怪我《けが》は」

「それが」

民部の顔は引きつった。

本拠が新撰組に押さえられたという知らせを受け、民部はいざというときの落ち合い場所である『休息所』を目指した。だが、その途上、不思議な男が立ち塞がった。

「その男、白の首巻きに西洋割羽織《フロックコート》姿なんて小洒落《こじゃれ》た出で立《いた》ちでね。揃いの軍服を着ている新撰組隊士じゃないのは明らかだった。あるいは、榎本軍の指揮官級かもしれないが――。問答無用で斬りかかってきたんだ」

その男は、とにかく強かった。民部と行動を共にしていた腕利きの隊士は、瞬く間に斬り伏せられてしまった。勝ち目はない。そう判断し、残る部下を引き連れ、脇目も振らずに逃げた。

「卑怯《ひきょう》？ 敵討《かたきう》ち？ 斬られた隊士には悪いけど、あんな強い剣客相手に勝てる気がしない。それに、後ろに他の隊員もいたんだ。その者たちの命も大事だった」

声がわずかに震え、膝《ひざ》の上に置かれた手で腿《もも》を強く握る民部を前に、非情な判断を責める気には到底ならなかった。

「その剣客に私も斬られたんだ。逃げる途中に受けた傷だから大怪我にはならなかったけど、真正面で受けていたら、きっと死んでいただろうね」

「それは、難儀なことでした」

「そんなことより」

民部ははっと目を見開き、村山のところへ駆け寄った。

村山は蓑や上衣を脱がされた状態で畳の上に転がされていた。目を細め、蠟燭《ろうそく》の炎で針を炙《あぶ》る禿頭《とくとう》の男——医者を傍らに置く村山は、歯の根をしきりに鳴らし、やってきた民部を見上げた。

「やってしまった。だが、お前のところの隊士を二人、連れてこられたのはよかった」

「身を挺《てい》して、二人を守ってくれたのですか」

「一応、隊長だからな。それにしてもこんな大負け、屈辱だな」

村山は、己の右肩を見遣った。なおも深々と小刀が刺さったままになっている。

「なあ、民部」

村山は焦点の定まらぬ目をして、身を震わせた。

「さっきから、右腕の感覚が殆どない」

「——今は休んでください」

「そうだな。今の有様では、悪い方にしか考えられん」

血色を失い力なく笑う村山を前に、民部は口を結んだ。

二人の間に医者が割り込んだ。炙った針を掲げ、糸を通した医者は顎をしゃくる。どけ、ということだろう。民部もそれに従った。

医者は舌を打った。もっと灯《あか》りを。血を拭け。だめだ、止まらない。

医者の悲鳴を聞いているうち、懐に、貰った石田散薬《いしださんやく》があったことに気づき、医者に渡した。

「切り傷にも効くそうです」

薬包から薬を出した医者は黒い粉末を眺め怪訝な顔をしたものの、結局患部にその薬を塗りたくり始めた。すると、薬が血を吸い、かさぶたのようになった。

医者は目を見張り、傷の縫合を始めた。

大部屋一杯に村山の苦悶《くもん》の声が上がった。まるで鳥の首をひねるようなその声が響く度、遊軍隊士は肩をびくつかせた。

そんな中、仲輔は村山の方を見遣り、民部に問うた。

「大丈夫でしょうか。隊長は」

「平気だよ。あの人は、あれしきの怪我で負けるはずはない」

自分に言い聞かせるかのように、民部は力強い声を発した。

民部の願いが通じたのか、村山は命拾いをした。この一斉摘発の中で唯一の慶事だった。

結果として、此度《こたび》の摘発は遊軍隊に途轍《とてつ》もない痛手をもたらした。

「休息所」に逃げ込んだ隊士は十五名に過ぎなかった。隊士は三十名ほどいたらしいから、約半数がここにやってきていないことになる。さらに、難を逃れた十五人のうち七名は、かなり重篤な怪我を負い、医者も「この環境では碌《ろく》に面倒を見ることができぬ」と匙《さじ》を投げた。

遊軍隊は半壊、いや、ほぼ全壊の有様となった。


数日後の夜、仲輔は築嶋《つきしま》新地にいた。

日本人の立ち入りが禁じられた、異国人向けの港である。なぜこんなところに遊軍隊が出入りできるのかはわからないが、遊軍隊は薩長と繋《つな》がっている。薩長贔屓の異国との伝《つて》でもあるのだろうと仲輔はこれ以上深く考えなかった。

そんな中、右腕を吊《つ》り、暗い顔で海を眺めていた村山次郎は、視線に晒されていることに気づいたのか仲輔に向いた。

「申し訳のないことになった。本当なら、俺こそ残らねばならぬ立場なのにな」

仲輔の横に立っていた藤井民部が進み出て、村山の肩を摑《つか》んだ。沈痛な顔をしていた。

「隊長のせいじゃありません」

村山は、右肩の傷のせいで腕が上がらなくなった。蝦夷地の医者では治せず、負傷した遊軍隊員ともども本州に渡り、治療を受けることになったが、村山はその決定に食ってかかった。

『ふざけるな。隊長の俺がいなくなったら隊はどうなる』

私が代行として指揮を執るから安心しろと民部がなだめても、村山は聞かなかった。

『このままおめおめと本州に逃げ帰ったら、死んでいった隊士に顔向けできない』

村山は獣のような慟哭《どうこく》とともに、その場に膝をついた。

だが、結局民部の説得を容《い》れた村山は、本州青森《あおもり》に向かう英国籍の商船に遊軍隊士を乗せる段取りを自ら打った。

次の日の朝――。その商船が箱館港を出る。

暗がりの港に屹立《きつりつ》する黒い影。これが、村山たちの乗る船だった。

村山は、船と民部、そして眠らぬ箱館の町を交互に見つめ、動く左手で民部を抱きしめた。

「必ず戻る。それまで、隊を頼む」

「任されました」

民部の首に回していた腕を解いた村山は、伸輔と、三平の前に立った。これまで、この男の眼光に晒されると背に冷たいものが走ったものだったが、このとき、伸輔はまったく違う感想を覚えた。

村山は、目を細めた。

「お前たち、本当にいいのか」

どちらからともなく、伸輔と三平は頷いた。

なおも、村山は続ける。

「これから、遊軍隊にとっては、箱館はより厳しい情勢になっていくだろう。賊軍が町の締め付けにかかるのは目に見えている。お前たちの身の安全も、当然保証できない。ここに残れば、死ぬかも知れない。それでもいいのか」

怪我をした遊軍隊士を本州に脱出させると決した際、年若の三平と伸輔を看護に充《あ》てる案が出た。看護は名目上のこと、実際には、若年隊士を逃がすべきなのではないか、そんな大人の分別が隊に横溢《おういつ》した結果の議論だった。当の本人たちが強く拒んだことでこの話は結局流れたものの、村山はこの期に及んで話を蒸し返した。

三平は、硬い表情のまま、頷いた。

「隊長だってご存じでしょう。俺は、なんとしても黒木《くろき》家を復権させねば。絶対に、逃げられません」

「そうか」

村山は伸輔を見遣った。お前は？　言外に問われている。

しばしの思案の後、伸輔は己の思いを口にした。

「残ります」

「お前もか。父と母を救うため、そう言っていたな。その思いは、変わらないか」

「はい。寸毫《すんごう》たりとも」

風の便りで、松前家中の現状を聞いた。

藩を奪われるという失態の心労が祟《たた》ったか、藩主だった松前徳広《のりひろ》が十一月に死に、藩士たちはその位牌《いはい》を前に結束を誓っているという。青森に滞在する松前家中は、薩長政府軍に組み入れられながらも家中の体《てい》を保っているようだ。

藩領を追われても、まだ松前は生きている。

任を果たしさえすれば父の罪が許され、春山《はるやま》家の復権がなる。

もちろん、そんな思いもある。だが伸輔は、己の心中に、これまでとは違う何かが根付きつつあることに気づいている。だが、その正体がなんなのか、未《いま》だに形すら見えてこない。結局、言葉にするのを諦《あきら》め、建前をそのまま口にしたのだった。

村山は皮肉げに口角を上げた。

「先の襲撃の時に、袴と刀をなくしたそうだな」

「はい。隠れ家に置いていたもので」

弁天町の隠れ家には近寄ることさえできないでいる。あそこにあったものはすべて押収され、榎本軍の蔵にでも収められているのだろう。もはや、手元に戻ることはあるまいと諦めている。

「先祖伝来の刀を失い、馬乗袴《うまのりばかま》を穿けなくなっても、お前は武家の生まれにこだわるのか」

「――ええ、それしか、某《それがし》にはありませぬゆえ」

俯《うつむ》き、伸輔は言い切った。

武家の誇り、主家の為《ため》、御家大事という建前は、余計なことを語らずに済む分、便利な道具だった。そして今、伸輔はその道具に寄りかかっている。

「そうか。なら、仕方ないな」

村山は伸輔の額を左手の指で弾《はじ》いた。

「なら、もっと胸を張れ。お前の決めたことだろう」

「はい」

なぜか、涙がこぼれてきた。それを押しとどめる術が、当の伸輔には見つからない。

「泣く奴があるか。いいか伸輔。いいことを教えよう。人間、生きていると大事なものの順番が変わることがある。今のお前にとって大事なものが、どうしてあんなものを後生大事にしていたのかと思う日が来るかもしれない。その時、それまで大事にしていたものにしがみつく必要はない」

何を言われているのか、ピンとこなかった。

呆然《ぼうぜん》とする伸輔の前で、村山は後ろ頭に手をやった。

「俺が帰るまで、死ぬな」

「はい！」

仲輔、そして三平は同時に声を張り上げた。

「いい返事だ」

複雑な笑みを浮かべた村山は、風の吹くまま海の方を眺めた。なおも箱館湾は闇の中に沈んでいた。

村山は見送りにやってきた他の隊士と短い別れの言葉を交わし終えると、ゆっくりとした足取りで、時には振り返りつつ、船に乗り込んでいった。そしてしばらく待っていると、船は少しずつ岸から離れ始めた。巨船は滑るように闇に沈む海を駆け、やがて小さくなり、最後には見えなくなった。

いつまでも船の行く手を眺めていると、民部が後ろで遊軍隊士に戒告をしていた。

「これからが大変だ。隊長が不在の間、我らはなんとしても失地を回復しなければならない。これから忙しくなる。皆の奮起に期待しているぞ」

男たちの弱々しい返事が、波間に浮かび、消えた。

仲輔は、これからのことを思い、胸が痛くなった。

あと数日で、年が明ける。

十五だった仲輔は一年歳《とし》を重ねて十六になる。

これまで、歳を取ることには、山の頂上に立つが如き爽快《そうかい》さが伴っていた。特に、昨年の正月は待ちに待った正月だった。元服。その言葉の響きに仲輔は酔いしれていた。

だが、先の見えぬ今、いたずらに十六になることが、空恐ろしいことのように思えてならなかった。

雪がちらついている。少しずつ小さくなる船の背を覆い隠すように降る雪は、やがて暗い海の中へと吸い込まれていった。

第四章　明治二年一月　歳三の章

医者や看護兵が忙《せわ》しく行き交う板壁の廊下を歩く歳三《としぞう》は、確固たる日常が幾重にも層をなし、歳時の移ろいから取り残された病院の中にいた。

向かいにある英国領事館のほうがまだ正月らしさがあった。窓から表を見遣《みや》ると、英国式建築物である領事館の門前には日本へのおもねりか門松が飾られ、衛兵たちが降りしきる霧雨を見上げて不機嫌そうに歩哨《ほしょう》している。

「正月飾りが全然ないんだな、ここは」

通された部屋の椅子《いす》に座った歳三が水を向けると、卓を挟んで差し向かいに座った黒袖無胴着《チョッキ》姿の男――高松凌雲《たかまつりょううん》は呆《あき》れ顔をして、小姓《こしょう》の持ってきた西洋茶碗《カップ》に口をつけた。歳三の前にも西洋茶碗《カップ》は置かれているものの、茶色の液体――紅茶の甘ったるい香りが受け付けず、口をつける気にならなかった。だが、凌雲は意に介する様子もなく、湯気に鼻先を近づけ、ふむ、と息をついた。

「何言っているんだか。古今東西、盆暮れ正月は医者に縁遠いものの一つだ」

年の頃《ころ》は三十歳代半ば、歳三と歳塩梅《としあんばい》はそんなに変わらない。だがこの男は、頭を丸める決まりになっているにも拘《かか》わらず自らの流儀に合わないと拒否、蓄髪したまま一橋《ひとつばし》家の典医となり、一橋慶喜《よしのぶ》が将軍になったのを受けて奥医者に登用された。その奇特な経歴が示すとおり、己の気に食わないことにははっきり否を言う、城勤めに向かぬ性分をしている。

敵の多い男だが、歳三は一方的に親近感を覚えている。忙しい折に訪ねても追い返されぬところを見れば嫌われてはおらぬのだろうと思っている。

歳三はひらひら手を振った。

「はは、むしろ褒めているんだよ、高松さんよ。あんたまでお屠蘇《とそ》気分じゃ、この国は保《も》たねえよ。死ぬ必要のねえ奴《やつ》が死んじまう」

凌雲は西洋割羽織《フロックコート》姿の歳三を一瞥《いちべつ》した。

「ふん、そういうあんたも仕事着みたいだが」

褒めたら褒めたで機嫌を悪くする。このひねくれ具合も歳三好みだ。

「部下が働いているもんでね」

「ああ、新撰組《しんせんぐみ》のお練りか。正月から無駄なことをするもんだ」

「手厳しいねえ」

さすがの歳三も顔をしかめた。

新年早々の一月二日、御用初めと称して、新撰組は屯所《とんしょ》の称名寺《しょうみょうじ》に飾っている隊旗を翻《ひるがえ》し、隊《たい》伍《ご》を組んで練り歩いている。町中の大通りをすべて回る計画のゆえ、丸一日かかると部下から報告があった。

「まさか、病院に引きこもってるあんたがご存じとはね」

「先ほど、門前を練り歩いていたからな。で、市中取締の総責任者は、病院で暇を持て余しているというわけか」

「違うよ。ここに来るのも陸軍二番手の立派な公務だ」

ややあって、凌雲は目を伏せ、西洋茶碗《カップ》の中の、紅い水面を睨《にら》んだ。

「――失言だった」

「構わねえさ」

歳三は手をひらひら振った。

箱館《はこだて》政府の成立と共に設立されたこの箱館病院の入院患者は、殆《ほとん》どが箱館攻撃、松前《まつまえ》攻撃の負傷者で占められている。

西洋列強からもたらされた新兵器の登場は、戦をより苛烈《かれつ》で残酷なものに変えた。炸裂弾《さくれつだん》は四肢を飛ばし、ガトリング砲は体中を蜂《はち》の巣にし、最新鋭の団栗型鉛弾《プリチエツト》は人の体内で暴れ回り、内臓をおぼろ豆腐のようにしてしまう。

そんな悲惨な戦場に兵士を向かわせたのは俺《おれ》だ――。そんな内なる声に耐えられなくなった歳三は自らの金で餅《もち》を買って入院患者に配り、一人一人を激励して回った。中には、今日明日が峠《とうげ》の者もいた。歳三が姿を現すと、涙を流して喜び、「せめて、あんたの盾になって死にてえ」と声を震わせた。この病院に転がる者たちは皆、歳三の采配《さいはい》の結果ここにいる。恨まれこそすれ、感謝される謂《いわ》れはなかった。

歳三はあえて明るい声を発した。

「俺はもう、功名なんぞいらぬのさ。いいところは部下にくれてやって、俺はやらねばならぬことを粛々とこなすばかりだ」

「人がいいというか、なんというか……」

「へそ曲がりってんだよ、そういうのは」

けらけらと歳三が声を上げると、凌雲もつられて笑った。

笑みを引っ込め、西洋茶碗《カップ》を口につけた凌雲は、その怜悧《れいり》そうな顔をずいと歳三に近づけた。

「そろそろ本題に入らないか。こちらも忙しいんでね」

「助かるぜ」歳三は凌雲から視線を外すことなく、声を発した。「年末に捕まえた遊軍隊士を引き渡して欲しい。一刻も早くだ」

昨年末、新政府方の密偵部隊、遊軍隊の一斉摘発を行なった。小芝長之助《こしばちようのすけ》の内偵によって割れた隠れ家の数々を一斉に潰したそのやり方は、かつて長州《ちようしゆう》の不逞《ふてい》浪人を一網打尽にした池田屋《いけだや》事件の手際をさらに洗練化させたものだった。あれほどの大規模な捕り物でありながら町民に怪我《けが》人《にん》は出ず、遊軍隊士五人を逮捕、五人を斬《き》り捨てることに成功した。歳三自身も前線に出て、幾人かを刀の錆《さび》にした。上々の戦果といえようが、頭目である村山次郎《むらやまじろう》の居場所は杳《よう》として知れず、遊軍隊の残党も狩り切れていない。少しずつ隠れ家を摘発しているものの、完全な撲滅には程遠い。

ゆえに、歳三は先の大捕物で捕まえた遊軍隊士に目をつけた。逮捕者は重傷を負い、秘密裏にこの箱館病院に届けて治療させている。なんとしても、この隊士から手がかりを得たいところだった。

年末からずっと遊軍隊士の引き渡しを求めているものの、凌雲は首を縦に振らなかった。業を煮やし、こうして歳三自ら箱館病院に足を運んだのであった。

「なおも遊軍隊士を引き渡さぬ申し開きをして貰《もら》おうか」

「何度でも言う。事実上の政権である箱館政府と、薩長《さつちよう》政府は同格。すなわち、二者の武力行使は戦争だ。少なくとも箱館政府としてはそういう体裁を作りたい。ここまではわかるか」

「ああ」

「とすると、万国公法、人道主義《ひうまにずむ》に照らし、傷ついて無力化した敵兵は保護する必要がある。また、敵兵への拷問は固く禁じられている。以上二点により、あんたの提案は一切呑《の》めない。本来ならば、遊軍隊士は薩長政府に送り返すのが筋だ」

この医者は、典医時代、御公儀の金でフランスに渡り医学を勉強した経緯から、箱館政府の中でも一、二を争うほど西洋列強の事情に通じている。

「お言葉だが、ここは西洋じゃない。蝦夷地《えぞち》だぜ」

歳三は新撰組副長時分に培った凄《すご》みを利かせ、凌雲を睨む。しかし、凌雲は息をつき、肩をすくめて歳三の視線を躱《かわ》した。小馬鹿にするような仕草だった。

「箱館は各国の領事館が置かれていて、異国商人も暮らしている。異国の目があるということだ。そんな中で、万国公法に反する行ないをしてみろ。箱館政府は西洋列強の支持を失うぞ。今、西洋列強の意向は極東の政治体制にさえ影響を及ぼす。あんたもいい加減、己の立場を弁《わきま》えるんだな」

痛いところを突かれ、歳三は口を結んだ。

正月早々、アメリカ領事のライス氏が榎本《えのもと》を訪問、衝撃的な知らせをもたらした。

『本国が、甲鉄《こうてつ》を薩長政府に売るべく水面下で動いています』

ライス氏は始終、苦虫を嚙《か》み潰したような顔だった。

話に出た甲鉄は、慶応《けいおう》三（一八六七）年、徳川《とくがわ》遣米使節がアメリカから購入を決めた最新鋭軍艦である。表面を鉄板で覆った防御力の高い軍艦であり、もし、徳川家がこれを有していれば、国内における海軍の優越は揺るぎないものになっていただろう。しかし、戊辰《ぼしん》戦争が勃発《ぼっぱつ》したことで引き渡しが凍結、横浜《よこはま》に停泊し続けていた。「内乱時において第三国は形勢がはっきりするまでどちらにも肩入れしない」とする、万国公法の原則に従った形である。

薩長政府に甲鉄を売る。その方針転換から、米国首脳の意向を読み解くのは容易《たやす》い。

米国首脳は、箱館政府ではなく、薩長政府を日本の正統な政府と認めたのである。

戊辰戦争発生時、日本列島には薩長政府と徳川家、二つの政治勢力が存在した。しかし、徳川が事実上薩長政府に降伏し、反薩長政府の立場を取った奥羽越《おううえつ》列藩同盟も瓦解《がかい》、東北の武装解除も始まる今、箱館政府は薩長政府に並ぶ権力ではない――。米国がそう考えたとしても不思議はなかった。

領事のライス氏は、甲鉄売却計画を撤回するよう本国に働きかけると明言した。本来通告する必要のない本国の動きを箱館政府に通報するばかりか事態の解決に動くと約束するライス氏の好意に感謝したものだったが――。

彼らの支持を失うことが何を出来するか、外交に疎《うと》い歳三にも理解ができた。

息をつき、西洋茶碗《カップ》の中身を飲み干した凌雲は椅子《いす》から立ち上がった。そして歳三の脇《わき》をすり抜け、ドアの前に立つと、言い残したことがあったのか振り返った。

「今、我々は公明正大にやらねばならない。そんなこと、この一介の医者に言われずともわかっていてほしいもんだな」

南向きの窓から覗《のぞ》く表庭を眺めつつ、歳三は腕を組んだ。

異国の意向。

京にいた頃には、そんなものに振り回されたことはなかった。京の安寧というお題目を笠《かさ》に強引な手を取ってきた歳三からすれば、箱館での今は、なんとももどかしい。

「時代が変わったってことかね」

遠い異国の者たちの視線に、歳三は薄ら寒いものを覚え、歳三は肩を震わせた。

その時、部屋に一人の兵士が飛び込んできた。土方《ひじかた》殿はおられますか、と。

「俺だが」

飛び込んできた兵士は新撰組の袖章《そでしょう》をぶら下げていた。顔に見覚えがない。新撰組も元の仲間はほとんどいなくなり、旧他藩兵に取って代わられている。新撰組だというのに俺の顔もわからぬか、遠くに来たもんだと心中で独りごちながら用件を問うと、その兵士は新撰組の練り歩きに支障が生じた旨を手早く述べた。

「ちっ、行ってくる」

「大変だな、市中取締役ってのも」

凌雲は口角を上げ、手をひらひら振った。

箱館病院を出た歳三は、小雨振りしきる中、兵士とともに問題の地へと向かった。そこは、旧箱館奉行所の山上にある一角だった。

この辺りに差し掛かると、坂道もきつくなってくる。歳三の馬も苦しげにいななく。仕方なく鞍《くら》から下り、馬を鉄之助《てつのすけ》に任せ歩き出した。

そうして暫《しばら》く行くと、小競り合いの起こる〝鼠町《ねずみちょう》〟の入り口に至った。

白装束の一団ややくざ者と思《おぼ》しき者たちが道を塞《ふさ》ぎ、新撰組のお練りを妨げている。まだ相手方は武器を手に持ってはいないが、腰に長脇差《ながどす》を差している者もあった。その者たちは口々に、帰れ、帰れ、我々に構うな、と叫び続けている。

新撰組の隊列に分け入った歳三は、ある者を探した。頭二つ分飛び出た巨体を見つけるのは、そんなに難しいことではなかった。

「おい、力《りき》さん、こいつァどうなってる」

島田魁《しまだかい》だった。歳三の声に気づくと、島田はその巨体を翻した。

「ああ、局長。実は――」

島田が言うところでは、この辺りを巡回しようとしたところ、突如町の者に足止めされたのだという。

歳三は、町人の垣が連なる道の奥を見遣った。辺りとはまるで町の様相が異なる。冠木門《かぶきもん》の向こう、廃屋が左右に並ぶ道には割れた木板や錆びたかすがいが転がり層をなし、その上に廃材を積み上げて作った小屋のようなものが無秩序に並んでいた。絵に描《か》いたような貧乏人の吹き溜《だ》まりだった。

小汚いなりをした町人の人垣の中から、一人の男が姿を現した。

黒い文様が縫い付けられた白い羽織。確かあれはアイノの装束、厚司織《アットウシ》とかいうものだ。本来は複雑で緻密《ちみつ》な文様のものだが、男のそれは子供の落書きのように歪《ゆが》んでいる。見れば、小柄ながら引き締まった体つき、髷《まげ》を結うことなく短く切り揃《そろ》えられた髪、そして腰に差してある彫刻のなされた白木拵《ごしらえ》の刀が目に入った。

アイノか、言葉は通じるか、歳三のそんな不安は杞憂《きゆう》だった。

「役人、下がれ」

低く、通りの良い声が、新撰組隊士のみならず、町民の意気をも薙《な》いだ。

「ここは〝鼠町〟。施しを受けぬ代わり、指図も受けぬ。箱館奉行所も箱館府も、この町には触れてこなかった。もし、そなたらがその関係を崩すというなら、この吾六《ごろく》、お相手する」

吾六を名乗る男が刀の柄《つか》に手をやると、白装束の一団がいきり立ち始めた。吾六の殺気を囃《はや》し立てるように白い旗を振り、法華《ほっけ》太鼓を打ち鳴らした。

歳三は息をつき、後ろの島田魁に向いた。

「──中止だ」

「よろしいのですか」

「ああ、この町に入るには、覚悟が要りそうだぜ」

歳三は顎《あご》をしゃくり、島田魁にあるものを示した。門近くに並ぶ民家の屋根に、弓矢を携えた男が姿を隠している。

「な──」

「奴らとことを構えるには、支度が足りねえよ」

島田に命じ、新撰組を下がらせた。その様子を視界の隅に置きつつ、歳三は門前に屯《たむろ》する町人たち、吾六を名乗るアイノ姿の男を睨んだ。鬼の副長と謳《うた》われた歳三を前にしても、町人どもは群狼《ぐんろう》の如《ごと》く、歳三を睨み返していた。

これが、〝鼠町〟か──。

歳三は強烈な印象を心に刻んだまま、雨の中に沈む貧民窟《くつ》から踵《きびす》を返した。


いざこざをとりあえず鎮めた歳三は、坂を降りて海岸通り沿いに馬を歩かせ、運上所や高札場の前を通って浄玄寺坂《じょうげんじざか》の寓居《ぐうきょ》に戻った。いつもは新撰組隊士や箱館政府の人間がひっきりなしにやってくるこの寓居も、正月二日となれば穏やかな気配が漂っていた。

「先生」

いつの間にか床の間に正月飾りがなされている。少し華やいだ執務室で書き物をしていると、小姓の市村鉄之助《いちむらてつのすけ》が縁側からひょっこり顔を出した。

「萬屋《よろずや》さんが新年のご挨拶《あいさつ》にと」

「ああ、入って貰《もら》ってくれ」

しばらくすると、縁側から萬屋がやってきた。この日は正月だからか、青い平織りの絹羽織に博多帯《はかた》を合わせている。身体《からだ》の動きに合わせて揺れる度、着物地がきらりと光る。

「明けましておめでとうございます。土方様」

「ああ、萬屋、すまぬな。本当はこちらから挨拶すべきだったが」

「いえいえ、お武家様からご挨拶などと。それに当方、毎日のように飛び回っておりますゆえ」

萬屋は笑みを顔に貼《は》り付けたまま、執務机の前に置かれた椅子に座った。

「ほう、商売繁盛というところか」

「貧乏暇なしでして」

萬屋はひらひらと袖《そで》を振り、首をすくめた。

それが萬屋の韜晦《とうかい》であることは、歳三も心得ている。

「聞いているぞ。アイノとの場所請負、松前のおらぬ昨年もつつがなく行なったそうではないか」

歳三の言葉に、萬屋は穏やかな笑みを貼り付けたまま頷《うなず》いた。

「そうそう止《や》められるものではないのです。本土の人間はアイノを蛮族と言いますが、そんなことはありませぬ。狩りを生業《なりわい》にしつつ、一方では清《しん》、露の商人とも文物のやり取りをする強《した》かな商人でございます。商いは水。流れを止めれば淀《よど》むは摂理。綺麗《きれい》な水を保つためには、流れを淀ませぬのが肝要。アイノもそれを識《し》っているのでしょう」

商人が商場（場所）を請け負うようになってから、アイノの暮らしは苦しくなったと聞く。己の利鞘《りざや》を上げるため、アイノから絞れるだけ絞ろうと過酷に取り立てる商人が台頭し、暮らしが立たなくなったアイノが箱館や松前といった倭人《わじん》町の貧乏長屋に流れてきているというのは小芝の弁である。

あえて歳三はしらばくれる。

「なるほど。そういえば、ここのところ萬屋は、箱館の商家に金を貸したり、立ちゆかなくなった商家の家屋敷を買ってやったりもしておるようだな」

「金は天下の回りもの。足りぬ方にお金を貸したり、土地屋敷を買い上げてやったりするのもまた、分限者《ぶげんしゃ》の役目かと」

歳三は顎に手をやって頷き、そういえば、と前置きした。

「ここのところ忙しくて町方の様子に疎くなってしまったのだが、お前ならつぶさに見ておろう。ここのところ、町はどうだ」

萬屋は満面に笑みを湛《たた》え、白いものの混じる頭を下げた。

「落ち着いてございます。少し前までは怪しげな者たちが町をうろついておりましたが、年末から年始にかけて、ぱったり止みました。それもこれも、町の警固に当たっている皆様のご手腕の賜物《たまもの》かと」

「お追従はいい」

「いえいえ、おべっかでも何でもなく、本当のことでございますよ。市中の皆々は大変喜んでおります」

「――そういうことにしておこう」

なおも穏やかな笑みを貼り付けたままの萬屋を前に、歳三は文箱《ふばこ》の蓋《ふた》を開き、ある刷り物を取り出した。木版、墨の一色刷のそれを横目に、歳三は口を開く。

「そういえば萬屋、聞きたいことがあるのだった」

「はあ。なんでしょう」

「〝高田屋嘉兵衛《たかだやかへえ》〟なる男を知らんか」

萬屋は声を上げて笑った。

「何を仰《おつしや》るかと思えば。箱館の商人で嘉兵衛殿のお名前を知らぬはもぐりでしょう」

「有名なのか」

「ええ。今日の箱館の隆盛を形作られたお方でございますから」

萬屋の言うところでは――。

高田屋嘉兵衛。元は淡路《あわじ》の人で、長じて兵庫《ひようご》港で船乗りになり蓄財、やがて独立して蝦夷地交易に目をつけ、ここ箱館にやってきた。それが寛政《かんせい》の頃というから、かれこれ七十年ほど前のことという。廻船《かいせん》商人でありながら、択捉《えとろふ》への航路の発見と開拓を行ない、得た財を用いて御公儀や大坂町奉行所の仕事を請け、瞬く間に箱館一の大商人にのし上がった。

「へえ、大した男だな」

歳三の相槌《あいづち》に、なぜか自分のことを誇るかのように萬屋は頷いた。

「ええ、でも、凄《すご》いのはここからですよ」

文化《ぶんか》の頃、箱館は町の半分を焼く大火事に見舞われた。その際、嘉兵衛は私財を投じて箱館の町の復興に乗り出した。被害を受けた商人にも低金利で金を貸し、潰さざるを得なくなった店を買い受け、路頭に迷った者には、炊き出しを行なって寝る場所を用意した。そして、火事で意気消沈する町人に奮起を促し、自ら図を引いて箱館の町を再建した。

「今の箱館の町の礎は、ほとんど嘉兵衛殿がお作りになったようなものです」

そんな嘉兵衛にも受難の時が訪れた。

折しも、日露間の対立が深まっていた。樺太《からふと》や紗那《しゃな》にあった日本側の拠点がロシア海軍に略奪を受けた文化露寇《ろこう》、その報復として日本がロシア軍人ゴローニンを逮捕したゴローニン事件などの応酬が北の海で繰り広げられていたのである。そんな中、北海を股《また》にかけて廻船事業を展開していた嘉兵衛は、商いの途中、オホーツク海上でロシア船に拿捕《だほ》された。

「嘉兵衛殿は勘察加《カムチャツカ》に連行されたものの、そこでロシアの役人に色々の助言をしたようなのです。当時、御公儀はロシアが侵略を意図しておるのではと恐れておったのですが、ロシアの帝室は日本との外交を望んでおったようで。ところが、現場の軍人が勝手に略奪に回っていたせいで、両国間に疑心暗鬼が育っていたのです」

「なるほど、日本とロシアの間に横たわる誤解を解いたわけだ」

「へえ、左様で」

嘉兵衛は虜囚《りょしゅう》の身でありながら交渉に尽力、結局、ゴローニンは釈放、嘉兵衛自身も日本に戻ることになり、日露間の紛争の解決に成功したのであった。

「なるほどね。だが、妙だな。今、高田屋なんて屋号は聞かねえが」

「ああ、高田屋さんは没落しましてねえ」

嘉兵衛の死後も高田屋は箱館一の大商人の身代《しんだい》を保っていた。兵庫にあった本店を箱館に移したのも、代替わりしてからのことである。しかし、天保《てんぽう》の頃、高田屋は突如密貿易の疑惑を掛けられた。これ自体は濡《ぬ》れ衣《ぎぬ》だったものの、嘉兵衛がロシアとの間で定めていた手旗信号をお上に隠していたことが咎《とが》められ、高田屋は闕所《けっしょ》、所払いの処分を受けた。

「お上のなさりようにけちをつけるつもりはございませぬが、あのお裁きはあまりにも奇妙なもののように思えます」

「なるほどな。箱館第一の商人の権勢を恐れて、当局が罪を被《かぶ》せたってところか」

歳三の見立てに、萬屋は特段の反応を見せなかった。それどころか、そんなことには興味がないといわんばかりに、頓狂《とんきょう》な声を上げた。

「土方様、ときに、どうして嘉兵衛殿のことを?」

「いや、なんでもねえよ」

冷たく歳三が言い放つと、何か察するものがあったのか、萬屋は目を泳がせた。そうして、床の間の隅に立てかけられた一振りの刀に目を向け、わざとらしく声を上げた。

「ほう、これはよい刀ですなあ」

「わかるか」

「もちろん本身を見てみぬことにはわかりませぬが、拵だけでも結構な逸品かと。総螺鈿《そうらでん》の鞘《さや》なんて、拵えようと思ったらどれだけ積めばいいものやら。見慣れぬ刀ですが、どうなされたのですかな」

「ああ、忘れ物だ」

「わ、忘れ物？」

「ああ」

これ以上、歳三は説明をしなかった。

年末の大捕物の際、弁天町《べんてんちょう》にあった遊軍隊の隠れ家で見つけた。

敵ながら見事というべきか、年末の摘発の際、遊軍隊士の身元を示すものはほとんど見つからなかった。そんな中、この刀は数少ない押収品の一つだった。

萬屋の見立て通り、数打《かずうち》ではない。念のため刀屋に見せに行ったところ、本身もなかなかの業《わざ》物《もの》らしく、それなりに金を積まねば買い求めることのできぬ逸品であることがわかった。

遊軍隊の実像を知るに当たり、重大な糸口になる証《あかし》だろうと考え、こうして取ってある。

もうひとつ、隊員の人物像を示す証を見つけたのだが――。

そこまで話すほど、歳三はおしゃべりでもなかった。

「萬屋、もし、螺鈿細工鞘の刀を探しておる者がいたら、俺に教えてくれ」

「心得ましてございます」

それから、二、三の世間話を交わしたのち、萬屋は部屋から去っていった。萬屋と入れ違いになる形で部屋に入ってきた鉄之助は、萬屋の背中に、怪訝《けげん》な目を向けた。

「信用ならぬ御仁ですね。底が抜けている感じがします」

「言い得て妙だな」

底がない、のではなく、〝底が抜けている〟。かつてはあの男にも底板が備わっていたのだろう。だが、商人として長くやっているうちに外れ落ち、なんとも摑《つか》み所のない、得体の知れぬ男に仕上がったのだろうと歳三は見ている。

歳三は立ち上がり、縁側に出た。

「まあ、大なり小なり、商人はそうしたもんだ」

「所詮《しょせん》、商いは虚業でございますね」

鉄之助は吐き捨てるように言った。この一月で十六になった鉄之助は大垣《おおがき》藩浪人の息子、つまりは武士で、商人を下に見る風が口吻《こうふん》に覗く。

部屋に戻った歳三は、立っている鉄之助の小さな肩を強く叩《たた》いた。

「そう商人を嫌うな。己と違うからと言って、蔑み遠ざけても何も変わらん」

「す、すみません」

深刻な顔をして頭を下げた鉄之助に、歳三は笑いかけた。

「いや、謝ることではない。それはそうと鉄之助、これから俺は一人で町に出る。客人が来ても不在と言っておけ」

「は、はい。けれど先生、お一人での外歩きは危険です」

「言うようになったな。安心しろ、危ないところへは行かぬから」

なおも心配そうな顔を隠さぬ鉄之助を尻目《しりめ》に、歳三は執務室を出て私室へ向かう。その途中、縁側で西洋割羽織《フロックコート》を脱いだ。

新春、晴れているとはいえ、内着《シャツ》一枚では身を切るように寒かった。


歳三は薬売りに身をやつし、箱館の町に出た。

正月二日ということもあり、役所関係は閉じている。普段は異国の商人や苦力《クーリー》でごった返す運上所に人の姿はなく、入り口の門は固く閉じられていた。

歳三はそのまま、弁天町へと続く海岸通りに沿って歩いてゆく。船屋や大商家の並ぶこの一角は、箱館でも随一の賑《にぎ》わいと華やぎのある場所だ。

しかし、辺りには数羽の鳥の応酬だけが響いていた。

人出が殆どない。大通りを歩くのは歳三も含めて数えるほどしかなく、並ぶ門前では門松が悲しげに風に揺れるばかりだった。一月二日といえば、江戸の日本橋魚河岸《にほんばしうおがし》近辺は初売りで賑々しいものだが、目の前の町は、死んだように静まり返っている。箱館には初売りの習慣がないのかといぶかしんだものの、それが間違いであることにすぐ歳三は気づいた。初売りを打ち出している店はあるにはある。だが、店先の棚を覗き見ると、ほとんど商品が置かれていない。

薩長政府による箱館への渡航制限によって、商品が少しずつ目減りし始めている。

それればかりではない。表通りから一本折れて、町人の使う小店《こだな》が並ぶ一角を覗くと、前の道は雪が降ったままにされており、僅《わず》かな足跡が凍りついていた。店の前には門松すら飾られておらず、入り口が板木で打ち付けられている。当然、辺りに人通りはほとんどなかった。

裏通りの店は、年明けを待たずに看板を下ろした。

なぜ潰れた？　これも簡単だ。

箱館は、場所請負や本州との交易で栄えていた。だが、松前藩が亡命し場所請負制が凍結、薩長政府により本州との交易が制限されたことで経済が鈍化、身代の小さな商人が店を畳まざるを得なくなり、身代の大きな店でも満足に売り物を確保できなくなった。この状況が続けば――。小さな店の次は中規模の店、そして、中規模の店が軒並み潰れれば、表通りに店を構えている大店も商いが厳しくなり、やがては倒れる。そうなれば、商人の下で働いていた者たちが路頭に迷うこととなる。

歳三は空き家になった小商いの商家を見遣りつつ、また裏路地へ折れた。

坂道を上り暫く進むと、先に摘発をした遊軍隊の隠れ家近くに至った。

捕り物の熱気は残っていなかった。長屋の門に釘で打ち付けられた松の枝が、精一杯、正月気分を盛り上げようとしていたが、風に揺れる松の葉は、ただ寂しいばかりだった。

歳三は足を止めることなく、誰もいない坂を登っていった。

ふと、弁天町の隠れ家で見つけたもうひとつの手がかりについて、歳三は思いを致していた。

新撰組隊士が発見したもうひとつの証、馬乗袴《うまのりばかま》だった。

大人の履くものにしては丈が短く、縞《しま》の幅の太い、普段使いの品だ。子供用の袴だろう。

遊軍隊に子供がいる――。

十一月十五日、歳三が箱館に凱旋《がいせん》した際、小芝が遊軍隊の刷り物を撒《ま》く子供と出会っているというし、先の一斉摘発の際には村山次郎が子供二人を引き連れていたという報告も上がっている。

あまりに高価な刀に、子供用の袴――。

そこから想像されうる事実は、たった一つだった。

松前藩士の子弟が遊軍隊に参加している。

庶民も祭りの日などに穿《は》くこともあるが、馬乗袴を子供で普段使いにするのは武家の子だけだ。

そして一緒に出てきた刀と勘案すれば、蝦夷地唯一の藩である松前藩の影がちらつく。

十一月に、松前は本州に亡命した。だが、それに従わず、蝦夷地に潜伏した藩士も多い。その中に、藩命を受けたか何かで遊軍隊に身を投じた者があったのではないかと歳三は見ている。

だとすれば――。難儀だった。

松前藩士が加わっているとなると、いたちごっこを強いられることになる。

歯噛みしつつ、来た道を戻り、浄玄寺坂よりも手前の坂を登った。険しい坂道を暫く登っていくと、壮麗な大門が歳三を迎えた。

高龍寺《こうりゆうじ》である。

ここには箱館病院の分院が置かれているが、今日は用がない。病院の置かれた講堂に背を向け、庭先の隅にある岩に腰をかけ、煙草《たばこ》に火をつけた。そうして時を潰していると、やがて、境内《けいだい》に一人の男が姿を現した。歳三の姿を認めたその男は、歳三の前に跪《ひざまず》き、一礼をした。

「よう、元気にしてたか」

「でなくば、働けますまい」

真面目《まじめ》くさった顔でそう答えたのは、小芝長之助だった。

この男は放し飼いにして、遊軍隊を追わせている。

「どうだ、ここのところ」

歳三が水を向けると、小芝はぽつぽつと答えた。

「以前より、尻尾《しっぽ》を摑みづらくなりました。確かな筋から隠れ家の所在を突き止めて訪ねてももぬけの殻、という状況が続いておりまして」

「そうかい」

歳三は煙管《キセル》を吸って、口から出る紫煙の行く手を眺めた。

市中に潜ませている新撰組隊士からも同様の報告を聞いた。一時は壊滅状態にまで至った遊軍隊だが、新しく頭目に登った男の采配によるものか、網に掛からない。

煙管の吸い口を嚙みながら、歳三は続けた。

「何か、変わったことはないか」

「気になることがありまして」

小芝は懐《ふところ》をまさぐり、中から一枚の紙を取り出した。高田屋大明神を崇《あが》めよ、と書かれた、遊軍隊の刷り物だった。

ああ、と歳三は声を発した。

「あんたも気にしていたのかい。高田屋大明神の刷り物」

歳三が萬屋に高田屋のことを聞いたのは、この刷り物が箱館じゅうに撒かれているからだ。文言は色々だが、高田屋大明神という神の功徳と恩寵《おんちょう》が説かれている。これまでの箱館政府批判や薩長政府待望論とは毛色が違うものの、歳三はそこにえもいわれぬきな臭さを嗅《か》ぎ取った。

「なんでも、あの高田屋ってのは、かつて箱館にいた高田屋嘉兵衛って商人のことらしいな」

「そのようで。今でも町人の中には高田屋を慕う者もかなりあるようです。船頭から身を起こし、箱館一の大商人にまで登り詰めた高田屋は、箱館の夢そのものなのでしょう」

「農民から身を起こして太閤《たいこう》まで登った秀吉《ひでよし》公みたいなもんか」

「そんなところかと」

「で、この刷り物がどうした」

にこりともせず、小芝は口を開いた。

「刷り物から遊軍隊を辿《たど》るのはいかがでしょう」

「なるほど」

一斉摘発の際、隠れ家から刷り物の版木、ばれんや墨も一緒に見つかったが、版木を彫るための小刀がどこにもなかった。そもそも版木彫りは職人業だ。刷り物の中には絵が付されたものもあり、かなり腕のいい彫り師に仕事を出していることは明白だった。

「この刷り物は、昨日配られたと思しきもの。新たに版木を彫らせたと考えられます。この筋を追ってみたく思っております」

歳三は吸い口を離して、白い歯を見せるように笑った。

「結構。それでやってくれい」

「承りました」

にこりともせず体を折り曲げるように頭を下げた小芝は、踵《きびす》を返したところで、はたと振り返った。

「そういえば――」

「まだあるのか。なんだ」

「いえ、まだ確証の持てぬ話ゆえ」

「誤報《まちがい》でも与太話でもいい。気になるだろ」

「では――。この前沈んだ、開陽《かいよう》の件ですが。あれに、疑義があります」

「どういうこった」

「水先案内人を務めた漁師の某《なにがし》が、行方《ゆくえ》知れずなのです」

「沈没の際に、溺《おぼ》れたんじゃねえのか」

そう述べた歳三は、自らの言葉を心中で否んだ。開陽は座礁から沈没までに数日を要している。船と運命を共にしたわけはない。とするなら、自ら姿を消したことになる。

「開陽の座礁は、あの地に特有の突風によるものとのことですが、水先案内人がそれを我らに報《しら》せた様子がないのです」

「なるほど。もちろん、責任を問われるのを嫌って逃げた線もありうるが、間諜《かんちょう》だった線もあるってことか」

ご苦労、と口にし、小芝を下がらせた。その後ろ姿を眺めながら、歳三は独りごちた。

「開陽座礁は、仕組まれたものだった――？」

一体誰が？

薩長の密偵か？　すぐに歳三はその可能性を自らの手で握り潰した。まさか榎本ともあろう者が、箱館政府海軍の旗艦《きかん》に乗せる水先案内人の身辺調査をおろそかにするとは思えなかった。小芝が言い淀《よど》むのも理解ができる。与太話の臭《にお》いがする。

だが、確かに気になる話ではあった。

「折を見て、調べてみるとするか」

煙管の灰を捨て、歳三は立ち上がった。尻を叩いて身支度を調えると、歳三は高龍寺の境内を後にした。


歳三は声を荒らげ、座っていた椅子を蹴って卓を叩いた。

「何言ってるんだよ、あんたら」

五稜郭箱館奉行所内にある広間、円卓の間では、榎本釜次郎《かまじろう》を初めとした政府首脳が卓を囲んで座っている。

正月早々、誰も彼も不景気面をぶら下げていた。榎本の隣に座る副総裁の松平太郎《まつだいらたろう》は苦虫を噛み潰したような顔でそこにあり、その横に座る永井玄蕃《ながいげんば》はおろおろと円卓を見渡している。歳三の右横に座る大鳥圭介《おおとりけいすけ》は目を細めつつ口ひげを指で弄び、さらにその右横に座るブリュネは腕を組んで口を一文字に結んでいる。

歳三は真正面に座る榎本を睨んだ。

「説明して貰おうじゃねえか。なんで、こんな決定をしたんだ。ええ？」

副総裁の松平太郎が間に入った。

「先ほど私が説明したとおり――」

「副総裁殿に聞いているんじゃねえ。総裁に聞いているんだ」

松平太郎は歳三の剣幕に圧《お》され、すごすごと椅子に座る。

代わりに、瞑目《めいもく》していた榎本が、ゆっくり口を開いた。

「歳《とし》さん、こっちの言うことも聞いてはくれないか」

「ああ、あんたの見解を聞きたいんだよ。なんで、金の鋳造を了承した？」

正月早々、箱館政府内部で浮上したのが、一分金、二分金の鋳造計画だった。

「今、市中では金が不足している。それゆえに取らねばならぬ措置だ」

「そりゃわかる。だが、ずいぶんケチった造りにするみてえじゃねえか。古い金を集めて鋳潰《いつぶ》して、軽い金に吹き替えるってもっぱらの噂《うわさ》だぜ」

「一分金や二分金は小判と兌換《だかん》することで価値の決まる補助貨幣だ。問題はない」

「理屈の上ではそうだ。だがよ、その理屈を支えているのは誰だ。かつては御公儀だったわけだ。つまるところ、御公儀が一両と一分判、二分判の交換比率を決めて保証しているからこそ、御公儀が安いつくりにしても問題はなかったんだ。でも、俺たちが新たに金を鋳造したらどうなると思う。もし俺が商人だったら、新金なんざ怖くて使えねえよ」

「つまり、歳さんは、箱館政府の新金は、誰も使わぬ鐚銭《びたせん》になると考えているのか」

榎本の低い声が、波紋のように円卓に広がる。やがて、強い反感がとぐろを巻き、歳三の前に立ち現われた。だが、ここで引き下がるわけにはいかない。商いを止めてしまった店の建ち並ぶ通りを脳裏に思い浮かべつつ、歳三はなおも抗弁を試みた。

「ああ。絶対に上手《うま》くいかねえ。俺の首をかけてもいい」

机の上で手を組み、歳三を見上げる榎本は、薄く笑みを浮かべていた。だが、目は笑っていなかった。

「慎重に対応する。それでよろしいか、陸軍奉行並、土方君」

江戸言葉ではない、無味無臭な榎本の役人言葉には、有無を言わさぬ圧があった。

歳三は椅子に腰掛けた。

「――そこまで言われちゃ、文句は言えねえだろ」

この日の会議は、結局その後、すぐに散会になった。

誰からも声をかけられることなく椅子で腕を組んでいるうちに、歳三は円卓の間で一人になっていた。この後、箱館の武蔵野楼《むさしのろう》で新年会があるらしいが、歳三は多忙を理由に断った。とてもあの連中と談笑できる気分ではなかった。

箱館政府の首脳は、遠くばかり睨んで膝元を直視しようとしない。異国や薩長政府にも注意を払わねばならないのはもちろんだが、治安をおろそかにしては自壊の虞《おそれ》も出てくる。今、箱館の民政は大商人や町名主の力でそれなりに保たれているとはいえ、景気が冷え込み飢民《きみん》が出れば、箱館政府は屋台骨から軋《きし》むことになろう。

歳三が円卓に肘《ひじ》をついて黙りこくっていると、蝶番《ちょうつがい》が悲鳴を上げ、ドアが開いた。

ドアの向こうにいたのはブリュネだった。いつものように通詞《つうじ》を連れてやってきたブリュネは、歳三の横の椅子に腰を下ろし、足を組んだ。

「孤軍奮闘とは、あのことを言うのだろうな」

通詞越しに、ブリュネは言った。先の円卓会議のことを言っているのは明白だった。

「私は軍人、殊に軍事顧問だから、口は出せなかったが――、戦の継続のために、現地人の支持を取り付けるのは、軍事の基本だ。あなたの主張には一軍人として感心した」

「そんなんじゃねえ」

通詞の言葉を聞いたブリュネは眉を上げた。

「ならば、どうした理由であのような主張を」

歳三は鼻を鳴らした。

「銭金が揺れれば、民心が乱れるからだよ。言ったろ。俺は軍人じゃない」

しばらく目をしばたたいていたブリュネだったが、ややあって、呵々《かか》大笑した。

「一年あまり軍を率いて戦ってきたあなたが軍人でないというのなら、この国に軍人はいなくなってしまう」

だんまりでもよかった。だが、今日はなぜか、誰かに腹の内を明かしたい気分だった。

新撰組副長に上ってからこの方、誰にも本心を明かさなくなった。様々な愚痴や相談事を胸に秘めて己一人でどうにかやりくりするうちに、打ち明け話の切り出し方すら忘れてしまった。心腹の友や弟分には、いやというほどやったはずのことが、三十五の今、できなくなった。これが大人になるということなのだろうか、そんなことを思いつつ、歳三は迂遠《うえん》に己の想《おも》いの一端を切り出した。

「今はただ、軍人の椅子しかないからそこに座っているだけだ」

「なるほど、しかし、あなたは軍人向きだ。頭が切れるくせに、自らの生に無頓着《むとんちゃく》、臆病《おくびょう》さと勇敢さを同時に兼ね備えている。陸軍奉行の大鳥氏とは異なる将器かと」

「向いているからといって、なりてえとは限らねえだろ。あんたの物差しで、俺の先行きを決めないでくんな」

ふむ……。これ見よがしなため息をついたブリュネは、付き合いきれぬ、とばかりに肩をすぼめ、最後にはひらひらと手を振った。

「もったいない。才能に合わせ、技術を伸ばしたほうが楽だろうに」

「知ったこっちゃねえな。俺の身の振りを決めるのは、俺だ」

ブリュネは微笑した。

「本当にあなたは、面白い人だ」

ブリュネの発したフランス語の響きは、まるで羽毛のように柔らかかった。それだけに、歳三は通詞の訳したその言葉を嫌味に感じなかった。

「まあね。そうじゃなかったら、新撰組なんて拵えちゃいねえし、蝦夷地くんだりまで来たりはしねえよ」

「それもそうだ。だが――土方さん、一つだけ」

ブリュネは指を一本立てた。

「これから、軍人が称揚される世が来るだろう。西洋列強が植民地経営に手を伸ばし、世界中に通交の網を張る昨今、世界中各地で大国が角突き合う情勢が整いつつある。あなたは、自分を高く売るために己を着飾る方法を学んだ方がいい」

「なるほど、つまりは、軍服も、勲章も、すべてはてめえを着飾る簪《かんざし》みたいなもんかい」

ブリュネの左胸を顎でしゃくり、土方は口角を上げた。ブリュネの左胸にぶら下がる勲章は誇らしげに光っていた。

怒らせるつもりだった。そんな土方の目論見《もくろみ》に反し、ブリュネは眉を八の字にし、うつむいた。

「残念ながら、それもまた、一方の真実を突いている」

ブリュネは「私の言葉、ご一考を」と通詞に訳させると、くるりと踵を返して円卓の間を後にした。

今度こそ一人になった歳三は、ブリュネとのやり取りを何度も思い返していた。

だが、脳裏に蘇《よみがえ》るのは、目の前の懸案だけだった。

椅子からゆっくり立ち上がると、歳三は一人、呟《つぶや》いた。

「さて、まずは、遊軍隊を消さなくちゃな。なんとしても。そのためには」

生け捕りだ。心中で述べた。

外の風に晒されたくなった。西洋割羽織《フロックコート》を纏い、表に出た。外は既に暗くなっていた。雪こそ降っていないが風が強く、冷たい粒が歳三の頬を横殴りにした。襟元を押さえつつ五稜郭の土塁を登り、上に立った。

街の形に沿って、箱館の灯《あか》りが見える。大きく弧を描く灯りは海岸通りだろうか。その遥《はる》か上にある背の高い建物は、遊郭の「休息所」だろう。弧の右手先端部分で光る五角形は、箱館湾防衛の要、弁天台場だ。鈍色《にびいろ》の箱館湾が町の光を反射し、さながら、星辰《せいしん》図を見るようだった。

歳三は震えた。

この灯りの下に、一人一人の生活がある。その当たり前が、歳三を恐れさせた。

京にいた時分には、意識することもなかった。各地を転戦している頃は、目の前の戦に躍起だった。だが、北辺の地にやってきて始めて、その地に住む民に目が向いた。立場が変わった？そうかもしれない。だが、歳三は己の心の変化に気づき始めている。

歳三は、この箱館の地に、愛着を覚え始めていた。

白い息を吐きつつ、歳三は地に広がる天の川を目に焼き付けていた。

第五章　明治二年一月　伸輔の章

伸輔《のぶすけ》は覆面を被《かぶ》り、物陰から表の様子を窺《うかが》った。

暗い道の向こうには、自身番所がある。松前《まつまえ》では隠居した町方役人の仕事と相場が決まっていたが、箱館《はこだて》ではわざわざ腕利きを雇っているらしく、二十歳代と思《おぼ》しき筋骨たくましい男が乳切《ちぎ》り木《き》の棒を携え、宵闇《よいやみ》の中、番所前に佇《たたず》んでいた。

最前の遊軍隊士が目配せすると、四人ほどいた仲間は散っていった。伸輔の役目は見張りだ。少し離れたところで身を潜《ひそ》め、異常を見つけ次第、呼子を鳴らすことになっている。見通しのいい場所を見つけた伸輔は呼子を前歯で噛《か》み、息を潜めた。

仲間が番所に襲いかかった。立っていた自身番は突然のことに肝を潰《つぶ》したか、棒を捨ててこの場から逃げ出した。存外に気が小さいようだ。逃げ出した自身番を追うことなく、覆面の二人は小屋の中に入った。暫《しばら》くそのままで待っていると、中から黒煙が上がり、中に入っていた隊士が飛び出し、闇に消えた。皆が持ち場を離れたのを見計らい、伸輔も踵《きびす》を返した。

真っ暗な通りを一人走る伸輔の脳裏には、疑問が渦を巻いていた。

なぜ、拙者は今、こんなことをしているのだろうと。

次の日の昼、日用品の買い出しを終えた伸輔は、海岸通りから坂を上り、高龍寺《こうりゅうじ》の西にある神明町《しんめいちょう》界隈《かいわい》に足を運んだ。この辺りは少し前まで住んでいたゆえに土地勘がある。他の町を歩くときより、少しは気安い。

行き交う人の数が多い。閑散とした海岸通りとは雲泥の差だった。だが、活気があるように思えないのは、道行く人々が一様に暗い顔をしているからだろう。

伸輔は神明町の一角にある裏長屋に入り、丸に左と大書された長屋の戸を開いた。

「いらっしゃい」

中は物がひしめきあっていた。長持《ながもち》や木箱が今にも崩れそうな気配を醸《かも》しながら板敷きの間の上に積み重なり、粗末な刀や鳶口《とびぐち》、竹竿《たけざお》といった長物が土間の脇《わき》に置かれた大壺《おおつぼ》に差してある。そんな雑然とした部屋の真ん中に、小さな老人が腰を曲げてちょこんと座っている。一見すると隠居した店の主《あるじ》といった風体で、茶の羽織に着物を合わせたなりをしているが、狐《きつね》のような抜け目なさも感じる。

この老人は皆から〝道具屋〟と呼ばれている。本名は知らない。

〝道具屋〟は間延びした声を発し、帳台から身を起こした。

「よく来たね。民《みん》の字に頼まれていた奴《やつ》だね」

〝道具屋〟は奥の部屋に消えた。伸輔の見ている側からでは、奥の部屋は暗くて中の様子がわからない。ややあって、〝道具屋〟は表に戻った。

「さて、あったよ」

二振りの刀を渡された。紺の柄巻《つかまき》に一回漆塗《うるしぬ》りしただけの数打《かずうち》拵《こしらえ》だ。だが、改めのために鯉《こい》口《ぐち》を切ると、青々と光る刀身が露《あら》わになった。

「ここんところ、いいものが安く入るもんでね。いい拵も一緒だったんだが、引き剝《は》がして、なまくらの拵に替えたんだ」

「こ、こんな刀をどこで」

「聞きっこなしだよ」

〝道具屋〟は伸輔にずいと顔を近づけ、目を細めた。瞼《まぶた》の奥にある目は、先に見た刀よりも怜悧《れいり》に光っている。頷《うなず》くと、〝道具屋〟は何度か頷いて顔を離した。

きな臭い。噂《うわさ》では盗品も平気で売り買いしているというし、客の頼みとあらば、ご禁制の品だろうが、危うい来歴の品だろうがどこかから買い付ける、裏でも顔の広い人物だという。

「毎度。民の字によろしく」

〝道具屋〟に半ば厄介払いされた格好の伸輔は坂を降《くだ》り、白壁と瓦葺《かわらぶ》きの建物が続く弁天町《べんてんちょう》海岸通り沿いにある隠れ家へと至った。

これまで隠れ家に使っていた裏長屋とは打って変わって、古めかしくも風格のある二階建ての建物が伸輔を迎えた。店の看板は外され、表戸すら開かないように筋交《すじか》いで留められている。正月を待たずに店を畳んだ廻船《かいせん》問屋の建物だったようで、安く借り入れることができたらしい。

「まさか新撰組《しんせんぐみ》も、こんなところに我らが潜んでいるとは思うまい」と民部《みんぶ》が胸を張るのも納得の、立派な商家跡である。

　店の裏手に回ると、海風が伸輔の鼻先を掠《かす》めた。つられて眺めると、晴れ渡った空の下、箱館湾は青く輝いている。だが、日に日に、大きな船の往来が減っている気がしてならなかった。その代わり、漁民たちの猪牙舟《ちょきぶね》が我が物顔で湾の波間を縫っている。

　桟橋へと続く裏道から、通用口に至った。

　二回、戸を叩《たた》く。

　暫《しばら》くすると向こうから、一回だけ音が返ってきた。

　伸輔が規定の回数叩くと、ようやく戸が開いた。

「遅かったな」

　心張り棒を持ち、戸の入り口に立つ三平《さんぺい》に、伸輔は力なく応じた。

「新撰組の目が厳しくて」

　年末まで、新撰組の巡回にはいくつかの穴があり、警邏《けいら》の死角を頭に叩き込めば裏をかくことが出来た。しかし、年明け以降、安全だった抜け道が次々に塞《ふさ》がれている。昨年末の大摘発の際に捕まった仲間が吐いたのだろう。

「なるほどな。それでか」

「おかげで、遠回りだよ」

　荷を背負ったまま、伸輔は框《かまち》に上がり、奥の部屋へと進んだ。

　一階の奥の間は、かつての主人の居室だったのだろう八畳間だった。書院造りの部屋に隣接する濡《ぬ》れ縁《えん》の向こうには、海を望む枯山水《かれさんすい》の小庭が広がっている。熊手《くまで》を入れる者もおらず、白砂の上に引かれた文様は消えかかっていた。そんな庭に目をやりつつ民部は腕を組み、文机《ふづくえ》の帳面を前に座っていた。

仲輔が呼びかけると、民部は顔を上げた。

「おお、仲輔か、お帰り」

「民部さんもお困りみたいですね」

「なかなか、厳しい情勢だからね。何せ、費《つい》えがかさむ」

民部は苦笑いを浮かべた。

仲輔は懐《ふところ》から銭袋を出し、お釣りと買い物袋、〝道具屋〟から預かった刀二振りを民部に渡した。民部から買い物袋を受け取り、中身を改めた三平は小首をかしげた。

「これしか買えなかったのか」

仲輔はかぶりを振った。

「最近、何でもかんでも値上がりだ」

民部は筆を置いて腕を組み、弱り顔をした。

「米価も上がって、諸色《しょしき》も高直《こうじき》か……」

様々な文物が、一月前の三倍にまで値上がりしている。

弱り顔のまま、民部は算盤《そろばん》を弾《はじ》いた。

「仕方ないね。本州との往来が減っているところに、榎本《えのもと》軍の連中が新銭など発行するものだから、銭の信用が落ちて物価が上がったんだろう」

　年が明けてすぐ、榎本軍は新金を発行した。これまでの一分判、二分判と比べると明るい色に変わったが妙に軽く、中にはバリの残っているものもあった。箱館の町人はこれを「脱走金」と呼んで忌み嫌い、これでの支払いを断る商人も多数いた。榎本軍は高札を掲げてしきりに流通を促しているが、ことは財産に関《かか》わる。町人は耳を貸そうともせず、古い金を大事に使っている。

「一本木《いっぽんぎ》の関門を通るのに通行料を取っているだろう。あれもまずい。通行料を取れば取るほど、仕入れ値に上乗せされる格好になる。物価が上がるのは当然だよ」

「なるほど……」

　伸輔は納得する。民部は物事を嚙み砕いて説明するのが抜群に上手《うま》い。

　だが、と民部は切り出した。

「これは機でもある。奴らは自ら徳を手放しているのだから」

　榎本軍には様々なあだ名がついている。

「散切《ざんぎ》り」。これは、髷《まげ》を落としている榎本軍の役人を指す。

「榎本ブヨ」。ことあるごとに町方から銭金を供出させようとする榎本軍首班の榎本釜次郎《かまじろう》を、宿主の血を吸って肥え太るブヨに喩《たと》えたものだ。榎本の実名は武揚《たけあき》という。本名の音読み「ぶよう」に引っかけてもいるのだろう。

　散切りにせよブヨにせよ、好印象を抱かれていないことが名付けから見て取れる。

「榎本軍は町方の支持を失いつつある。これから我らはさらに動きやすくなるだろう」

算盤を弾《はじ》く手を止めた民部は、なぜか朗らかな表情を浮かべ、伸輔を見やった。

「――そういえば、お雪《ゆき》は元気だったかい」

「はい、元気にしています。ただ、仕事が少なくなっているとか」

久々に、蛭子町《えびすちょう》のお雪のところに顔を出した。新しい版木の発注のためだ。

お雪の機嫌はあまりよくなかった。

『新年早々、景気の悪い話ばっかりで弱っちゃう』

木彫りの人形を卸していた商家が店を畳んだと、お雪は太眉《ふとまゆ》をしかめて言った。お雪にとっては大きな取引先のはずだった。

『今はもう、人に言えない仕事ばっかりだね』

お雪は肩を落としていた。

気づけば、伸輔は問いを発していた。なぜ、逃げないのだ。どうして、こんな危ない仕事に手を染めてまで箱館にいるのだ、故郷に帰ればいいじゃないかと。

お雪は小刀を脇に置き、捨て鉢に言った。

『あたしは、箱館から離れられないから』

お雪の声音には深い絶望の色があった。これ以上問い質《ただ》す勇気が、伸輔にはなかった。

その言葉を口にしたお雪の表情を、伸輔は思い出していた。あの時のお雪は、まるで手負いの獣のように、険しい顔をしていた。

目の前の民部は小さく頷いた。

「あの娘には今後も頑張ってもらわねばならぬ。もう少し、仕事を出すか」

民部は筆の尻《しり》を唇につけ、あらぬほうを向いている。仲輔から見ても分かるほど、物憂《ものう》げだった。どうしたのですか、と問うと、力なく首を振った。

「なんでもないよ。少し考え事をしていただけだ」

そうですか、と引き下がったが、簡単には信じられなかった。

遊軍隊隊長になってからというもの、民部は難しい顔をすることが増えた。それまでは、にこにこと笑いを絶やさなかったのに——。村山《むらやま》がいなくなったことが応《こた》えているのだろう、そう考え、あまり深入りしないようにしている。

だが、つい、疑問が湧《わ》いた。

「あの、民部さん。ここのところ、自身番を襲ったり高札を引き抜いたりしているのは、どうしてですか。それに、刀まで買うなんて」

民部が頭になってから、遊軍隊の方針が変わった。

村山がいた頃《ころ》、遊軍隊はあくまで町方への浸透と支持の拡大を目標に据え、刷り物を配ったり、噂を流したりといった穏やかな工作ばかりしていた。だが、近頃の遊軍隊は乱暴狼藉《ろうぜき》に手を染めるようになった。新参者だった己が知らないだけで、以前から行なわれていたのかもしれぬと思っていたが、古参隊士も最近の作戦には小首をかしげていた。

仲輔の問いかけに、民部は目を泳がせた。

「——我らの活動が、次なる段階に入ったということだ」

「あと、もう一つ。高田屋大明神《たかだやだいみようじん》って、何ですか」

　これは、お雪の疑問だった。

『ねえ、高田屋大明神って何のこと？』

　ある日、お雪に問われた。

　伸輔は最初、お雪の言葉を聞き取ることができなかった。それくらい耳慣れない言葉だった。

だが、お雪は彫り上がったばかりの版木を指し、こう続けた。

『伸輔の持ってくる原稿の中に、時々そういうのが混じってるのよね。〝高田屋大明神が世直しせん〟だの、〝高田屋大明神の火起請《ひぎしよう》を受くるべし〟だの。意味がわからなくて、なんだか怖いんだけど』

　伸輔は上から預かった図案をそのままお雪に渡しているだけで、中身は見ていなかった。正直にそう白状すると、お雪に冷たい目で見られたのだが――。

　民部は口ごもった。

「ああ、あれか。――これまでのやり方だけではいかぬと思うてな。少し、戦い方を変えてみただけだ」

　結局民部はまともに答えなかった。なおも伸輔が言葉を重ねようとすると、民部は懐をまさぐった。

「そういえば――松前から、お前たち宛《あ》てに文《ふみ》が届いたぞ」

「本当ですか」

民部は文机の上に無造作に置かれていた紙束の中から二枚の文を抜き取り、仲輔と三平に差し出した。

震える手でそれを受け取った仲輔は、すぐに落胆した。その文は、己が送ったものだった。三平を見遣《みや》ったが、三平も肩を落としていた。宛先《あてさき》不明。二人の出した文に貼《は》られた紙切れに、そう大書してあった。

年の瀬、仲輔と三平は松前に文を送った。遊軍隊は蝦夷地の大きな町に一人は隊士を置いているらしく、その者を通じて人にものを送ることができる、と教えてもらった。そこで仲輔は、父と母に宛てて、元気にしている旨を書き送ったのだが――。

文に書き付けがつけられていることに気づいた。開き読んでみると、春山《はるやま》家、黒木《くろき》家の屋敷は全焼していて家人の足取りが摑《つか》めず、行方は引き続き調べるとあった。松前の、顔も見たことのない同志の思いやりが心に沁《し》みた。

横の三平も肩を落としている。似たようなことが書かれているのだろう。

民部は穏やかな声を発した。

「そう落ち込むな。親御さんたちは本州に渡っているかもしれぬのだからな」

文を懐に収め、仲輔は頷いた。

すると民部は、矢継ぎ早で悪いのだが、と前置きして、紙の山の中から文を探り当て、仲輔に差し出した。嵩《かさ》のあるものではなかった。

「今日の正午、この文をある男に届けて欲しい」

「場所は」

「阿《あ》の十七」

「承知しました」

仲輔が文を受け取ると、三平が不服の声を上げた。

「仲輔ばっかりずるいですよ。俺も外に出たいのに」

民部はそんな三平をたしなめた。

「人が足りないんだ。お前には、内向きの仕事を頼みたい」

「——はい」

不服を滲《にじ》ませながらも、三平はあっさり引き下がった。

今、遊軍隊は以前の四分の一程度に縮小し、抜けてしまった中堅隊士の穴を三平や仲輔といった新参隊士が埋める格好になっている。以前は軽い使い走りのような仕事ばかりだったが、今は難しい仕事を任されるようにもなった。やりがいがあって裁量もあるが、より、気を遣う仕事が増えた。

今は昼前だ。昼までに「阿の十七」に向かうには、もう出立したほうがいいだろう。

「じゃあ、行ってきます」

目が回るほど忙しい。だが、今はそれがありがたかった。仲輔からすれば、忙しい方が、あれこれものを考えずに済むし、後悔に苛《さいな》まれることもない。

仲輔は頭を下げ、戸に手をかけた。

遊軍隊士が阿の十七という符丁で指し示す処《ところ》は、弁天町の弁天台場近くにある。

箱館の西岬《にしみさき》に位置する五角形の砲台、弁天台場は、港に入る船を監視する重要な橋頭堡《きょうとうほ》である。榎本軍も重要視しているらしく、土塁で囲まれた人工島の門前では、兵士たちが忙しく出入りしていた。それを横目に、伸輔は表通りから一本奥まったところにある茶店に向かった。

その茶店は、雪が舞う今日も暖簾《のれん》を軒先に下げていた。腰の曲がった老女が一人で切り盛りしているその店は、いつ行っても閑古鳥《かんこどり》が鳴いている。それもそのはず、茶も団子も大して美味《うま》くない上、他の建物の庇《ひさし》のせいで一日を通して薄暗く、いつ行っても店先には冷気がとぐろを巻いている。だが、いや、それゆえに人の目がほとんどなく、密談の場にはもってこいだった。

縁台には、既に先客がいた。

年の頃は二十歳代くらいだろうか。黒の軍服の上下に刀を差し、左肩に袖章《そでしょう》をつけた男が、ほうじ茶を手に団子を食べていた。どう見ても非番の榎本軍兵士だ。

伸輔はそのすぐ横に座り、茶店の奥に向かって茶と団子を注文した。

注文の品が運ばれてきた。そして、店の老女が奥に引っ込んだところで、横の兵士が小声を発した。

「ご苦労さん。早速、もらおうか」

懐に収めていた文を縁台の上に置き、滑らせるように男に突き出した。それを受け取った男は、手早く広げ、ふむふむ、と頷くと、手で丸め、店先に置かれた火鉢に投げ入れた。一瞬だけ炎が燃えさかり、すぐに小さくなった。

「随分手早くなったな」

「おかげさまで」

「こんなことに慣れっこになるのは、あんまり褒められたものでもないがな」

ぼやくこの男は、軍服姿だというのに、野の香りと、朴訥《ぼくとつ》な人となりを覗《のぞ》かせている。

この男は遊軍隊〝協力者〟の斎藤順三郎《さいとうじゅんざぶろう》という。

〝協力者〟は榎本軍に出仕する官吏や兵士からなり、金や信念のためにその内情を遊軍隊に横流ししている。仲輔が彼らの存在を知ったのは、大摘発を受け、遊軍隊の規模が縮小してからのことだった。

斎藤の詳しい経歴は仲輔も知らない。だが、早いうちから榎本軍に入り込み、さまざまな情報を無償で遊軍隊にもたらしてくれる。

懐から文を取り出した斎藤は、それを仲輔に握らせた。

「詳しくはここに書いてあるが――。弁天台場の図面をつけてある。俺が自ら歩き回って書き写したものだ。正式なものではない」

「わかりました」

声のみで応えた仲輔は、受け取った文を懐にねじ込んだ。

斎藤とはこれで三度目の邂逅《かいこう》となる。本当はただ文を交換するに留《とど》めるよう命じられているのだが、二度目のやり取りの際、向こうから話しかけてきた。斎藤は話好きらしかった。仲輔も人恋しくて、いつもついつい乗ってしまう。

「そういえば――。村山さんはどうなったか、知っているか」

「いえ、さっぱり」

人影の少ない往来を眺めつつ、伸輔は正直に答えた。

村山次郎《じろう》の消息は一切伸輔の耳には入ってこなかった。生きているのか、死んでいるのか。治療は上手《うま》くいっているのか、それとも……。

斎藤は肩を落とした。

「わからぬか。村山さんには大層世話になったんだ。怪我《けが》をしたと聞いて、内心、気が気じゃなかった。村山さんの消息を聞いたら、教えてくれよ」

「わかりました」

手早く目の前の団子にかぶりつき、茶で流し込んだ斎藤は、銭を縁台に置いて立ち上がった。

「もう行く」

斎藤は振り返ることなく、海の方へ降《くだ》っていった。

その背中を見送りながら、伸輔は心中で詫《わ》びを入れた。

村山の消息を知ったとしても、絶対に斎藤には教えられない。

民部から、釘《くぎ》を刺されている。

『協力者を信用してはならない。榎本軍の間諜《かんちょう》かもしれぬ』

お役目に追われる度、人間というものが信じられなくなってゆく。

仲輔は息をつき、己の席に銭を置くと、茶屋を後にした。

表通りに出た。一月半ば、箱館の町はようやく正月気分から脱しつつあり、松飾りも既に表通りからは消えた。

少し前まで表通りの店でさえ品揃《しなぞろ》えが悪かったが、今は少し棚のものが増えていた。

正月時分は「薩長《さつちょう》政府が攻めてくる」との噂《うわさ》が町内を席巻《せっけん》し、商品の売り惜しみが横行した。

しかし、一月半ばになって町方に楽観論が漂い始め、蔵の中の商品を店先に並べるようになった。

だが、小雪ちらつく天気であることを差し引いてもなお、人出が少ない。

寒風吹きすさぶ坂道を登っていると、少し先の乾物屋の前に、一人の男が立っていることに気づいた。何度も洗濯をしたのか色褪《いろあ》せた着物に脚絆《きゃはん》を合わせ、背中に薬箱を背負ったほっかむりの男。いつぞや、酔っ払いに絡まれたとき、間に入って助けてくれた薬売りの、才《さい》だった。

「おーい、才さん」

声をかけると、一瞬、薬売りはぎょっと顔を歪《ゆが》ませた。だが、すぐに穏やかな表情に戻った。

「ああ、いつぞやの」

「ええ、ご無沙汰《ぶさた》しています」

「こんな薬売りのことを覚えていてくれるなんて、ありがたいことです」

慇懃《いんぎん》に頭を下げた薬売りの才に駆け寄った仲輔は、何度も頭を下げた。

「本当に助かりましたよ。この前もらった石田《いしだ》散薬、役に立ちました」

「本当ですか」

渡した本人が薬効を信じておらぬのか、才は意外そうな表情をした。雪も降っていないというのに、ほっかむりの上に被った笠《かさ》の縁《へり》をしきりにいじっている。

「切り傷に塗ってよし、打ち身に呑《の》んでよし、というのは本当だったんですね。おかげで助かりました。今は持ち合わせがないから買えないんですが、どこに行ったら手に入るんですか」

才はしばし言い淀《よど》み、申し訳なさそうに首を垂れた。

「石田散薬は本州の薬でしてね。あたしが自分で取り寄せているんですよ。でも、最近は本州との往来も少なくなっていて、なかなか手に入りませんで」

「そうですか。残念です。――ところで、こんなところで何を？」

伸輔は乾物屋の店先を眺めた。魚、いか、野菜の干物が隙間《すきま》なく並んではいるが、値段が以前の倍に跳ね上がっている。

「ああいえ、うちの嬶《かかあ》に、あじの干物を買ってこいって言われてましてね」

「そうでしたか」

店の者を呼び、あじの干物を包ませた才は、受け取った包みを薬箱に入れた。そして荷を背負い直すと、慇懃に頭を下げた。

「それにしても、寒い日が続きますなあ。風邪《かぜ》を引かぬよう、お気をつけて」

「才さんも」

「ではでは」

頭を下げた才は、弁天台場方面へと降っていった。暫くその姿を眺めていたものの、やがて、降りしきる小雪でその背は霞《かす》み、やがて、溶けた。

くしゃみが出た。

鼻の下を拭《ふ》いた手を見ると、しもやけを起こしている。鼻先にも感覚がなくなり始めていた。手に息を吹きかけて温めた伸輔は、坂道を一歩一歩登り始めた。

折から降っていた雪が強くなり、気づけば目の前は真っ白に染まっていた。

箱館の冬は長い。いつになったら晴れるのだろうか。そんなことを思いながら、伸輔は帰途についた。


出来る限り平静を装う。だが、上手くいったかは伸輔にはわからない。

横を歩くお雪が満面の笑みで伸輔に微笑《ほほえ》みかけてくるのにも、冷や汗ものだった。

「ありがとう、伸輔。運ぶのを手伝ってくれて。おかげで助かっちゃったよ」

「ああ、うん。別に、構わない、よ」

伸輔は応じた。だが、背負う麻袋はあまりに重かった。体中の骨が軋《きし》み、汗が滲む。だが、同じ大きさの麻袋を背負いながらも涼しい顔をしているお雪の手前、意地でもなんてことない風を装わなくてはならなかった。

「いつも、こんなものを、運んでいるの」

伸輔が問いかけると、お雪は、うん、と頷いた。

「普段は長屋の若い人に手伝ってもらってるのよ。今日はたまたま捕まらなくて」

「な、なるほど」

仲輔は青息吐息で頷いた。

麻袋の中には木っ端《こば》が袋一杯に詰め込まれている。柱や板材の切れ端らしい。

なぜこんなものを運んでいるのかといえば、お雪のためだった。

いつものように長屋に顔を出すと、丁度出かけるところのお雪と行き当たった。どこに行くのかと聞くと、版木や彫り物の材料となる材木を運ぶのだとお雪は言った。このとき、仲輔は頭の中で算盤を弾いた。ここで荷物運びを手伝えば、お雪にいいところを見せることができる。かくして仲輔は手伝いを申し出、材木屋で貰《もら》った端材を運んでいるのである。

年頃の娘と町を歩くのは武士の作法に反する行ないだけに、ささやかな背徳感もあった。さらに横にお雪がいると意識すると、なおのこと心の臓の高鳴りが止《や》まない。

だが、さすがにしんどい。

大汗をかく仲輔の顔を見やったお雪は薄く笑い、道端の茶店を指した。

「ちょいと休もうか」

渡りに船とばかりに仲輔は乗った。

脇に荷を置いた仲輔は、店の者にあれこれと注文した。すぐにやってきた草餅《くさもち》を口に運び、ほうじ茶で流し込む。疲れた身体《からだ》に甘みが染みこんでいく心地がした。

楊枝を使って切り分けつつ餅を口に運んでいると、横に座るお雪と目が合った。お雪は茶をすすりながら、こちらの様を見遣っている。

「顔に何かついてる？」

お雪は悪戯《いたずら》っぽく笑う。

「伸輔って、お武家さんでしょ」

「えっ、どうして」

「簡単。やけに体が細いし、所作が綺麗《きれい》なのよね。町人っぽくない」

お雪に己の所作を見られていた――。なんとなくこそばゆい。

「お武家さんがどうして変な連中の下で働いているのかは訊《き》かないよ。あんまり危ない話に首を突っ込みたくないから」

「変な連中、って……」

「だって、あからさまに怪しいじゃない。刷り物《あんなもの》を作らせるなんて」

そう言い放ち、お雪はまた茶をすすった。

伸輔は、思わず問いを放った。

「そこまでわかっているのに、どうしてお雪は遊軍隊《うち》の仕事を請けるんだ」

しばし空を眺めたのち、お雪はからりと述べた。

「お付き合いかな。うちのお父《とう》の知り合いだった人が、薩長政府贔屓《びいき》でさ。民部さんに引き合わされて、この仕事を請けてくれ、って頼まれたのが去年の十一月。その人はいつもわたしに彫り物の仕事をくれる人だから邪険にもできなくってね。仕事も減っていた折だったから、断る理由はなかったし」

しばらくの無言。ややあって、それに倦《う》んだかのように、お雪はからりと続けた。

「ま、あたしは貧乏が染みついてるから。お母《かあ》は物心つく前に死んで、お父は十三で死んだ。お父が遺《のこ》してくれたものといったら、彫りの業《わざ》と道具、お母の形見とかいう飾り櫛《ぐし》くらいのものよ」

お雪は懐から、あるものを取り出した。それは、金の牡丹《ぼたん》が散らされた飾り櫛だった。古いものなのか色合いがくすんではいたが、町人遣いや、武家遣いとするにも見事すぎる品だった。大名道具かもしれない。少なくとも、他家と比べれば内福とされる松前藩士の家に育った仲輔ですら、これほどの品を目の当たりにしたことはなかった。

「お父は、数代前から伝わっている大事なものだから、絶対に売るな、普段使いにはするな、おいそれと他人に見せるなって言ってたけど――。こんなもの、持っていたって何にもならない。お母、お父が生きている方が、よっぽど良かったのにね」

飾り櫛を懐に収めたお雪は、下を向き、踏ん切りをつけるように、結局、と口にした。

「年端《としは》もいかないあたしが女一人で生きるには、強《したた》かにやっていくしかないってことよ」

お雪は膝《ひざ》の辺りを手で叩《はた》き、立ち上がって伸びをした。そして、そろそろ行こうか、と口にした。仲輔はほうじ茶を飲み下すと、重い麻袋を背負ってお雪に続いた。

休憩を挟み、蛭子町界隈にまで至った。だが、町に足を踏み入れた際、仲輔は変な気配を感じた。名状はしがたい。だが、これまで二ヶ月ほどの間、人に紛れ、陰に身を隠して動き回るようになって身についた勘が、仲輔に危難を告げている。

「どうしたの」

足を止める伸輔に、不思議そうな顔をしてお雪が問いかけてくる。

伸輔は、口の前で指を一本立て、辺りの様子を窺った。

いつも通りの蛭子町表通り。だが、何かが違う。その違和感を追っていくうちに、あまりに町が静かすぎることに思い至った。

伸輔はお雪の手を取り、裏路地に入った。

刹那《せつな》、表通りに動きがあった。

表の大店《おおだな》の商品を眺めていた笠姿の男が突如裏路地に走っていった。あの素早い身のこなし、ただの町人ではない。

「囲まれているかもしれない」

「え？　誰《だれ》に？」

「わからないけど……。どうやら、拙者たちが狙《ねら》いらしい」

「えっ、まさか、あたしも」

お雪は顔面蒼白《そうはく》になっていた。否む材料は伸輔にはない。

伸輔はお雪の肩に手を置いた。

「大丈夫。とりあえず、こいつらを撒《ま》いて遊軍隊の隠れ家に行こう。そこで暫く身を隠せばいい」

数日前、行方不明になっていた遊軍隊士の死体が見つかった。まるでぼろ雑巾《ぞうきん》だった。ところどころに拷問の痕《あと》があったという。新撰組が拷問にかけ、死体を町に放《ほう》り捨てたのだろうというのが遊軍隊士たちの見立てだった。女だからといって、許される法はない。

足音が近づいてくる。それも、四方八方から。

殺気の籠《こ》もる気配が迫り来る中、お雪は声を上げた。

「いいよ。あたしはあたしで逃げるから。伸輔に迷惑掛けたくない」

この期《ご》に及んで迷惑などという言葉が口をついて出るお雪の窮屈な人生を思った。父母に先立たれ、誰かの慈悲にすがって生きるしかなかった少女は、誰にも迷惑をかけぬと心に決め、この箱館の町で生きてきたのだろう。

訳もなく、悲しくなった。

無我夢中で、伸輔は叫んだ。

「何言ってるんだ」

己の口からこんなにも大きな声が出ることに、伸輔自身が驚いていた。

目を白黒させるお雪を眺めつつ、もしかすると嫌われちゃったかもな、と心の隅で呟《つぶや》きながらも、伸輔は己の口からほとばしる言葉を止めることができなかった。

「迷惑なんてことはない。お雪は数少ない知り合いの一人なんだ。知り合いが嫌な目に遭《あ》うのなんて、想像するのだって嫌だ。ただそれだけだよ。それじゃ、駄目か」

口にしたその時、伸輔は己の腹の内に驚いた。自分はこんなことを考えていたのか、と。

お雪は呆《あき》れ顔をしている。だが、ややあって、噴き出した。

「面白いね、仲輔は」

「ご、ごめん」

「謝る必要ない。だって——ちゃんちゃらおかしいんだもん」

仲輔の思考が、凍った。

目の前のお雪が、まるで見知らぬ他人のように思えた。

突き放すようにお雪は続ける。

「はっきり言うけど、あたし一人なら如何様《いかよう》にでも逃げられる。わからないかなー。あなたがついてくるんじゃ逆に迷惑なの。察しの悪い男は嫌われるよ」

「お雪——」

「あなたがあたしのことをどう思っているのかは知らないけど、あたしはずっと一人で生きてきたの。これくらいの修羅場はいくらでも潜《くぐ》ってきた。あなたは自分の心配をしたほうがいい。あたしのことなんてどうでもいいから」

お雪は仲輔の分も袋をかつぎ、裏路地を駆け出した。

取り残された仲輔は、呆然《ぼうぜん》となった。

大事にしていたご本尊がただの泥人形だと思い知らされたような気分だった。

その時、路地の角から、黒服姿の男が三人、ぬうと姿を現した。左肩にはためく誠の袖章。新撰組だった。

まずい。仲輔も慌てて駆け出した。

遠くで呼子の音が響いた。一方から呼子の声がすれば、狼《おおかみ》の遠吠《とおぼ》えのように笛の音が伝播《でんぱ》した。

どうやら敵は、かなり広く網を張っていたようだった。

新撰組隊士が箱館の裏路地を覚え始めているとは言え、遊軍隊には敵《かな》わない。十分、逃げおおせられると踏んでいる。

だが――。

道の真ん中で、仲輔は足を止めた。

否。

止まらざるを得なかった。

仲輔の前には、一人の男が立っていた。

ぬらりと立つその男は、紺の着物に紺の羽織を合わせている。刀を二本差しにしているが、流行している長刀ではなく、二尺ほどの短いものだった。だが、その立ち姿には蛇にも似た威圧がある。

「また逢《あ》ったか。少年」

「誰だ、お前は」

そう口にして、ようやく気づいた。

目の前の男にまとわりついている陰の気。顔かたちに印象はなくとも、影そのものが動き回っているかのような陰湿な気配はそう簡単に拭《ぬぐ》えるものではない。

「お前――、隊長を怪我させた」

男は、噛んで含めるように、名を名乗った。

「陸軍奉行並配下、箱館探索方、小芝長之助《こしばちょうのすけ》」

陸軍——榎本軍の人間だ。逃げねばならない。だが、どうしても振り返ることができない。

小芝を名乗る男は、悠然と歩を進めてくる。それはまるで、形なき殺気が迫り来るようで、全身の毛が逆立つような恐怖がせり上がってきた。

小芝は低い声を発した。

「二度、逃がしたが、三度目はない。お前の身柄を捕らえる」

小芝は一拍置いたのち、だが、と口にした。

「もし逃げるつもりならば斬《き》る」

穏やかな小芝の言葉に、伸輔の肝が縮み上がった。

呼子の音がひたひたと近づき、伸輔の背を刺す。

伸輔は、寒いはずなのに、背中の着物が汗で貼《は》りついた。暑いわけではない。むしろ、体中から血の気が引き、震えている。

だが——。伸輔は裏路地の塀に立てかけられていた棒を握り、構えた。

ぶるぶると震える棒先を、小芝に向ける。

棒先の向こうで、小芝は、見事、と呟いた。

だが次の瞬間、小芝の体が翻《ひるがえ》り、手に痺《しび》れが走った。棒がいつしか消えている。見れば、小芝の遥《はる》か後ろの中空で、棒がくるくる円を描いていた。

何が起こったのか、仲輔には理解ができなかった。

だが、遅れて理解した。一瞬で間合いを詰められたのと同時に、棒を奪われたのだと。けたたましい音を立て、地面に棒が落ちた。ちらと見れば、真ん中で折れていた。拾い上げたところで使えまい。

やがて、四方八方から呼子の音が近づき、ついには辺りに人の気配が満ちた。横目に見た瞬間、仲輔は目を見張った。どの道も、洋装姿の新撰組隊士が大挙して塞《ふさ》いでいる。

「この通り。もう、逃げ場はない」

仲輔は諦《あきら》めて、手を上げた。


捕まったその日は、箱館市街の西にある新撰組屯所《とんしょ》、称名寺《しょうみょうじ》に引っ立てられ、一夜を過ごした。板敷きの部屋を用意され、監視付、柏餅《かしわもち》とはいえ布団で眠れたのはありがたかった。

次の日、仲輔は獄舎に移された。

獄舎は箱館の町の東の外れ、南部坂《なんぶざか》を登り切り、南部陣屋を左に折れた先にある。

牢《ろう》に入るのは、もちろん生まれて初めての経験だった。武士として生きてきた仲輔に、そんな機会などあろうはずもなかった。後ろ手に縛られ、獄舎の表門をくぐったとき、随分遠い処まで来てしまった、とどこか他人事《ひとごと》な感想を持った。本当に切羽詰まったとき、人は自分の命運にすら冷淡になるのだと、その時初めて仲輔は知った。

「入れ」

新撰組隊士から役人に引き継がれ、獄舎へ入った。最初は大部屋に入れられるのだとばかり思っていたが、伸輔が与えられたのは、畳の敷かれた四畳半ほどの広さの武家牢だった。ここはよほどのことがないと相部屋になることはなく、大部屋のように、囚人たちによる〝自治〟の手も及ばない。噂では、獄舎に繋《つな》がれた者たちは、牢が手狭になると新入りを殺し、「病気で死んだんでしょう」とうそぶくと聞いたことがあった。

命の危険がないのはよかったが、飯がまずいのには閉口した。出てくるのは薄い味噌汁《みそしる》に茶碗《ちゃわん》一杯の飯。味噌汁にはしおれた野菜屑《くず》がわずかに浮いていて、飯には変な虫がびっしり入っていた。初日は箸《はし》をつける気にもならなかった。だが、結局は空腹に負け、三日目には虫もろとも味気ない飯粒を噛みしめた。

獄舎に繋がれて四日ほどで、日にちの感覚も失っていった。獄舎の建物には碌《ろく》に窓がなく、ただ一つ、北向きの天窓から、曇り空が見えるばかりだった。

獄舎はひどく寒かった。

囚人用の薄い着物が一枚支給されてはいたが、一月の暗がりの寒さは暴力そのものだった。着物を頭から被って足を抱き、朝から晩まで震えることくらいしか、抗う術《すべ》はなかった。

人と話したい。

そう願っても、四畳半の居場所には、誰もいない。大部屋の者たちに話しかけようとも思ったが、勇気が出なかった。大部屋にいるのは堅気の人間たちではなかった。牢越しに目が合おうものなら武士を小馬鹿にする雑言を吐いて、しきりに手を叩いた。

そうこうしているうちに、喉《のど》の前と後ろが張りつく感覚が伸輔を襲った。声を発さなくなったことで、喉の使い方を少しずつ忘れているようだった。声を上げる練習をしようにも、その度に他の囚人たちから白い目を向けられ、果たせなかった。

伸輔は少しずつ、だがはっきりと、人間として大事な何かが削《けず》られてゆく感覚に襲われていた。何日経《た》ったろうか。もはや数えるのも止めていた。日がな一日、身を横たえ、わずかに開かれた天窓の光に目を細めていた。ただ、朝飯と晩飯の時を待ち、心を無にしていた。

だが、その日はいつもと違った。

朝晩を除き、殆《ほとん》ど開くことのない表戸が、音を立てて開いた。

獄舎の中に光が満ちる。

眩《まぶ》しい。目を細めた。

牢役人だった。榎本軍の役人なのだろうが、髷に青の着物、鼠《ねずみ》色の伊賀袴《いがばかま》姿という旧態依然とした格好に身を包んでいる役人は、大部屋を過ぎ、伸輔の武家牢の前に立つと、懐から鍵束《かぎたば》を取り出し、錠を開いた。

「出ろ」

最初、何を言われているのか、理解できなかった。まるで、相手の言葉に靄《もや》が掛かっているかのようだった。だが、重ねて同じことを言われ、ようやく己のことだと気づいた。

ふらつきながらも立ち上がり、伸輔は牢役人に続いて、獄舎を出た。

外に出た瞬間、光の洪水に包まれた伸輔は立ちすくんだ。こんなにも日差しは明るいものだったのか。そんな驚きに打ち震えていた。

牢役人は伸輔の驚きに付き合うつもりはないらしく、手に結いつけられた荒縄を引っ張った。

「……今日は何月何日ですか」

掠《かす》れた声で役人に問う。何度か繰り返すと、ようやく役人は言葉を放った。

「二月二日だ」

役人に連れて来られたのは、獄舎の横にある官舎だった。正確には、官舎の横にある、長屋のような建物だった。

中に入れと言われ、おとなしく従った。

そこは、土間と板敷きが連続する一間だった。

存外に明るい。町の裏長屋とも造りは似ていたが土間に竈《かまど》はなく、板敷きの部屋の上にはほとんど調度らしきものは置かれていない。その代わり、土間の左端に直径一尺（約三十センチ）ほど、高さ三尺（約九十センチ）ほどの丸太が刺さり、その近くに筵《むしろ》が敷かれていた。板の間には文机や火鉢が置かれ、壁には刺股《さすまた》、袖搦《そでがらみ》、突棒《つくぼう》の三つ道具がこれ見よがしに立てかけられている。

牢役人は伸輔の手にかかった縄を土間の丸太に縛り付けると、丸太のすぐ側《そば》で膝をついた。どうやら伸輔の居場所は土間に敷かれた筵の上らしい。履き物を脱ぎ、筵の上に座った。

暫く待っていると、後ろの戸が開く音がした。遅れて、背中に激痛が走った。後ろから牢役人に殴られた。頭が高いということらしい。筵に額を押しつけるように平伏《ひれふ》すと、ややあって、伸輔の横をすり抜ける人間の気配がした。

その人物は板の間に上がり込み、その上に腰を下ろした。

「面を上げろ」

板の間から、静かな声が響いた。

仲輔は頭を上げた。その瞬間、仲輔の口から、掠れた声が上がった。

後ろから怒声がかけられたが、それどころではなかった。

板の間に座る男の顔に見覚えがあった。そこに座っていたのは、あの薬売りだった。

黒い洋服に身を包む、散切り頭の薬売りもまた、驚愕《きょうがく》の表情を浮かべていた。

「なんで、才さんがここに」

思わず声が出た。部屋の中に響いた言葉は、すぐに消えた。

第六章　二月　歳三の章

南部《なんぶ》陣屋は箱館《はこだて》市街の東、地蔵町《じぞうまち》の岡《おか》の上にある。そのさらに東となると、町の喧騒《けんそう》は遥《はる》か彼方《かなた》に遠ざかり、津軽《つがる》海峡の波音や鷗《かもめ》の鳴き声ばかりが耳に届く。歳三《としぞう》は、馬上で西洋割羽織《フロックコート》の襟を立て、ぶるりと身を震わせた。

しばらく進むと、歳三の眼前に黒い冠木門《かぶきもん》と白壁で囲われた建物が現われた。白壁の上には竹《たけ》矢来《やらい》が張り巡らされ、内と外とを峻厳《しゅんげん》に分かっている。門近くに小さな平屋の板壁建物があり、奥には切妻《きりづま》屋根の白壁建物がそびえるように立っている。蔵と堂の間のような奥の建物は、極端に窓が少なく、妙な威圧感があった。

二月二日。歳三は、箱館獄舎にいた。

遊軍隊の少年隊士を捕まえた――。

一月末、小芝《こしば》から報告を受けたものの、歳三はしばらく獄舎に足を向けることができなかった。

同時期、箱館政府内で、ある大問題が浮上したからだった。

甲鉄《こうてつ》が薩長《さっちょう》政府に払い渡される話が、確度の高いものであると確認された。

榎本《えのもと》は政府首脳を五稜郭《ごりょうかく》に集め、米国領事のライス氏を呼んだ。ライス氏の言うところでは、箱館領事として精一杯箱館政府の実情を伝え、薩長政府への甲鉄売却を思い留《とど》まるよう打電したものの、本国の決定を覆すことはできなかったという。箱館政府首脳の敵意に晒《さら》されながらも誠実に弁明に当たるライス氏の言葉から、嘘《うそ》やごまかしを見出《みいだ》すことは難しかった。

箱館政府にとっては、外交上、軍事上の敗北である。

だが、それ以上の大問題が――。

会議の議場で、大鳥圭介《おおとりけいすけ》がぽつりと言った。

『甲鉄が薩長政府のものとなったら、我らは海上の優位を失うね。ただでさえ、主力の開陽《かいよう》を失っているっていうのに』

となれば当然――。榎本釜次郎《かまじろう》が低い声を発した。

『戦を覚悟するべきだな』

榎本は、副総裁松平太郎《まつだいらたろう》に政府資金の残高調査を、陸軍奉行、海軍奉行には戦争に必要な経費の計上を命じた。市中取締が主任務とはいえ、陸軍奉行並の肩書きを持つ歳三も、大鳥圭介とともに戦費の計算、武器類の買い付け、戦争になった際に拠《よ》るべき陣地作成のための見積もりに追われ、五稜郭から一歩も出られぬ日が続いた。

これらの仕事が一段落つき、歳三が箱館市中に戻ったのは、二月に入ってのことだった。そして、歳三は寓居《ぐうきょ》に溜《た》まっていた急ぎの稟議《りんぎ》処理を終え、こうして獄舎へと足を運んだのだった。

手前の板壁小屋――獄舎官吏の詰め所――の脇《わき》にある、厩《うまや》のような建物に案内された。そこは、獄に繋《つな》がれた者を取り調べる処《ところ》らしい。土間には天井まで伸びる棒杭《ぼうくい》が刺さり、膝《ひざ》ほどの辺りが少しくびれている。既にこの場には、腕や腰に縄が打たれ、その先を棒杭に縛られている少年の姿があった。土間に敷かれた筵《むしろ》の上で、役人に押さえつけられ平伏している。

歳三は奥の板の間に上がり込み、座布団の上に座ると、声を発した。

「面を上げろ」

筵の上の遊軍隊士が顔を上げた瞬間、歳三は面食らった。

顔見知りがいるとは思ってもみなかった。

随分垢《あか》じみてはいた。だが、見間違えはしない。薬売りに扮《ふん》して町を見歩いていたとき、二度顔を合わせた少年だった。もっとも、家伝の石田《いしだ》散薬をくれてやった時や、その薬が効いたと喜んでいた時の無邪気な笑顔を見出《みいだ》すことは叶《かな》わなかった。

筵の上に座る少年は、呆然《ぼうぜん》と、口を開いた。

「なんで、才《さい》さんがここに」

しばし、言葉を探していた歳三は、表情を動かさぬよう、口を開いた。

「俺《おれ》が、薬売りではないからだ。俺の名前は土方《ひじかた》歳三。市中取締の責を負う、箱館政府の役人だ」

少年は手にかけられた縄を引き、牙《きば》を剝《む》いた。

「お前が土方歳三か」

まるで猛犬だった。手に掛かった縄が柱に巻き付けられているにも拘《かか》わらず、何度もこちらに跳びかかってくる。だが、すぐに牢《ろう》役人が飛び出し、鞭《むち》で少年の肩を叩《たた》き伏せる。

鞭に晒されながらも、少年は呪詛《じゅそ》の言葉を吐きつける。

「お前が、土方歳三だったのか。お前が、松前《まつまえ》を焼いたのか」

わかりやすい奴《やつ》だ、と心中で呟《つぶや》いた歳三は、あることに気づいた。

年末、弁天町《べんてんちょう》の隠れ家で押収した差料《さしりょう》と子供用の袴《はかま》。刀はともかく、袴はこの少年の背格好にぴったりだった。

「松前と言ったな。やはり松前の藩士か」

少年は縄を引くのをやめ、黙りこくった。

歳三はあくまで穏やかに声を発した。

「名を教えろ」

「お前に名乗る名前などない」

牢役人が鞭を振り上げた。だが、歳三は手で制し、止めさせた。

歳三は決然と言い放った。

「拷問には掛けない。ここのところ、異国の目が厳しくてな。こんな小さな島国にも文明人とやらの振る舞いを求めるんだとよ。よかったな、一昔前なら、指の爪《つめ》を一枚一枚剝《は》がされても泣き寝入りだったんだ」

歳三は床を力任せに叩いた。

「名前くらい教えろって言ってんだ」

歳三の低い声が、辺りでこだました。

少年の肩は震えている。

ややあって、少年は掠《かす》れた声を発した。

「春山伸輔《はるやまのぶすけ》」

「よし。春山伸輔か。よぉく分かった」

懐紙に名前を書き付けた歳三は、釘《くぎ》を刺した。

「これから、お前の口から出た名前を調べる。もし松前藩の名簿の中に、この名前がなかったら、お前、どうなるかわかるよな。一応聞いておく。偽名じゃないな？」

少年は微《かす》かに頷《うなず》いた。嘘《うそ》をつくとき、人は必ず動揺を見せる。だが、目の前の少年の受け答えには、それがなかった。

「よし」

歳三は膝を叩いて立ち上がった。

「これから、仕事の合間を縫ってここに来る。仲良くしようぜ、伸輔」

履き物を履いて、表に出た。

官舎の方へ歩いて行くと、後ろから声が掛かった。

「あれで、いいのですか。手緩《てぬる》いのでは」

振り返ると、小芝長之助《ちょうのすけ》が立っていた。ここは関係者以外立ち入り禁止だが、と疑問の声をぶつけると、小芝は、御庭番《おにわばん》に入れぬところはありませぬ、と事もなげに言った。

歳三はひらひらと手を振って歩き出した。

「いいんだよ。俺の経験だが、拷問ってのは難儀でな、効く奴《やつ》と効かねえ奴がいる」

「というと」

「拷問が効くのは臆病者《おくびょうもの》だ。爪を数枚剝がせば吐く。だが、いやに肝が据わっている奴もいる。それこそ、これ以上やったら死んじまう、ってなところまで追い込んでも吐かない奴だ。そうじゃなくても、死んじまっても構わねえと捨て鉢になっている奴は、嘘をつくことに躊躇《ためらい》がなくなる。復讐《ふくしゅう》代わりに嘘を吐く手合いさえ出てくる始末だ」

肝が据わっている。ゆえに拷問は効かぬだろう。それが、歳三の拵《こしら》えた論理、いや、言い訳だった。

「それはありそうですな。で、あの少年がそうだと？」

「ああ」

小芝は鼻で笑った。

「そうは思えませぬが。土方殿の恫喝《どうかつ》に、怯《おび》えていたではないですか。あれは普通の少年でしょう。——もっとも、拷問は拙者も好みませぬ。土方殿のご決定に、あえて反対はしませぬが」

心底を覗《のぞ》かれている気がしてばつが悪かった。

歳三は懐《ふところ》から先ほどの紙を取り出し、小芝に押しつけた。

「悪いが、ちと調べてくれ。松前家中に春山伸輔なんて奴がいるかどうか」

「お安いご用です。一両日中には」

「ああ、春山伸輔の親兄弟についても調べてくれ。尋問の時、揺さぶりの種になる」

「承知」

「頼んだぜ」

一度目を離し、また振り返ると、もうそこに小芝の姿はなかった。

「煙みてえな奴だ」

ぼそりと呟くと、歳三は官舎近くにある下馬場に歩を進めた。


馬上から眺めた箱館の町は、二月に入り、陰鬱《いんうつ》の度を深めている。

表通りの人出は復活している。しかし、すれ違う者たちの人相がよくない。かつては裏長屋で燻《くすぶ》っていたような柄の悪い面々が酒臭い息を吐き、大手を振って歩いている。一人や二人ではない。中には徒党を組んで道端に車座になり、騒いでいる者もあって、道を行く良民は不安そうにその姿を眺めている。

馬の口を取っている小姓《こしょう》の鉄之助《てつのすけ》は、これ見よがしに眉《まゆ》をひそめた。

「ひどいことになってますね」

「だな」

しばらくすると、巡回中の新撰組隊士が飛んでやってきて、道端を占める男たちに注意を与えた。最初、凄《すご》むように隊士をねめつけていた男たちだったが、やがて、ばつが悪そうにそっぽを向き、ぶつぶつ言いながらその場から立ち退《の》いた。

ふと、歳三は左手の猫の額ほどの広さの神社に目を向けた。こんな時勢だというのに縁日が開かれている。だが、境内《けいだい》にはほとんど人がおらず、香具師《やし》のほうが目立つ、うら寂しい有様を晒《さら》していた。

「なぜこんなことに」

鉄之助は苦々しげに口を曲げているが、理由ははっきりしている。

甲鉄売却問題を受け、箱館政府では来るべき戦争の準備に入った。だが、何をするにも金がないことには始まらない。かくして、あの手この手での調達が始まった。

その中の一つが、寺社への縁日要請だった。月に一度の縁日を義務づけ、その上がりの一部を徴収することになった。当初はそれなりに金が集まったが、次第に町方も祭りに飽き、二月に入った頃《ころ》には人出が減って銭も集まらなかったという。こんなあまりに粗雑なやり方にも嫌気が差したが、それら戦費調達策の中で、特に頭痛の種となったのが、公営賭博《とばく》の実施だった。箱館政府が胴元となって賭場《とば》を開き、その寺銭の一部を吸い上げる仕組みである。もちろん箱館政府の首脳に賭場の作法を知る人間などいない。どうしたかといえば、現地のやくざ者にお墨付きを与えて賭場を任せることとした。

やくざの頭目に御用の看板を与えるようなものだった。やくざ者たちが増長し、町で騒ぎを起こすのは目に見えていた。

新撰組隊士とやくざ者の言い争いを横目に眺めながら、歳三は首を振った。

「屋敷に戻るぞ」

浄玄寺坂《じょうげんじざか》の寓居《ぐうきょ》に戻っても、歳三の身辺は落ち着かなかった。

客人がひっきりなしにやってきた。表通りに店を構える大商人たちや、その遣いだった。やくざ者たちが商売を邪魔している、どうにかして欲しい、そんな請願が半分。そして、もう半分は、芋版で押したような、同じ問い合わせだった。

「何でも、冥加金《みょうがきん》を追加で徴集すると噂がございますが、真《まこと》でございますでしょうか」

冥加金――商人に課す税である。

歳三はとぼけた。

「俺は市中取締の頭なもんでな。町方のことは箱館奉行の永井玄蕃《ながいげんば》殿に照会するといい」

そう躱《かわ》しても、商人は血相変えて食い下がる。

「箱館奉行様にお話ししても柳に風なのです。荷が町に入ってこず、手元の荷を売ることもできずで難渋しております有様の今、冥加金の献上が命じられては、我らは立ち行かなくなります。我ら大商人は、どうとでもなりましょうが、問題は、小売りの商人たちです。既に小さな店は潰《つぶ》れ始め、空き家となっているところも多うございます。これが進めばどうなるか、市中取締に当たっておられる土方様にもご理解いただけるものと存じます」

最後には請願とも恫喝《どうかつ》ともつかぬ言葉を発し、その商人は去って行った。

がらんとした執務室には、陰の気が満ちていた。

請願にやってきた客人の列が途切れたところで、執務室の机に向かう歳三は、茶を啜《すす》って椅子《いす》の背もたれに寄りかかった。ぎい、と革張りの椅子が悲鳴を上げる。歳三は目元を揉《も》み、庭の方を眺めた。視界が変に霞《かす》み、箱館湾は靄《もや》がかかったようになっていた。それでもわかるほど、箱館湾には船影《ふなかげ》がなかった。

歳三は愛刀、和泉守兼定《いずみのかみかねさだ》を手に取り、縁側から庭先に降り立った。庭からは、箱館の町の様子がよく見える。この日の箱館の海は凪《な》いでいて、降り注ぐ陽光はわずかに暖かい。

上着を縁側に脱ぎ捨てた歳三は、和泉守兼定の鞘《さや》を払った。

青白い刀身が現われる。

兼定を振り回した。体に染みこませた型、実戦で覚えた技。風切り音だけが辺りに満ちる。

だが、息が続かない。

刃先が型の途中で止まった。

歳三は肩で息をしながら、兼定の刀身を鞘に収めた。

暫《しば》く刀を振っていなかった。体にひどいなまりを感じる。

風が吹いた。南からの風は、温かな空気を庭に運ぶ。

春が、すぐそこまで来ている。


歳三はその日、獄舎にいた。

板敷きの上がり框《かまち》の上に腰を下ろした歳三は、小屋の中を見渡した。昼間だというのに薄暗い小屋の中では蠟燭《ろうそく》が灯《とも》され、棘《とげ》のついた三つ道具が怪しげに黒光りしている。

暫く待っていると、縄で手を縛られた囚人を連れ、牢役人がやってきた。歳三に一礼をした牢役人は、三和土《たたき》に立てられている太い柱に囚人の手の縄をくくりつけ、後ろに下がった。そして、犬のごとくに繋がれた囚人は、力なく三和土に敷かれた筵に正座し、頭を下げた。

「随分、痩《や》せたな」

歳三が声を掛けると、囚人の少年、春山伸輔は虚ろに頷いた。

病みついてはいないようだが、表情は乏しく、顔色も悪かった。総髪は崩れかかり、頬《ほお》に垢が浮かんで白っぽくなっている。着物も泥にまみれたように汚れ、かなり離れているのに鼻をつく臭《にお》いがこちらにまで漂ってくる。だが、目は死んでいない。憎しみを滲《にじ》ませつつ、歳三を睨《にら》み付けている。だが、すぐにしおれ花のように首を垂れた。

歳三は少年の怒りの顔を咎《とが》めることはなかった。その手の視線に晒されることには慣れている。

「本当のことを言っていたらしいな。松前には春山という武家があり、嫡男に伸輔という子がいると分かった。歳《とし》は十六。年格好も一致している。もちろん、お前が春山伸輔を騙《かた》る偽物という線も捨てきれないが、まあいい。とりあえず、お前のことを春山伸輔だと見なし、尋問する」

歳三自身は、本人だろうと判断している。小芝に調べさせたところ、春山伸輔はさながら犬のような性向で、頼りないところのある少年だったという。薬売りの才として見《まみ》えたこの少年の姿と寸分の狂いもなかった。

無言を守る伸輔に構わず、歳三は己の話を続けた。

「さて、松前家中の子であったお前が、なぜ遊軍隊にいる」

伸輔は何も言わず、筵の目を数えている。

「俺が知りたいのは、遊軍隊と松前家中が提携しているかどうかだ。お前が遊軍隊にいるのは、藩命か。それとも、自ら望んで遊軍隊に加わったのか。答えろ」

なおも伸輔は腰を丸めたまま口を結んでいる。だが、なんとしても答えないというような頑《かたく》なさは感じなかった。声を発する気力も、しゃんと背を伸ばして座り続ける体力もない、そんな風だった。牢役人もそれがわかっているのだろう、右手の鞭を振り上げる様子はなかった。

少しずつ、手札を切るしかあるまい。歳三は心中でそう独りごち、顎《あご》に手をやった。

「ときに伸輔、お前の家について調べた。松前家中の春山家。結構な身代《しんだい》であったそうだな。お前の祖父の代から出世が始まり、お前の父の代には目付の見習い。下士の家系でありながら、結構な出世じゃないか。ま、この前のごたごたで失脚したみたいだがな」

それまで反応を見せることのなかった伸輔が、わずかに顔を上げた。垢じみた顔であっても、武家の誇りがちらつく。

歳三は瞑目《めいもく》した。これから、この少年に説明することは、本人からすれば知らない方が幸せなことかもしれなかった。

目を開いた歳三は意を決して口を開いた。

「お前の父と母だが、既に死んでいる。松前攻撃の日にな」

伸輔の瞳《ひとみ》が震え、蠟燭の光をちらちらと反射する。

そこに、目の前の少年の揺らぎを見て取った歳三は、さらに言葉を被《かぶ》せる。

「松前攻撃のあった十一月の五日、松前城下町で火事があった。その火事に巻き込まれてお前の父と母は焼け死んだようだ。お前の父は、政変に巻き込まれて蟄居中《ちっきょちゅう》だったらしいな。戦になっても退避の指示が出ず、律儀なお前の父は最期まで屋敷を離れなんだらしい。お前の母もな」

政争に敗れて不遇をかこちながら、退避命令が出るのを信じて待ち、最期まで蟄居を破ることのなかった武士の心のありようは、歳三の理解の埒外《らちがい》にあるものだった。歳三にとって忠義とは、己の行ないに報いる主に対する恩返しだった。碌《ろく》に餌《えさ》も与えぬ者に尻尾《しっぽ》を振り続けるのを美徳とする武士の忠義は、今も昔も理解できないものの一つだった。

「嘘だ。絶対に嘘だ」

「嘘じゃねえ」

静かに否んでも、伸輔は耳を貸そうとしなかった。先ほどまでのしおれた姿は消え失《う》せ、俄《にわか》に立ち上がって縄を引き、絶叫を放った。

「そんなわけはない。父上と母上が死んだ？　俺に揺さぶりを掛けようとしても無駄だ。いい加減なことを言うな」

歳三は伸輔の絶叫を無視し、淡々と続けた。

「――お前のことを調べ上げるのに、少々時が掛かった。なぜかわかるか」

なおも伸輔は獣のように叫び続けている。構わずに歳三は続けた。

「春山家が、家中の籍から外されていたからだ」

伸輔はぴたりと動きを止め、その場にへたり込む。

「籍から、外されていた？」

「ああ、うちの密偵が言っていたんだがな」

松前城から館《たて》城に移る際に松前家中が作り直した名簿から、春山家の名前はごっそり削られていた。最初、調べに当たった小芝長之助は伸輔が嘘をついているのではないかと疑ったというが、念のため、焼け残った寺の寺請帖《てらうけちょう》を調べ、松前家中春山家の存在を突き止めた。

松前家中春山家は確かに存在し、春山伸輔なる息子もいる。だが、明治元年十一月、館城で作られた松前家中の名簿からは消滅している。だとすれば、考えられることは一つしかなかった。

「松前城落城の際、あるいはその少し前にお前の家は断絶扱いになったのだろう」

「そんな、馬鹿な。だって某《それがし》は、家中に命じられて、箱館に」

「ああ。だが、春山家はもう、松前にはない。お前に下されたとかいう命令も反故《ほご》だろう」

詳しい事情は調べ切れなかった。伸輔の父と母が死んだことで、一家全員が死に絶えたと判断されたのかもしれない。あるいは、落城という未曾有《みぞう》の椿事《ちんじ》にかこつけて失脚した春山家を除籍したのかもしれない。いずれにしても、目の前の少年にとっては、過酷極まりない現実であることに変わりはない。

「そんな、だとすれば、春山家の復権も」

「ない家の復権など、ありえまい」

伸輔は額《ぬか》づき、何度も頭を筵に打ち据えた。小屋の中には、不気味な低音が響き続けている。

歳三は牢役人に目配せして止めさせようとした。だが、牢役人が近づく前に、伸輔はぬらりと顔を上げ、額から血を流したまま、怒りと哀調を滲ませた目を歳三に向けた。

「お前のせいだ。お前が、松前を攻撃したんだろう。お前が火を放たなければ、父上も母上も死ぬことはなかった」

どうやら、仲輔は知らないようだった。

歳三は息をつき、瞑目した。

「俺たちじゃない」

「は？」

「松前の町に火を掛けたのは、俺たちじゃないと言ったんだ」

「下手《へた》な言い逃れをするな」

「よく考えろ。俺たちが火をかける理由はない。そのまま接収できれば、蝦夷地《えぞち》支配もはかどったろう。それが証拠に今、俺たちの仲間は必死で町の再建に当たっているんだぞ。少ない金をやりくりしてな。本当なら、無傷の町を貰い受けた方が楽だったんだ」

「じゃあ、だれが」

「決まっているだろう。松前家中だ」

仲輔は、凍りついた。

「そ、そんなわけが」

ややあって口を動かした仲輔だったが、歳三は容赦なく割って入った。

「御用火事」

びくりと仲輔は肩を震わせ、黙りこくった。

「松前にいる町方の連中は、そう言っているらしいぜ」

真冬の蝦夷地に焼け出された町人たちは、「御用火事なんだからしょうがないじゃないか」と言い合い、身を寄せ合っていたという。御用、すなわち、お上の都合による火事なのだ、と。

町に火を掛けたのは、間違いなく松前家中の者たちだった。敗走の際、松前家中の者たちが町に火を放った。理由は簡単だ。町にある財物を箱館政府に与えず、拠点としての機能を奪う、有り体に言えば嫌がらせだ。

「そんな、馬鹿な」

「ああ、馬鹿な話だ。だが、これが、現実だ」

目の前の少年は、音を立てて歯噛《はが》みした。

「そもそも、お前たちが蝦夷地《ここ》に来なければよかったんだ。そうすれば、戦が起こることもなかった。なんで、なんで」

伸輔の慟哭《どうこく》が、歳三の胸を刺し貫いた。

夢はあった。だが、その夢は今、少しずつ幻の側に追いやられようとしている。

今はただ、まどろみから醒《さ》めるのを待っているようなものだった。過酷な現《うつつ》が襲いかかってくるまで、もう時はない。それでも、歳三は、夢の中に生きていたかった。

この少年の問いには、答える義理を感じた。歳三は口を開いた。

「そうだな。俺たちには、夢があった。蝦夷地を開拓して、国を作る夢がな」

伸輔は怒りに満ちた目で歳三を見上げている。何も言葉を挟もうとしなかった。すんでのところで話を聞く体を保っている。歳三は続ける。

「榎本さんは、薩長政府の内諸の下で徳川《とくがわ》の残党を蝦夷地に集めて、蝦夷地を開拓するつもりだったらしい。独立国は独立国だが、薩長政府の傘の下に入るつもりだった。だからこそ、最初は薩長政府に文《ふみ》を送ってご機嫌伺いをしていたんだぜ」

北辺の橋頭堡《きょうとうほ》、それが榎本の夢見た国の形だった。歳三は――。

「俺は違う。俺は、蝦夷地を商いの国にしたくて、ここまでやってきたんだ」

仲輔が、怪訝《けげん》な顔をしていた。

構いはしなかった。歳三は己の肚《はら》の内を吐き出した。

「元を正せば俺は百姓の子でな。とはいっても、畑仕事なんざ性に合わねえ。色々あって新撰組《しんせんぐみ》の副長に――つまりは武士になったが、武士ってのもどうもいけねえ。子供の頃は大小二本差しに憧れたもんだが、いざなってみると、城には腸《はらわた》の腐ったやつしかいねえ。かといって、軍人ってのも駄目だった。一年あまりやってはみたが、楽しさよりも苦しさが勝る。向いているとは他人に言われるが、俺自身はしっくりきてねえんだ。三十四年生きてきて、一番やってて愉《たの》しかったのは、商人だったよ」

歳三は懐から煙管《キセル》を取り出した。薬売りに化けているときにも使っていたものだ。

断ることもなく、歳三は煙管の皿に煙草《たばこ》の葉を押し込み、脇に置かれている火鉢の炭で火をつけた。吸い口を強く吸い、喉《のど》の奥に煙たい香りを満たし、糸のような紫煙を吐き出した。

思えば、まだ京都に登る前、薬売りとして歩き回っていたあの頃、ふとした休憩の折、木陰に座って、口から吐き出した煙を見上げる時間が歳三は好きだった。

「榎本さんから蝦夷地に誘われたときは乗り気じゃなかったんだ。まだ軍人をやらなくちゃならねえのか、ってな。軍人は因業な稼業でな。同じ釜《かま》の飯を食った仲間をあの世に送る仕事なんだ。この一年で、かけがえのない仲間を何人、何十人ともなく失っちまったよ。だがよ、蝦夷地の話を色々聞くうちに、楽しくなってきちまった」

歳三は仙台《せんだい》にいた学者から聞いた話を思い出していた。

学者はこう言っていた。蝦夷地は、天下の大十字路なのだと。

「蝦夷地にはアイノがいる。アイノは樺太《からふと》のアイノを通じてロシアとも交易している。清《しん》の連中とも商いをしている。むろん、松前の倭人《わじん》ともな。最近じゃ、箱館に西洋列強の領事館までできた。箱館は、世界と繋がる商い場なんだ。それを知ったら、興味が湧《わ》いたんだよ」

目の前に座る仲輔の様子が変わっていた。いつの間にか、目から敵意が消えかけている。

「商いってのは、本来はしがらみがねえもんだ。今、しがらみがあるように見えるのは、お上が頭を押さえつけているからだ。生《き》の商いの決まりは単純だ。いいものをより安く仕入れて、売る側も買う側も得する取引をし続けることだけだ。別に何者だろうが構わねえ。武家であろうが農家だろうが軍人だろうが、金持ちだろうが貧乏人だろうが、商い場は何者も拒絶しねえ」

「二本差しのくせに」

仲輔は吐き捨てるように言った。だが、目には侮蔑《ぶべつ》の色が浮かんでいなかった。

「ああ、俺は、二本差しに飽きたんだよ」歳三は煙管の吸い口から唇を離した。「二本差しの身分に潜《もぐ》り込んだはいいが、どんなに綺麗《きれい》に着飾っても百姓の生まれがついて回る。自慢じゃねえが、俺は一時期、徳川の御旗本《おはたもと》だったこともあるんだぜ。それでも、お百姓の生まれってんで御家人《さんぴん》連中にさえ軽んじられたんだ。上辺じゃ仲間だって面しやがるが、結局は仲間に加えようなんて気はない。使えるうちは持ち上げて、使い道がなくなったらおもちゃよろしくぽい、だ。俺には、居場所がねえんだ」

仲輔は、なぜか泣きそうな顔をした。

「――なら、故郷に帰ればいいじゃないか」

「俺は三男坊だ。田舎《いなか》に身の置き場なんてありゃしねえ。俺には、居場所はねえんだよ。自分で作らなくっちゃな」

「だから、松前を奪ったのか」

「奪うつもりはなかったよ。お前は知らねえだろうが、箱館府にも、松前にも、仲良くしましょうって文を送ったんだぜ。でも、けしからんって言って決裂させたのは、お前たちだ」

これも本当のことだった。

薩長政府のお墨付きを得て独立国家を作りたかった榎本からすれば、薩長政府の心証を悪くしたくはなかった。だからこそ、榎本はぎりぎりまで松前との和平を模索していた。

いずれにしても、すべては過去の失敗《こと》だった。

「居場所がまるでなかった俺が、居場所を探しにここまで来た。俺の仲間も、居場所がなくて俺の元にやってきた連中ばっかりだ。そんな奴らのためにも、居場所を作りたかった。だから俺は蝦夷地《ここ》に来たんだ。ざっとこの辺りが、俺の思いさ」

破局の軌《きし》みに気づかぬほど、歳三も馬鹿ではない。

箱館政府は、もう、詰んでいる。

国際政治の場において優位性が失われ、頼みの綱である海軍力も薩長政府に水をあけられた格好になり、和睦《わぼく》の機を逃した。蝦夷地に新国家を作る夢は、風前の灯火《ともしび》だった。

それでも——。歳三の脳裏には、ある光景が蘇《よみがえ》る。

多摩川《たまがわ》の川縁《かわべり》。夕暮れの中を歩く、幼なじみの後ろ姿。大きな夕陽《ゆうひ》に挑みかかるように木の棒を振り回すその姿は、清々《すがすが》しく、あまりに眩しい。

「俺には、幼なじみがいたんだ。俺より一個上でな、こいつも農家の三男坊だった。加藤清正《かとうきよまさ》公を尊敬してて、口に拳骨《げんこつ》を入れる芸をやってみせては、清正公と同じ芸ができるんだって喜んでた極楽とんぼだ。でも、そいつは子供の頃から、武士になるって言っていた。そして俺は、そいつを武士にするべく、新撰組を作った。一時は甲州《こうしゅう》百万石のお墨付きももらったんだ。大名並みってことだ。だが、最期は斬首《ざんしゅ》だ」

伸輔は顔をしかめた。武士の子ゆえ、理解したのだろう。斬首とは、武士身分でない者への処刑法である。

武士になりたかった男は、確かに武士扱いされた。だが、最期の最期で、武士身分から弾かれた。

「あの時だろうな。俺が、武士に嫌気が差したのは。で、そんな時、多摩川べりで交わした幼なじみとの約束を思い出したんだ。お前が武士になるなら、俺は商人になるってな」

もう尋問の体をなしていなかった。それはただ、歳三の独り言だった。

言葉が淀《よど》んだ。その合間に、仲輔が嘴《くちばし》を挟んだ。

「教えてくれ」

「なんだ」

己の口から穏やかな声が飛び出たことに、歳三自身が驚いていた。

「某にはもう、居場所がない。そんな某にも、あんたの邦《くに》には、居場所があるのか」

無益な問いだった。

あまりにも打ちのめされていた。歳三も、そして、目の前の少年も。柄にもなく、気休めが口をついて出た。

「ああ。きっとある」

「はは」

仲輔は笑った。そこから、感情のありかを読み解くことは難しかった。

歳三は脇に置いていた文机《ふづくえ》に片腕をつき、額を押さえた。あまりにも、とりとめのない話に終始していた。いつの間にか手に持っていた煙管の火も消えている。

「もういい、引っ立てろ」

歳三は命じた。

牢役人に綱を引かれ、仲輔は立ち上がった。だが、縄に抗《あらが》い、仲輔は歳三に向かって言葉を投げやった。確かな輪郭を持つ、はっきりとした問いかけだった。

「あんたの言葉、信じてもいいのか」

牢役人の怒号にも応じず、伸輔は挑みかかるような目で歳三を見据えた。

歳三は答えた。

「夢は信じるもんじゃねえだろ。見るもんだ」

今度こそ、牢役人に引かれ、伸輔はこの場を後にした。

一人、取り残された歳三は、蠟燭の火を吹き消して表に出た。

小屋の中に闇《やみ》が満ちた。


それからしばらくして、信じられぬ報《しら》せがもたらされた。

五稜郭の円卓の間で開かれた、首脳会議の場は凍りついた。

松前と弘前《ひろさき》の兵、およそ八千。そして薩長政府の本隊が、津軽海峡を挟んだ大港である青森《あおもり》港に集結しつつある——。

「二月一日から動き始めたってことだよ。ってことは、目と鼻の先で敵兵が移動していたのに二十日あまり気づけなかったってことになる。いやあ、参ったねえ。密偵が薩長政府に食い込めてない。大問題だね」

余裕綽々《よゆうしやくしやく》に構えるのを常とする大鳥すら、険しい顔でそう述べた。

依然として寒い日は庭の池が凍る。しかし、春と見まごうような天気の日も増え、南風が本州から吹きつけるようになってきた。あと二ヶ月もすれば、津軽の深雪も溶けるだろう。

三月から四月頃、薩長政府軍に動きがあろう。

円卓の主宰者である榎本は、皆の混乱を咳払《せきばら》いで鎮めた。

「さて、これからの計画について話そう。まず副総裁、国庫の状況は」

指名された格好の松平太郎は、淡々と資金状況を説明した。曰《いわ》く、五稜郭や近隣の防柵《ぼうさく》、小城の構築でかなり資金を使っており、戦費が不足するのは目に見えている。今、必死で様々な施策で以《もっ》て租税を集めているところだが、進捗《しんちょく》ははかばかしくないという。

「やはり、交易が止まりかけておるのが痛い。運上金さえあれば」

忸怩《じくじ》たる顔で、松平太郎は締めくくった。

資金を司《つかさど》る副総裁がこの調子である以上、陸海軍の歯切れが悪いのは当然のことだった。

息をついた榎本は、仕方あるまいと前置きし、座を見渡した。

「諮《はか》りたいことがある。以前、議題に出し、棚上げにしていた案件があった。ガルトネル氏の件だ」

円卓がざわついた。

明治元年、プロイセン商人ガルトネルが五稜郭近くにある七重村《ななえむら》近辺の農業開発に乗り出し、土地租借のために動き始めた。当時、箱館は薩長政府の箱館府が取り仕切っていた。ガルトネルの開墾《かいこん》計画はすぐに箱館府との間で合意がなされ、土地租借まで決定したものの、箱館府の蝦夷地脱出ですべてが白紙に戻っていた。

ガルトネルは新政権に対しても開墾の許可、七重村近くの土地の租借履行を求めたが、箱館政府は二の足を踏んだ。九十九年租借。この一文が引っかかった。阿片《あへん》戦争の折、イギリスが清に対して求めた香港《ホンコン》の租借期間と同じではないかとの論調が円卓を支配、これまで態度保留としてきた。

だが――。

「ガルトネル氏から連絡があった。貴国政府が開拓、租借許可を下ろすなら、当方は武器弾薬、資金など協力を惜しまない、とのことだった」

驚きの声が上がる円卓の中、歳三は鋭い声を上げた。

「うまい話には裏があるってよく言うぜ」

「とはいえ、だ。歳《とし》さん。町方から冥加金を取るのも限界がある。一本木《いっぽんぎ》の関門や賭場のみかじめ、さらには遊女や縁日の儲《もう》けにまで税を取っているが、一向に我らの懐は潤わない。そうなれば、異国の商人から金を巻き上げるべきだろう」

「異国の商人から金を取ることには反対してねえよ。うまい話すぎるってのが気になるだけだ」

「わかっている。だが、他に打つべき手はない」

歳三にも対案はない。

市中取締の役にあるだけに、箱館市中の有様は誰《だれ》よりも理解していた。

町は、死に向かっている。

港に船は殆《ほとん》どやってこず、陸上交易も一本木関門のせいで動きが鈍い。町を見れば、小規模な商店は潰れ始め、中規模商店の中にも潰れ始めたものがある。問題なのは、潰れた後、新たな店が一向に入らないことだ。中規模の商店が潰れれば、新興の小規模商店がそこを買い上げ、中規模商店に格上げされるのが世の習いだった。だが、町は今、歯の欠けた櫛《くし》のようになってしまっている。そして、裏路地を覗けば、真っ昼間から大の大人がふらふらし、道の隅でへたりこみ、博打《ばくち》に現《うつつ》を抜かしている。

こんな状態でさらに税を課せばどうなるかなど、子供でもわかる。

だが、先立つものがなければ戦えない。

「ここは、総裁の一存で決めさせて欲しい」

結局、榎本に寄り切られる形で、ガルトネルとの土地租借契約が成った。隣村への技術協力などの事項も盛り込まれたが、あくまで努力目標にすぎず、履行されるかはガルトネルの胸三寸次第という、実にあやふやな取り決めとなった。だが、裏の約束であった武器弾薬、資金提供については律儀すぎるほどに報いてくれているという。

いずれにしても、これである程度戦費は整う。

次の課題は、戦時体制の構築だった。

「なんだって？　獄舎の囚人を、作事に回せだあ？」

二月の末、歳三は頓狂《とんきょう》な声を発した。

浄玄寺坂の寓居、執務室の客用椅子に腰掛ける大鳥圭介は、ひげを撫《な》でつつ頷いた。

「今、どうしても陸軍に人材が足りなくて困っているんだよ。でも、人足を雇う金も惜しい。そこで、獄舎に繋がれている人員を使わせて欲しいんだ」

米国人を殺したかどで入牢していた苦力《クーリー》を築嶋《つきしま》新地の修復作業に従事させた前例もある。朝になったら現場に送り出し、日の仕事が終わるごとに腰縄をつけて獄舎へと戻す労役の形を取ったが、今回その手は使えない。仕事は土塁の構築、現場は箱館へと続く主要街道、どう考えても数日、あるいは数十日を費やす大工事となろう。その間、箱館の獄舎に繋ぐことはできない。つまり――。

「事実上の放免だな」

「でも、荒くれたちを上手く手なずければ戦力になる。私の率いる伝習隊《でんしゅうたい》も、やくざ者、鳶《とび》、無宿者の集まりだからね。彼らの勘所は摑んでいるつもりだ」

口ぶりから察するに、大鳥は工事にかこつけて獄舎の者たちを陸軍兵士に組み入れるつもりらしい。

反対する理由はない。裁判局の責任者である歳三からすれば、囚人がいなくなれば経費の節減にも繋がる。

「いいぜ。三月一日に引き渡し。それでいいかい」

「ああ。恩に着るよ」

力なく頭を下げた大鳥は、ややあって、ぽつりと言った。

「私たちの戦は、いつだってこうだねえ」

目で問うた。すると大鳥は、ぽつりと言った。

「いつだって足りない足りないと大騒ぎして、大事なものを少しずつ失っている気がするよ」

頭《かぶり》を振った大鳥は、歳三の前から去っていった。

一人になった歳三は、七輪を持ち出し、変装用の薬箱からあじの干物を取り出し、庭先で焼いた。黒煙が上がる様を暫く眺めているうちに、縁側に書類束を抱えた鉄之助が通りかかった。

「先生、魚を焼いておられるのですか」

「ああ。居もしねえ嬶《かかあ》への土産だ」

「はあ」

訳がわからぬとばかりに小首をかしげる鉄之助に、干物から目を離すことなく、歳三は問うた。

「今日は何日だ」

しばし考えた鉄之助は、

「今日は二月の二十九日ですが」

と答えた。

そうか……、と口の中で噛んで含むように呟いた歳三は、己の中にたゆたう、ある思いと戦っていた。やるべきではない、という理性と、やるべきだ、という逡巡《しゅんじゅん》が、幾重にも絡まり合い、渦を巻いている。

結局、理性が折れた。

「鉄之助、明日と明後日《あさって》、おめえに頼みてえ仕事があるんだが」

「はい、なんでしょう」

歳三はその中身を説明した。最初、鉄之助はなにがなんだかわからぬとばかりに小首をかしげていたが、重ねて命じると、渋々といった風に、はい、と答え、奥へと引っ込んだ。

また歳三は一人になった。箸《はし》を手に干物をひっくり返していると、ふいに庭先に気配を感じた。

「随分と、温情の采配《さいはい》ですな」

声の主は小芝長之助だった。庭先の犬走りに跪《ひざまず》いている小芝は、ぬうと立ち上がった。

「聞いてやがったのか、趣味の悪い野郎だ」

「お言葉なれど、隠密《おんみつ》とは、そもそも趣味の悪いお役目でありましょう」

違《ちげ》えねえ、と笑った歳三は、ぽつりと言った。

「温情じゃねえよ。同病相憐《あわ》れむってところだ」

「それを温情と言うのでは?」

真面目《まじめ》な顔で、小芝は言った。

新撰組の副長だった時分、平隊士からは随分怖がられたが、古い仲間たちからはこうして揚げ足取りをされたものだった。かつていた気安い仲間たちは、もういない。

失くしたとばかり思っていたものが、ここ蝦夷地では、ぽっと手に入ることがある。

そのことに、歳三は揺るがされていた。

火に炙《あぶ》られた干物が乾いた音を発し、よじれた。

第七章　三月　仲輔の章

天井から落ちる水滴が、真っ暗な獄舎の中で微《かす》かな音を立てた。

水音を数えるのが、仲輔《のぶすけ》の日課になっていた。

真っ暗な獄舎では一日を持て余す。誰《だれ》とも話せぬ中、過去を思い返すのにも飽いた仲輔は、やがてものを考えるのを止《や》めた。その結果、朝飯と夕飯の間にある、絶望的な空白を一瞬の出来事に感じるようになった。

一抹の恐怖が仲輔の脳裏にこびりついた。己の身体《からだ》や思い、矜持《きようじ》や存在までも闇《やみ》に呑《の》み込まれようとしている。慌てて無の蟻《あり》地獄の中でもがいた。

あるとき、天井から滴る水滴の様子が日によって違うことに気づいた。一、二回程度しか落ちぬこともあれば、何百回も落ちる日もある。外の天気が関係しているのだろう。そう気づいたとき、水滴が外界を窺《うかが》い知るための窓だと気づいた。

水滴を数えつつ、仲輔は小首をかしげる。

あの日以来、土方歳三《ひじかたとしぞう》がやってくることはない。

不可思議な尋問だった。いや、そもそも尋問といえるものだったのかもわからない。むしろ、与えられたものの方が遥《はる》かに多かった。もっとも、得たものはあまりにも固く、呑み込むことはおろか、噛《か》み砕くことも難しかった。

父母は死んだ。

春山《はるやま》家はもうない。

いつまでも残ったままの言葉が塊になって辺りに転がっていた。

獄舎の中で、夢を見た。

螺鈿《らでん》細工 拵《ごしらえ》の刀を父から渡された、元服の日の光景だった。

『お前は春山家を背負って立つ男子だ』

そう述べる父の姿、後ろで薄く微笑《ほほえ》む母の顔は、逆光に潰《つぶ》れ、表情を窺うことはできない。やがてそんな二人の姿が紅蓮《ぐれん》の炎に巻かれたところで目が覚めた。

涙が目尻《めじり》からこめかみに伝っていた。

何を信じ、何と戦えばいいのか、真っ暗な獄の中で伸輔は途方に暮れていた。

昨日、動きがあった。

大部屋牢《ろう》や武家牢の囚人が、外に出たきり戻らなかった。

外に出られる、そんな期待は裏切られた。伸輔だけはただ一人、牢に留め置かれた。

なぜ？　問う気にもなれなかった。

取り立てて外に出たくもなかった。帰るべき場所も、行くべき場所もない。ならば、獄舎の中の方がいくらかましだった。獄に繋《つな》がれていれば囚人という肩書きが与えられる。何者でもなくなった仲輔からすれば、確たる肩書きがある今のほうが外にいるよりよほどましに思えた。

その日の夜は、寒くて眠れなかった。囚人たちのおかげで獄舎《ここ》は暖かかったのだと、そのとき初めて知った。

そして今、仲輔は空蟬《うつせみ》の心地で身を横たえている。

何もすることなく、その日三つ目の水滴が落ちたのを眺めていると、獄舎の引き戸が音を立てて開いた。

眩《まぶ》しい。光の暴力に目を細めた。

目が慣れた後、顔を光に向けた。一人の男が逆光に立っていた。

牢役人かと思ったが、違った。現われたのは、仲輔とそう年の頃《ころ》の変わらぬ少年だった。黒い軍服に野袴《のばかま》、そして左肩には上下に山形、真ん中に誠と染め抜かれた新撰組《しんせんぐみ》の袖章《そでしょう》がぶら下がっている。つい、くせで身構えた。外に居た時分、この袖章をしている男たちに追われていた記憶がそうさせた。だが、あることに気づいて、少し緊張を解いた。新撰組の袖章は赤を基調にしているはずだが、この少年の肩にぶら下がっている袖章は、青みがかっていた。

その少年は、牢を見渡し、つかつかと獄舎に入ると、仲輔の武家牢の前で足を止め、持っていた鍵《かぎ》で仲輔の牢の錠を開けた。

鍵が外れ、錆《さ》びた蝶番《ちょうつがい》が悲鳴を上げる。

牢の向こうで、少年は口を開いた。存外に高い声が獄内で響く。

「春山仲輔だな。出ろ」

気力が湧《わ》かなかった。意味のない尋問に晒《さら》されるだけ、無為に思えてならなかった。

いつまで経《た》っても立とうとしない伸輔に痺《しび》れを切らしたのか、無遠慮に牢の中に足を踏み入れた少年は、伸輔の腕を取って外に引きずり出し、足早に歩き始めた。こちらの足がもつれるのもお構いなしだった。

その後、湯浴《ゆあ》みを命じられ、用意されていた新しい着物に袖を通した。綿入りの木綿だった。

牢役人に伴われ、官舎へと入った。そして牢役人は、ある部屋の戸《ドア》を開いた。

無骨な机と椅子《いす》が置かれた小さな西洋風の部屋の中には、先ほどの少年がいた。暗がりの中では分からなかったが、なかなかの美少年だ。線が細いものの、気の強そうな目をしている。なんとなく、その顔立ちは柴犬《しばいぬ》を連想させた。その少年は西洋式の椅子に座り、腕を組んでいた。だが、伸輔が姿を現すと、不機嫌な表情のまま、顎《あご》をしゃくった。その先には椅子が置かれている。座れということと理解して、伸輔は丸い座面の木の椅子に腰を下ろした。

開口一番、少年は名乗った。

「俺《おれ》は、市村鉄之助《いちむらてつのすけ》という」

「市村、鉄之助」

「新撰組隊士見習い。箱館政府陸軍奉行並、土方先生付の小姓《こしょう》だ」

市村を名乗った少年は胸を張ってみせた。

土方。伸輔は身構えた。

「あいつの、遣いか」

「言葉を慎め。土方先生だ」いちいち伸輔の言葉尻を咎《とが》め、市村は続けた。「今日、お前は放免になる。土方先生に代わり、お前を解き放つ役目を仰せつかった」

「解き放つ、だと」

「勘違いするな。お前はれっきとした咎人だ。遊軍隊士として飛び回っていたのは、お前が一番承知していることだろう。お前に関《かか》わっている暇はないがゆえの放免だ、と先生は仰せだ」

戸惑う伸輔をよそに、市村は壁に立てかけられていたものを握り、伸輔に差し出した。

いつぞやの摘発の際、新撰組に押収された刀だった。鞘《さや》一杯に散らされた螺鈿、間違いはなかった。

「お前のだろう」

「なんで、わかる」

「刀と一緒に、これがあったらしい」

立ち上がった市村が背後に置かれたつづらから出したのは、やはり伸輔の袴だった。市村は袴を伸輔の腰にあてがい、一人合点した。

「この袴、やっぱりお前のだ。もし袴がぴたりと合ったなら、近くに置かれていたこの刀もお前のものだろうと先生は仰せだった」

間違いなく、どちらも己のものだった。

手を伸ばした。だが、鞘に触れるか否かのところで、手を引っ込めた。

「なんだ、どうして固まる」

「いや――」

躊躇《ためらい》が邪魔をした。

この差料《さしりょう》は、松前《まつまえ》家中春山家の嫡男、春山伸輔のものだった。だが、今はもう、松前家中春山家自体が存在しない。受け取っていいのか。もう一人の己の声が、伸びた手を押し留《とど》めた。

伸輔が口をつぐんでいると、変な顔をした市村は伸輔の手首を取って刀を握らせ、伸輔に向かって袴を投げつけた。

「先生から無理矢理押しつけろと言われてる。だから、そうする」

市村は、そういえば、と続けた。

「なんで先生は、お前が刀を受け取らないとお見通しだったのだろう？　まあいい、先生から伝言だ。〝てめぇの居場所はてめぇで作れ〟。先生は、あいつに伝えればわかると仰せだったぞ」

なぜかふくれる市村の前で、伸輔は己の刀をまじまじと眺めた。

松前藩士の子、春山伸輔のための差料。なぜか今は、螺鈿細工の差料がよそよそしいもののようにも思えた。

結局、伸輔はその場で袴を穿《は》き、差料を腰に手挟《たばさ》んだ。

腕を組んでいた市村はこれ見よがしに息をつき、小さな巾着袋《きんちゃくぶくろ》を伸輔に投げやった。ふわりと宙を舞い、伸輔の手に落ちた巾着からは賑《にぎ》やかな音がした。中身を見ると、銭が一杯に詰まっていた。

「先生から、餞別《せんべつ》だそうだ。先生の懐《ふところ》から出た金だ。大事にしろよ」

「こんなの、いらない」

「何を言っているんだ」市村は怒鳴った。「一文無しで牢から出ても野垂れ死ぬのが関の山だ。それだけあれば松前に帰るには十分だと先生は仰せだ。先生の意を汲《く》め」

負け犬は田舎《いなか》に帰れということか。

待ち人もなく、もはや何もない、故郷へ。

伸輔は、怒りを形にすることもできないほどに疲れ果てていた。

腹も立った。だが、己の無力が身に沁《し》みた。

結局伸輔は、そのまま獄舎を出た。いや、出ざるを得なかった。

市村の怪訝《けげん》な目に見送られ、獄舎の表門をくぐった。喜びはない。

伸輔の眼前には、冬の気配の遠ざかりつつある箱館《はこだて》の町が広がっていた。


牢を出た伸輔は、萎《な》えた身体を癒《い》やした後、遊軍隊の足跡を探した。

どうしても見つからなかった。捕まる直前に使われていた弁天町《べんてんちょう》の隠れ家も既に引き払われた後で、裏戸を開いてももぬけの殻だった。山之上町《やまのうえまち》の「休息所」も訪ねた。遊軍隊に何らかの協力をしているはずだった。だが、遣《や》り手に門前払いにされた。遊軍隊と繋《つな》いで欲しいと声を張り上げると、奥から男衆が現われ、表につまみ出された。

二日ほどで遊軍隊探しを諦《あきら》めた伸輔は、結局、松前に戻ることにした。

箱館から松前まで、大人の足で二日かかる。途中で宿を求めた。伸輔が箱館に向かったときにも使った宿だった。かつてよりも客の数は少なく、人相の悪い者たちが浮かぬ顔をしてさらに人相を悪くしていた。唯一明るい顔をしているのは、材木商の下で働いているという中年の男だった。皆が狼《おおかみ》のように目を光らせる横で、問われてもいないのに「御用火事万歳ってやつだ」とうそぶき、雑魚寝《ざこね》部屋の真ん中で景気よく酒を呷《あお》っていた。

酒臭い息を吐きながら、男は言う。

『材木が売れて売れてしょうがない。今は言い値だ』

その日はまんじりともできず、次の日、重い瞼《まぶた》をこすりつつ故郷の松前に至った。

故郷の姿は、大きく様変わりしていた。

街道に沿って並んでいるはずの町方の建物は、炭と化した柱が卒塔婆《そとば》のように立ち並び、焼け残って地面に散乱する瓦《かわら》の上に雪化粧がなされていた。もう少し奥まで進むと、いかにも安普請、早普請の板葺《いたぶ》き建物が並んでいた。真新しい板を組み合わせて作られたそれは、焼け出された町人が雪風を凌《しの》ぐ仮設の住居らしかった。

奥には武家地があるはずだった。だが、そこも、焼け野原と化していた。

町方も大きく焼けていたが、ぽつぽつ建物が残っていた。だが、武家地には何もなかった。壮麗な門が並び、権勢を競い合っていた松前の武家地は、今はただ、灰の黒と、雪の白のせめぎ合う、だだっ広い広場になっていた。

そして、焼け野原の武家地の奥、堀の向こうには、倒壊した櫓《やぐら》、崩れた白壁、焼け焦げた建家《たてや》がかろうじて立つ、松前城の姿が見えた。

仲輔は道を頼りに焼け野原を進み、焼け焦げた地蔵や荒神塚《こうじんづか》を辿《たど》って己の家の前に至った。

やはり、何もなかった。門も、長屋も、塀も、屋敷も、何一つ残っていなかった。そこにはただ、黒く焼け焦げた町の残骸《ざんがい》が転がり、その上に雪が降り積もっていた。

仕方なく、仲輔は町方に戻った。

町の中央部の街道沿いでは露天市が開かれていた。雪の掃かれた表通りに茣蓙《ござ》を敷き、商人たちが思い思いの商い物を並べている。どこから出てきたのか、焼け出された町でも人出はあった。だが、皆の服は一様に煤《すす》じみ、汚れていた。

そんな中、筵《むしろ》を広げる商人の列に、顔見知りの姿を見つけた。

手を叩《たた》いて野菜を売るその男に声を掛けると、男は最初、怪訝そうに仲輔を眺めた。しかし、思い当たるものがあったのか、やがて、鼻先を赤くし、破顔した。

「もしや、春山の若惣領様《わかそうりよう》では」

しばらく顔をしげしげと眺め、ようやく合点した。春山家に出入りしていた御用聞きで、町でも五本の指に入る大店《おおだな》の番頭を務めていたはずの男だった。だが、今は手ぬぐいを頭巾《ずきん》代わりにし、ぼろを纏《まと》って大根一本いくらの小商いをしている。

こんなところで何を？　そう聞くと、男はばつ悪げに肩を落とした。

「いえね、あたしがご奉公に上がっていた店が全部焼けて、店が立ちゆかなくなっちまったんです。でも、口に糊《のり》しなくちゃいけないってんで、あたしは近くの村から野菜を卸して、こうやって商いをしているんです」

若総領様がご無事でようございました、そう、力なく言った。

何があった？　父上と母上の消息を知らぬか。そう聞くと、男は痛ましげな顔をした。

「ああ、旦那《だんな》様と奥様は残念なことでした」

松前が攻撃を受け、松前家中が撤退を決めた日の夕方、突如として松前の町から火の手が上がった。町方の者たちが逃げ惑う中、春山家だけは門を固く閉ざし、逃げ出す様子がなかった。そのことを不思議に思った町人の一人が、逃げてきた春山家の中間《ちゅうげん》に話を聞いたところでは、春山家の当主――伸輔の父は、藩命なくばここを離れることはできぬと言い、そのまま火に巻かれたのだという。男の口にしたのは、土方歳三から聞いたのと寸分も違《たが》わぬ話だった。

「火が収まってから様子を見に伺ったのですが――。どうも、屋敷地からお骨《こつ》が二人分見つかったそうで。恐らく、旦那様と奥様のものだろうと」

「父上と母上は、どこに？」

己でも驚くほど、冷静な声が出た。

「お寺さんが供養してくださったとのことでした。他の死人と一緒に」

寺の名を聞き、伸輔は足を向けた。

町の隅、寺社地の一角にある寺までは火が回らなかったと見え、塀が少し崩れているほかは殆《ほとん》ど無傷だった。古ぼけた南大門をくぐって境内《けいだい》に入ると、すぐ、目的のものは見つかった。本堂に向かう途中の庭先に、一抱えほどある大きな自然石が盛り土の上に置かれていた。その傍らの石の香炉から煙がもうもうと上がり、辺りに清浄な香りを振りまいていた。

墓の前で腰を下ろし、手を合わせた。

涙は出なかった。

ただ、不思議と呑み込むことができた。

父と母は、死んだのだと。

二日あまり、伸輔は松前に滞在した。

春山家が藩籍を失っているかどうかもすぐに知ることができた。父と同じく、正議隊《しょうぎたい》に蟄居《ちっきょ》を強いられていた藩士とたまたま出会うことが叶《かな》ったのである。

「おお、春山殿の」

その藩士――正確には元藩士――は、町方の避難所にいた。焼け出された町人と共に大きな篝《かがり》火《び》の前で背を丸め、呆然《ぼうぜん》と火を眺めていた。何日結っていないのか、武家髷《まげ》は乱れに乱れ、絹の着物も煤まみれになっていた。なぜこんなところに？　そう問うたところから、春山家の藩籍が既にないと知るまで、さして時は掛からなかった。

もう、松前藩士ではない――。空が落ちてくる心地がした。

衝撃から立ち直り、伸輔はこれからのことを考えた。

宿に泊まり、飯を食えば、路銀も少しずつ目減りしていく。もし松前で暮らすなら、働いて銭を稼ぐ必要があった。だが、腰に差した刀がそれを邪魔した。

有り体に言えば、町の者たちの好奇の目に耐えられなかった。

――春山家の若惣領が落魄《らくはく》して町で働いているんだとよ。

嘲笑《ちょうしょう》が聞こえてきそうな気さえした。

宿に泊まっていても、遠慮のない笑い声に晒される。己のことを話しているわけではないというこくらい弁《わきま》えている。それでも、他人の口の端に上っているのではないか、そんな怖《おそ》れが、仲輔を苛《さいな》んだ。

仲輔は箱館に戻ることを決めた。

松前にいては、春山家の若惣領という亡霊がどこまでも己に祟《たた》る。死ぬ思いすらした箱館に愛着があるのもおかしな話だったが、それでも、今の仲輔は、誰にも関心を持たれぬ場所に居たかった。箱館の町は、何者でもないのっぺらぼうになることができる、蝦夷地《えぞち》でもほぼ唯一の地だった。

次の日の朝、誰にも挨拶《あいさつ》することなく、仲輔は松前を出立した。春風吹く浜通りを数日前とは逆行して進んでゆく。そして、一晩投宿した後、さらに歩いて行くと、星の形をした五稜郭《ごりょうかく》、そして、春楡《はるにれ》の大木が寂しげに立つ、一本木《いっぽんぎ》へと至った。

関門前は、人でごった返している。その列に並ぶ仲輔は、ふと、湾の向こう、右手に見える箱館の町を眺めた。十日も離れていなかったのに、その町並みに、懐かしさすら覚えた。

仲輔は、一本木関門をくぐり、箱館の町へ舞い戻った。

関門前の春楡の木は、東南の風に枝を揺らした。それはまるで、手招きをしているようにも、手で追い払っているようにも見えた。

箱館に戻った仲輔は、途方に暮れた。

武家育ちの仲輔は、生計を立てるという発想に乏しかった。金が必要なのは薄ぼんやりとわかる。だが、金を得るためにどこに行って、誰に頭を下げ、どのように仕事を得ればいいのか、さっぱりわからぬまま、町中を右往左往していた。

最初は旅籠《はたご》に泊まった。だが、安旅籠でもかなり銭を取られる。宿の主人は、最近は物価が高くてそろそろ薪《まき》代を値上げしないといけないんですよ、とぼやいていた。次第に懐が寂しくなってきて、このままではまずいと考えた仲輔は、かつて三平《さんぺい》と暮らしていた長屋へと足を運んだ。そこの大家は仲輔の顔を覚えており、快く部屋を貸してくれた。

一月の猶予はできたが、月の終わりには店賃《たなちん》を払わねばならない。

以前のように追《お》い剝《は》ぎをしようか。そんな考えはすぐに雲散霧消した。三平と一緒にやっていた頃とて怖くて刀を抜くことができなかった仲輔が、独りでそんな大それたことをできようはずもなかった。

結局仲輔は、昼になれば辺りをうろつき時を潰し、夜になれば長屋に戻って寝るばかりの無為な生活に搦《から》め捕られていった。

仲輔は焦っていた。

こんな日々がいつまでも続くはずがないことは、仲輔が一番よくわかっていた。日に日に目減りしてゆく銭は、仲輔の心を徐々に重くした。

陰鬱《いんうつ》な思いでいたある日、仲輔は弁天町の裏路地を歩いていた。

去年の冬、この界隈《かいわい》には活気が満ちていた。だが、この通りに並んでいた小商いの店は軒並み雨戸が閉まったままで、閉店の張り紙がなされていた。よく伸輔が饅頭《まんじゆう》を買った菓子屋も、三平が草双紙《くさぞうし》を求めていた版元も、いつの間にか潰れていた。たまに開いている店も、海岸通りにある大店の暖簾《のれん》分け店舗に居抜きされていた。

潰れているかもしれぬと覚悟していたが、坂を登ってすぐの処《ところ》にある、かつてよく使っていたなじみの茶屋は、そのままで残っていた。

赤い幟《のぼり》を立て客を呼び込む店の軒先には緋毛氈《ひもうせん》の敷かれた縁台が置かれている。その縁台を眺めた伸輔は、そこに知り合いの姿を見つけた。

その男は、以前のように軍服姿で縁台に座り、団子を頬張《ほおば》っていた。横に立ってもなお伸輔に気づくことはない。仕方なく、小声で声を掛けると、男はようやくこちらに向いた。呆《ほう》けたその顔は、次第に幽霊でも見たかのように顔を歪《ゆが》めた。

「お、お前、伸輔か」

弁天台場の兵士として榎本《えのもと》軍に入り込んでいた〝協力者〟の斎藤順三郎《さいとうじゆんざぶろう》だった。

「ご無沙汰《ぶさた》してます」

そう声を掛けると、斎藤は怪訝な表情を顔に貼《は》り付けた。

「何をしている。お前、遊軍隊を抜けたと聞いたぞ。そのお前がどうして」

「いえ、たまたま通りすがったんです。今は、何者でもないんです」

暇だからこの辺りをうろついていたとは言えなかった。

仲輔の言葉に毒気を抜かれたのか、斎藤は息をつき、己の横を指した。座れ、ということなのだろうと察し、仲輔が縁台に腰を下ろすと、斎藤は僅《わず》かに頰を緩めた。

「――ここのところ、遊軍隊と連絡がつかなくて、心細いところだったんだ」

「え？　どういうことですか」

「言ったままさ。そうさな――」

仲輔が捕まった直後のことだ、と斎藤は言う。

二月頃、突如、遊軍隊の者と繫がらなくなった。お決まりの情報交換もなくなり、非番の日、何度も茶屋に顔を出したものの、一度として遣いの者がやってくることはなかった。

「俺の繫ぎをやっていたのはお前だろう？　引き継ぎがなかったのだろうな」

「すみません」

「いいさ。お前のせいじゃない。俺は大事な人間じゃなかったってことなんだろう。――ま、俺にとっては、遊軍隊との付き合いはおまけだ。俺は俺なりに戦えばいいだけのことだ」

「どういうことですか」

「元々俺は、薩長《さつちょう》政府だろうが、榎本だろうが、どうでもいいんだよ」

さばさばと述べた後、茶を啜《すす》った斎藤は、聞いてくれぬか、そう言った。

「俺はこんなことをしているから、いつ死ぬかわからない。だから、誰かに、肚《はら》の内をぶちまけておきたくてな」

否やを言わさず、曖昧《あいまい》に微笑《ほほえ》んだ斎藤は口を開いた。

「俺は、七重村《ななえむら》の人間だ。七重村は、徳川家《とくがわ》の家臣、八王子千人同心《はちおうじ》が開墾《かいこん》したんだ。俺も、八王子千人同心だ。まあ、徳川の侍だとはいうものの農民に毛が生えたような家柄、威張れはしない。だが、徳川の御為《おため》って思いは常にある」

俺が蝦夷地にやってきたのは子供時分だった、そう斎藤は言う。

「開拓とは簡単に言うが、辺りに立っている木がとんでもなく固くてなあ。年輪が細かくて身が締まっているから、斧《おの》で倒すのも一苦労だった。穴を掘るのも難儀した。冬はもちろん地面が凍るし、夏になっても、土の下からごろごろ岩が出てくるんだ。蝦夷地は人の手がまったく入ってない。先人がいないことの意味を、俺はこの蝦夷地で学んだよ。冬の寒さは言わずもがなだ。家の中の甕《かめ》に入っている水が凍るのには驚いた。それも、こんな厚さにだ」

指で三寸（約九センチ）ほどの厚さを示して見せた斎藤は、なおも続ける。

「過酷なんて言葉じゃ片付かない。子供ながらに、この地は人を殺しに来てやがるって思ったよ」

「人を、殺しに来る？」

「ああ。何をするにも寒さで難儀、短い夏じゃ米は育たない。人間様が肩肘《かたひじ》張って無理矢理食らいついて、なんとか暮らしが形になる。でも、油断したら吹雪《ふぶき》に巻き込まれたり猛獣に襲われてそのままお陀仏《だぶつ》。蝦夷地にいると、武州《ぶしゅう》の穏やかな自然が恋しくなる。だが、それでも、七重は我らの第二の故郷だ」

斎藤は己の手を眺めていた。鍬《くわ》を持ち、土を握る、土と共に生きる者の手が、そこにあった。

ようやく、伸輔は斎藤に抱いていた印象の正体を摑《つか》んだ。兵士らしくない朴訥《ぼくとつ》としたありようは、厳しい自然を耐え忍び短い夏を喜ぶ、春楡の木のようだった。

だが――、と、斎藤は言った。

「あいつらが、俺の居場所を奪ったんだ」

「あいつら？」

「ガルトネル。そして、箱館府と、榎本たちだ。――俺たちの七重村は、あいつらに奪われたんだ」

「どういう、ことですか」

「どうもこうもない。箱館が開港してすぐ、プロイセン商人のガルトネルが、七重村に目をつけた。で、俺たちなんて関係なしに、村近くの土地を買い上げ始めたんだよ。何でも、そこでガルトネルは家畜を飼うつもりらしかった。だが、買収地に俺たちの村の家屋敷や畑も含まれていた。文句を言っても奴《やつ》は聞かなかった。切羽詰まって本州からやってきたばっかりの薩長政府に陳情しても、聞く耳を持ってくれなかった」

もっとも、話を聞いてくれた人もいたが、と斎藤は言った。

「村山次郎《むらやまじろう》さんだよ。あの人は薩長政府の役人の中でただ一人、俺たち村の話を聞いて動いてくれた。でも、どうしようもなくってなあ。村の収穫が減っちまったから、口減らしで俺は箱館府の兵士になった。その時、榎本たちが攻めてきて、箱館府を追い出したんだ。最初は榎本たちに期待した面もあった。ガルトネルは箱館府をたらし込んで、利権を貪《むさぼ》っていたらしい。頭が変われば風向きが変わるんじゃないか、そう思っていた。だけど——駄目だった。榎本たちも、結局はガルトネルの件をどうにかしようとはしなかった」

「それで、〝協力者〟に」

「ああ。でも、半分は村山さんのためだ。あの人は、俺たちのために、ただ一人働いてくれた。だから、俺もあの人に恩返ししなくちゃ、そう思って、遊軍隊に助力していたんだが——。村山さんはもういないから、手を貸す義理もない」

「これから、どうするおつもりなんですか」

「さあて、どうしたものかな。榎本たちは、ガルトネルと正式に条約を結んだ。九十九年、七重村近辺の土地を貸すんだと。そうなれば、俺たちの村は立ちゆかなくなる。ささやかな村だ。でも、俺たちにとっては、必死で開墾した俺たちのすべてなんだ。奪った奴を許すわけにはいかない」

なんと声を掛けたらいいものか、伸輔にはわからない。何か言わなければならぬと己を急《せ》き立てても、適切な言葉が見つからない。

斎藤は後ろ頭を掻《か》いた。

「本当は、墓の下に持っていくべき話だったな。変なことを聞かせた。謝る」

慌てて伸輔は首を振ると、斎藤は縁台の上に銭を置いて立ち上がり、伸輔を見下ろした。

「お前、箱館から離れられないのか」

突然の問いに、どう答えるべきか悩んだ。

箱館から出ようものなら、仲輔は食い扶持《ぶち》を失う。仲輔は、箱館の町のおこぼれにあずかって生きる野良犬でしかなかった。

「これから、箱館は戦に巻き込まれる。——榎本の海軍が、薩長政府の艦隊に戦を仕掛けに行ったところなんだ。だが、薩長政府の艦隊には、最新鋭の船も含まれているという。榎本が勝つと予想している者もあるが、そう、ことは簡単に運ぶまい。もし、その船戦《ふないくさ》で榎本たちが負ければ、津軽《つがる》海峡は薩長政府のものとなる。そして、その次は——」

箱館の町が火に包まれる様が脳裏に浮かぶ。身を震わせ、それでも仲輔は首を振った。

「どうしようもないんです。箱館から、離れられないんです」

己の言葉に、仲輔は打ちのめされた。

まったくお雪《ゆき》の口にしていたことと同じだったことに気づき、戦慄《せんりつ》した。

そして、大きな甕の中で水責めされるが如《ごと》き日々に追いまくられ、今の今まで、お雪の存在を忘れていたことにも。

あれからどうしたろう。逃げ切れたのだろうか。それとも——。

息をついた斎藤は、矢立《やたて》を引き抜いて鼻紙にするすると文《ふみ》をしたため、仲輔に突きつけた。

「もし、本当に困ったら、これを開け。ここに書かれた通りに動けば、食うには困らないはずだ」

文を開こうとした。だが、強い口調で斎藤に阻まれた。

「本当に困ったら、と言ったろう。もしこれを使う気がなければ、開かず焼き捨てろ」

それだけ言い残した斎藤は踵《きびす》を返し、弁天台場へと続く道を降りていった。

その背中を見送った伸輔は、ふと思った。

居場所がない。こんな言葉をどこかで耳にした気がする。思い至り、手を打った。

土方歳三だった。

伸輔の脳裏には、居場所のない者たちの集う陣取り合戦の図が浮かんだ。蝦夷地という、殆《ほとん》ど まだ誰も手をつけていない地。その地に、居場所のない者たちが集い、思い思いに暴れ回っている。ある者は土地を切り取り、ある者はある土地の中で乱暴狼藉《ろうぜき》を行ない、またある者は戦争を行ない、またある者はそんなしっちゃかめっちゃかな大地の片隅で慎ましく暮らしている。

冷め切った茶に口をつけ、伸輔は考えた。一体俺はこれからどうしたらいいのだろうと。

答えは出なかった。


三月の下旬、箱館の町は、ある噂《うわさ》で持ちきりになった。

「榎本ブヨどもが、薩長政府の艦隊に大敗したらしい」

関係した人々の口を箝《ふさ》いでいるのか、詳しい事情はなかなか耳に入ってこなかった。だが、町の隅の吹きだまりに残されていた刷り物に、細かな事情が書いてあった。この刷り物は遊軍隊がものしたらしく、かつてのような緻密《ちみつ》な彫りはなりを潜めていたものの、淡々と、しかし当事者しか知り得ぬ筆致で以《もつ》て船戦の有様が描かれていた。

三月二十五日、宮古《みやこ》湾には薩長政府の最新鋭艦、甲鉄《こうてつ》を始めとした船舶が停泊していた。そこに、榎本軍の艦隊が接舷《せつげん》乗船作戦を仕掛けた。甲鉄の甲板に乗り移った兵士が船を制圧、そのまま自軍の船として乗っ取ろうという計画だった。だが、この作戦が失敗し、四半刻《しはんとき》（約三十分）あまりで戦は終わった。損害を受けた榎本海軍は、尻尾《しっぽ》を巻いて箱館方面に逃げ帰った。ざっとこのような内容だった。

刷り物を地面に捨てた伸輔は、戦が近いという斎藤順三郎の言葉を思い出していた。

鼻で笑った。

どうしようもない。逃げ場なんてない。

もっとも、雨風を防ぐ場所すら失われようとしていた伸輔からすれば、そんな世の動きなど、遥か彼方《かなた》で起こっている諍《いさか》い程度にしか思えなかった。

月末の店賃が、いよいよ払えなくなっていた。

夜逃げするか。それとも、踏み倒して居直るか。長屋の真ん中で、伸輔は思案していた。

蝦夷地の三月は寒い。雪のちらつく日もある。もう一月くらい時を稼いでから踏み倒して逃げれば野宿生活もできるかと算段してみたものの、手持ちの銭の少なさはいかんともしがたい。仮に家賃を棚上げしても、食費が捻出《ねんしゅつ》できそうにない。

どうしたものか——。

困り果てて懐をまさぐると、伸輔は、あるものの存在を思い出した。

本当に困ったら開け、という斎藤の言葉が脳裏に蘇《よみがえ》る。今、伸輔は間違いなく困り果てていた。

伸輔は斎藤に貰《もら》った文を懐から取り出し、文面を追った。

読んだ後、目を疑った。だが、斎藤は誰かを陥れたり、騙《だま》したりする人間ではない。仲輔はか細い糸をたぐることに決め、長屋を出た。

斎藤の文の示す場所――。そこは、神明宮《しんめいぐう》の裏手、大遊郭の山之上町の東にあった。

きつい坂道を登っていくうちに、道は階段へと変わる。端に雪の残る階段道を、息を弾ませながら登るうち、やがて町の様相が変わり始める。屋根は瓦から牡蠣殻《かきがら》葺き、石置きの板葺きや藁《わら》葺《ぶ》きになってゆく。塀も立派な白土塀や生け垣だったものが板塀となり、ついには破《や》れ壁に変わる。路地の入り口にある自身番の小屋は打ち破られてぼろぼろになっており、関門の体をなしていない。弁天町や運上所近くの大町とはまるで町の気配が異なる。

〝鼠町《ねずみちょう》〟だ。

噂はかねがね聞いていた。奉行所の手が一切入らず、盗みや詐欺、殺しが横行しているという。箱館の地元民ですら足を踏み入れようとしない地の放つ瘴気《しょうき》が、町の入り口から漏れている。

仲輔は〝鼠町〟に足を踏み入れた。

瞬間、ねめつけるような視線に晒され、思わず身をすくめた。

噂以上の場所だった。

ちょっとした谷間にあるゆえか町はひどく暗く、建物も粗末な板葺き、それも満足に建っている建物は一つとしてない。潰れかけた建物の間に設けられている筋には、昼間だというのに縁台を持ち出して将棋を指す者たちや、固唾《かたず》を呑んでどんぶりを見守り、歓声を上げる男たちの姿もある。また道行く男に声をかけ、捕まえた男と共に裏路地に消える茣蓙を背負った女の姿もあった。すれ違う者たちの面体はひどく疲れているか、ひどく引きつっているか、ひどくいきり立っているかのいずれかで、仲輔は身を縮めながら表通りを歩いていった。

斎藤の文が指し示す地は、〝鼠町〟の北東にあった。

そこは、〝鼠町〟の中でも特に荒廃している一角だった。まともに建っている建物は珍しく、多くは廃墟《はいきょ》のようになっている。雪の重さのせいか、屋根が落ち、倒壊している家々が続くその一帯は、わずかに残された柱の間に帆布を渡し、その下で人々が暮らしている。春は近いとはいえ綿入りですらないぼろぼろの単衣《ひとえ》を纏う人々が、筵の上で横たわり、火鉢を囲んで過ごしている。仲輔の足音に気づいたのか一瞥《いちべつ》するものの、ここの住民たちはすぐに興味をなくし、てんでばらばらな方を向いた。

そんな町の奥に、木造の鳥居が立っていた。大した大きさではない。人一人がくぐれるほどの、無垢材《むくざい》の鳥居は、この界隈の小屋と比べれば格段に綺麗《きれい》だった。渡されている注連縄《しめなわ》も新しいようで、紙垂《しで》も真っ白のまま残っている。

そんな鳥居の先には、やはり入り口に注連縄が張られた社があった。高床のその建物は、辺りの建物と比しても群を抜いて大きい。

仲輔は手を合わせると履き物を脱ぎ、土埃《つちぼこり》一つない階段に足をかけた。そして、目の前にあった障子戸《しょうじど》を開いた。

薄暗かった。だが、すぐに目が慣れた。

やはり中は拝殿だった。神社というと扁額《へんがく》が梁《はり》にかかっていたり鳴り物が置かれているものだが、この拝殿には奥に質素な祭壇があるほかは、良くも悪くもがらんどうだった。人十人が車座を組めるほどの空間がそこに広がっていた。

奥に人影があった。

さながら平安貴族のような出《い》で立ちだった。黒の烏帽子《えぼし》に真っ白の狩衣《かりぎぬ》姿で、祭壇に向かい幣《ぬさ》を振っている。だが、伸輔の存在に気づいたのか、手を止め、振り返った。露《あら》わになった顔は、年の頃七十ほどの細面の老人のそれだった。顔中に皺《しわ》が寄り、生気もほとんど抜けているというのに、なぜか相対する側に緊張を強《し》いる顔立ちをしている。理由が分からずに戸惑っていると、老人は口を開いた。

「なんじゃ、そなたは」

「あ、あの……」

「見ぬ顔じゃ。ここは童《わらべ》の遊び場ではない。早う去《い》ね」

白狩衣の老人はまた前にむき直った。

追い出されては敵《かな》わない。伸輔は声を震わせつつ、懐の文を取り出した。

「困ったらここに行くようにと、斎藤さんが」

「斎藤……斎藤順三郎か」

くるりとこちらに向き直った老人は、伸輔の差し出した文を乱暴に受け取り、目を通した。そしてややあって、うむ、と頷《うなず》いた。

「順三郎の字だの。それにしても、随分順三郎に気に入られておるようだな。もしこの者が助けを求めてきたら、よきように計らってもらいたい、とは」

「あ、あの、ここは一体」

「なんだ、聞いておらぬのか。ここは、高田屋大明神《たかだやだいみようじん》のお社ぞ」

遊軍隊が刷り物を作る、聞いたこともない明神様。

これまで関係《かかわり》がないとばかり思っていたものが、突如として己の領域にまでずかずかと乗り込んできたような感覚が伸輔に覆い被《かぶ》さった。そのせいで何も言えずにいると、白装束の老人は初めて表情を崩した。

「わしはこの神社の神主、十兵衛《じゆうべえ》という」

「は、はあ……」

「氏子《うじこ》、斎藤順三郎の頼みは断れぬ。これよりお前は、高田屋大明神の氏子よ。氏子となり働けば、飢えはせぬ。寝る場所もやろう」

「ほ、本当ですか」

「高田屋大明神は、一切衆生を救うゆえな」

伸輔はこの場にへたり込んだ。

これで暫《しばら》く生きてゆける。神主の十兵衛の姿が歪《ゆが》んで見えた。

と、その時、後ろから女の声がした。

「神主様、例のもの、ご用意ができました」

「うむ」

聞き慣れた声だった。思わず振り返ると、そこにはやはり、顔見知りの姿があった。

青い羽織と赤の袴に身を包むその少女は――お雪だった。

「お雪、お雪か」

仲輔は立ち上がり、お雪の肩を摑んだ。

「えっ、仲輔？　仲輔なの。獄舎に捕まったって聞いたのに」

「ああ、放免されたんだ」

これまでの来し方を話した。するとお雪はほっと息をついた。

「悪運が強いのね」

「まあね」

仲輔はかがみ込んでお雪の顔を覗《のぞ》き込んだ。肌の白さや意志の強そうな目はそのままだった。もしかすると、この娘に惹《ひ》かれていたのは、何物にも染まらない、金剛石のように輝く瞳《ひとみ》のためでこそあったのかもしれない、そんなことを思った。なりは随分変わってしまった。だが、見事なほどに、お雪はお雪だった。

「本当によかった」

お雪の藍《あい》色の瞳が、揺れている。

仲輔は、その都度色を変える瞳に見とれていたものの、すぐに疑問を差し挟んだ。

「でも、どうしてこんなところに」

仲輔とお雪の間に、十兵衛が皺を寄せた顔を差し入れた。

「こんなところ、とはご挨拶だの。巫女《みこ》と知り合いか」

「はい、実は」

差し障りのない範囲で事情を話した。すると、十兵衛は顎に手をやりつつ頷いた。

「二月の末頃、この娘が路頭に迷っているのを見かねた者がおってな。〝鼠町《ここ》〟に連れてきたのだ。今はわしの下で巫女の役目についてもらっておる」

「そうだったんですか」

仲輔はまたお雪を見つめた。巫女姿のお雪は、つまらなげな目を仲輔からそらした。

仲輔は、〝鼠町〟の住人となった。それは、三月というには肌寒い、曇り空の日だった。

第八章　三〜四月　歳三の章

箱館《はこだて》病院の客間で、歳三《としぞう》は荒れていた。

西洋茶碗《カップ》を卓《テーブル》の上に音を立てて置いた歳三は、ぶつぶつと恨み言を吐いた。

「糞《くそ》が。絶対に勝たなくちゃならねえって皆で言ってただろうが」

歳三の姿を眺めながら、卓《テーブル》の上で頬杖《ほおづえ》をつく高松凌雲《たかまつりょううん》は呆《あき》れ顔をした。

「茶を呑《の》んで管を巻く奴《やつ》は初めて見たよ」

「酒飲んで荒れるのは二流ってもんだ」

「わけはわからねえが、心意気を汲《く》める気がするから不思議だな」

凌雲は苦笑を隠さなかった。

歳三がこうも荒れているのは、先に行なわれた宮古《みやこ》湾海戦のせいだった。

宮古湾海戦は、箱館政府と薩長《さっちょう》政府の天王山《てんのうざん》だった。

甲鉄《こうてつ》を率い、薩長政府海軍が太平洋を北上中——。

三月中にもたらされたこの報《しら》せは、箱館政府首脳を戦慄《せんりつ》せしめるに十分だった。

津軽《つがる》海峡を封鎖しさえすれば、薩長政府軍の蝦夷地《えぞち》上陸——陸戦を阻止できる。だが、国内最大の軍艦であった開陽《かいよう》を失い海軍力での優越を喪失した箱館政府では、海峡封鎖は不可能だった。現在国内最強の甲鉄を奪うことができれば、津軽海峡の封鎖も叶《かな》う。

あるフランス士官がそう献策した。

アボルダージュという作戦の記載があると、革張りの本——戦術書の表紙を叩《たた》きながらフランス士官は口から泡を飛ばした。聞けば、敵艦に肉薄して甲板に乗り込み白兵戦を挑むものだという。その講釈を通詞《つうじ》越しに聞いた歳三は、何のことはない、昔から日本の船戦《ふないくさ》で行なわれていた接舷《せつげん》上船だと気づき、

『いい作戦だな』

と同調、膝《ひざ》を打った。

上手《うま》くいけば、甲鉄をこちらの駒《こま》にできる。幸い、箱館政府には西洋艦船の専門家が多い。甲鉄さえ手に入れれば、即日操船し、近隣の港を潰《つぶ》して回ることとて夢ではない。

この作戦に陸軍奉行並であった歳三も参加した。接舷作戦は甲板上での白兵戦が勝敗を分ける。陸軍の方が白兵戦に慣れているだろう、ということで、白兵部隊は歳三が指揮を執ることになった。

歳三は各陸軍隊の腕利きを募り斬込《きりこ》み隊を結成、旗艦回天《きかんかいてん》に搭乗させた。

だが——。負けた。

薩長軍の損失はほぼなし。こちらは斬込み隊に加わった隊士の多くを失った。死亡者名簿の中には、京時代から新撰組《しんせんぐみ》に身を置いていた古参隊士の姓名もあった。

仕方ねえよ、と凌雲は言った。

「負けに不思議の負けはなし、っていうが、俺《おれ》に言わせりゃ、勝ちも負けも時の運だ。なんでも、随行艦が遅れたり、相手の甲板が低すぎて乗り移れなかったりしたんだろ」

様々な不幸や行き違いはあった。

作戦に参加するはずだった蟠竜《ばんりゅう》、高雄《たかお》が悪天候や機器故障で脱落し、回天単独で作戦を決行することになったのが、けちのつき始めだった。その後、敵艦を発見、接舷したはいいものの、甲板の高さがあまりにも違い、斬込み部隊が飛び移るのに躊躇《ちゅうちょ》するうちに狙《ねら》い撃ちにされた。さらに、軍艦回天の艦長が狙撃《そげき》され死亡する不幸も重なり箱館政府軍は戦意を喪失、作戦を放棄した。強い風にあおられて、なすすべなく流された。それが今回の戦に対する、歳三の正直な感想だった。

だが――。

「なんとかしなくちゃならなかった。じゃないと――」

すると、凌雲は歳三が口に出せずにいた思いを、的確に形にした。

「独立は夢のまた夢、ってところか」

なぜ、凌雲にだけ内心を吐露できるのか――歳三はようやく思い至った気がした。この男は、とにかく聡《さと》かった。話が早い。それゆえに、口に出したくないことを言わずに済む。

津軽海峡の制海権は、薩長政府に奪われた。

もはや、詰みの数歩手前だった。まだ駒は動かせる、だが、選べる手はいくつもない。将棋で喩《たと》えるなら、そんな局面だった。

こちらが選べるとすれば――。今の時点で投了するか、ある程度盤面を綺麗《きれい》にして負けを認めるか、敵方の失着を願いつつ最期の最期まで抗《あらが》うか――。この三択しかない。

凌雲は飄々《ひょうひょう》としたものだった。己の前に置かれた紅茶の西洋茶碗《カップ》を手に取り啜《すす》った後、後ろ頭に手をやりながら歯切れよく述べた。

「その点、俺の身の置き方は単純《しんぷる》なもんでな。極端な話、箱館政府が滅んでも、俺のやることは、患者を守り、適切な医術を施す。これだけだ」

「箱館政府に属しているあんたがそれを言うか」

凌雲を頭とする箱館病院は、歴とした箱館政府の一機関である。

「ああ。榎本《えのもと》さんからもお墨付きをもらってる。〝箱館病院は局外中立、傷病者は敵味方問わずに治療する〟ってな」

羨《うらや》ましかった。ここまで突き抜けてしまいさえすれば、悩みはなかろう。

凌雲は歳三の肩を叩き、摑《つか》んだ。

「何でもかんでも背負いすぎだよ。いいじゃねえか、てめえのできることだけやればよ。国なんてもんは、一人の人間が背負うには大きすぎる。てめえの役割を全うすりゃそれでよしとするしかねえ」

新撰組副長だった頃《ころ》の歳三だったなら、無邪気に頷《うなず》いていたかもしれない。かつてはそうやって割り切ることもできた。だが、今の歳三には、箱館政府陸軍奉行並の肩書きがぶら下がっていた。あまりに遠くまで来た。今更、あの頃には戻れない。「上の連中がなってない」とぼやいていられたのは、一部隊の副長であった昔のことだ。

もう、尻をまくることはできない。

夢も、叶わない。

ならば、俺は何をすればいい？

己に問いかけても、答えは出なかった。

凌雲は歳三の肩から手を離し、ちっ、と舌打ちをした。

「まあいい。おめえがうじうじと悩み続けながら死に場所を探すってなら、それはそれで構わねえよ。でも、死ぬんなら、絶対になにかを残せよ」

「なんだいそりゃ」

「知らねえよ。手前《てめえ》で考えな。俺も今、探してるところなんだ。自分のことに精一杯で、あんたの手伝いに手が回らねえよ」

歳三は気づいた。目の前で余裕《よゆう》綽々《しやくしやく》に構える凌雲もまた、死を覚悟しているのだと。

局外中立を掲げたところで、結局命の保証はない。この明哲極まりない医者は、誰よりも己の置かれた立場を理解している。

凌雲は、西洋茶碗《カップ》を呷《あお》って卓《テーブル》に置くと、口を開いた。

「俺は、一人一人、患者を看《み》る中でしか、なにかを残せねえ気がしているよ。特別なことじゃねえんだ。当たり前に積み上げてきたもの、譲れねえもの、それが綾《あや》をなして、次代に残る。そういうもんだと、俺ぁ思ってる」

臭くていけねえやな。凌雲はおどけた顔で鼻をつまみ、椅子《いす》から立ち上がった。

凌雲との会話はそれで終わった。

箱館病院を出た歳三は、馬上から小姓《こしょう》の市村鉄之助《いちむらてつのすけ》に話しかけた。

「この後の予定は」

「浄玄寺坂《じょうげんじざか》の寓居《ぐうきょ》にお戻りになるご予定ですが」

「気が変わった。称名寺《しょうみょうじ》へ行くぞ」

「はい」

鉄之助と共に、旧箱館奉行所の西にある称名寺へと向かった。

脇門から境内に入り、下馬場で馬を預けた歳三は、新撰組屯所《とんしょ》のある講堂には行かず、裏手に回った。後ろに続く鉄之助は驚きの声を上げた。

「あれ？　新撰組の皆に、逢《あ》いに行かれないのですか」

「気が乗らん」

裏手をぐんぐん進むと、卒塔婆《そとば》や墓石の立ち並ぶ墓場が歳三を迎えた。

寺の裏手斜面にある墓場には、真新しい墓石も並んでいる。歳三は、膝ほどの高さの墓石一つ一つに目を落としつつ、亀《かめ》の歩みで進んだ。

ここには箱館府や松前藩《まつまえ》との戦で命を落とした者たちが眠っている。宮古湾海戦での死者の一部もまた、ここの墓地に納めた。

ここは、箱館政府の夢の裏側だった。

歳三は、神仏の類《たぐい》を信じていない。極楽地獄の類も夢幻、死ねば腐り落ちて土塊《つちくれ》となるばかりと考えているゆえに、墓にも意味を見出《みいだ》すことができずにいた。だが、今になって、ようやく腑《ふ》に落ち始めた。墓は死者のためのものではない。今、生きている人間のためのものなのだと。

生者は軽々しく夢を語る。だが、その夢を、そのために命を捧《ささ》げた者の骸《むくろ》が支えている。並ぶ墓石は、生者である歳三に告げる。お前は、俺たちの上に立っているのだと。

身勝手だとは自戒しつつも、一方で歳三は思う。

墓の下の者たちは、箱館政府の夢の中で眠り続ける。それは、幸せなことではないのかと。

居場所ある死者、居場所なき生者、果たしてどちらが満たされているのだろう。歳三は本気で考えたものの、答えは出なかった。

新しくできた墓の一つ一つに手を合わせ、水を掛けて回った。

手を合わせる度に、すまぬ、とすべての墓に語りかけた後、歳三は立ち上がった。

「帰るぞ」

投げ遣《や》るように声を発した歳三は、一人、つかつかと下馬場へと戻っていった。

四月六日、津軽からやってきた英国船アルビヨンが、薩長政府の最後通牒《つうちょう》をもたらした。

——四月九日より、榎本脱走軍に攻撃を開始する。戦渦に巻き込まれたくなくば、箱館から脱出するよう警告する。

この通牒がアルビヨンの船長から英国領事館にもたらされ、箱館政府に通報された。また、この通告は様々な伝《つて》から一斉に流れ出、箱館に衝撃を与えた。

「ついに、動くか」

沈みきった円卓を主宰する榎本は、ぽつりと言った。そのか細い声は円卓の場に広がり、居心地の悪い沈黙の中に呑み込まれていった。

「他の領事館には伝えたか」

榎本の問いに応《こた》えたのは、副総裁の松平太郎《まつだいらたろう》だった。

「全領事に通告し、異国人新地にも触《ふれ》を出しました。領事の置かれた国々は、自国民の保護に動いており、領事の居らぬ国の商人たちは、自力で逃げ出そうとしておる者、屋敷で自衛に努める者、色々あるようで」

「もし、異国人から助けを求める声が上がったら、出来る限り相談に乗ってやれ」

榎本は、沈痛なため息をつき、肘《ひじ》をついた両手で、顔を覆った。

次の日、主立った国々の商船が次々と箱館を離れた。

数ヶ国の船が弁天台場を回って津軽海峡へ漕《こ》ぎ出してゆく。その姿を運上所の官舎の窓から眺めていた永井玄蕃《ながいげんば》は、ああ、と力なく唸《うな》った。

「米国も、英国も、仏国も行ってしまうのか」

永井の痛々しい後ろ姿を眺めていた歳三は、冷ややかに述べた。

「数ヶ国の領事が残っているのが救いですな。米国ライス氏などは、しきりに自国民保護の為《ため》に動いておるようです」

「あ、ああ、そうだな。ときに、町方はどうなっておる」

「大騒ぎですよ」

箱館の町は、上を下への騒ぎになっていた。家財道具を背負った人々が南部《なんぶ》陣屋の裏手に大挙し、その列は南部坂下の海岸通りにまで延びている。

総攻撃の報を受け、老少の者は南部陣屋裏手に拵《こしら》えられた避難小屋に移り、家主は家に控えるようにとの命令を町方に出した。その結果がこの混乱だった。今、小芝《こしば》や新撰組が出動して誘導しているが、しばらくこの混乱は続きそうだった。

「とはいえ、どこまで験《げん》があるものか」

歳三が見聞した範囲では、分限者《ぶげんしゃ》ほど通告に従い、その日暮らしの者ほど無視する動きが顕在化している。裏長屋で息を潜めて生きている者たちは、戸を閉め切り、家族皆で体を寄せ合って火鉢を囲み、内職の傘張りに勤《いそ》しんでいる。命が惜しくないわけでも、逃げ出したくないわけでもなかろう。単に、逃げ出すにあたって必要な金もなく、守るべきものもなく、逃げたところで明日の銭に事欠くことがわかっているから逃げぬのだ。

窓辺から離れた永井は、部屋の真ん中に置かれた西洋椅子に腰を下ろした。歳三も椅子に座り直し、永井に人払いを願った。

「聞かれてはまずい話か」

「はい、密談としたく」

永井は部屋にいる護衛に目配せをし、顎《あご》をしゃくった。そうして、部屋に二人きりになったところで、歳三は口を開いた。

「永井殿のお耳に入れておきたい話があります」

「なんだ。申してみい」

「実は――箱館の治安の問題についてなのですが」

「む？　これまで、そなたがしっかりやってくれておったではないか。特に、遊軍隊なる連中はお主の働きでほとんど壊滅にまで追い込んだと聞いておったが」

「少々、気になることがあるのです。これをもたらしたのは、市中探索方の小芝ですが――。どうやら、遊軍隊の村山次郎《むらやまじろう》が箱館に舞い戻ったようなのです」

「なんだと」

「英国商船から上陸した由。その後の行方は知れず」

「英国か」永井は親指の爪《つめ》を噛《か》んだ。「元より薩長と関係が深いからな。で、村山は遊軍隊に合流したのか」

歳三は首を振った。

「いえ、詳しくは調査中ですが、別行動の由。村山は仲間を募っておるようで」

「なぜ、遊軍隊に戻らぬのだ」

「さあ」

とぼけて見せたが、遊軍隊の行動の質が変化していることと関係があるのではと歳三は見ている。

村山が頭の頃は、風説の流布や町方の煽動《せんどう》といった緩やかな工作を行なっていたのに、年が明けてからというもの、遊軍隊は火付けや高札の引き抜き、自身番の襲撃といった過激な行動に手を染めるようになった。

なぜだ――？

歳三は色々な可能性を考えた。だが、答えは一つだった。

遊軍隊は年末の大捕物以降、薩長政府の統御を外れ、暴走しているのではないか。村山が今になって箱館に舞い戻ったのは、遊軍隊を止めるためではないか、と。

永井は顎に手をやった。

「うむ。それが真《まこと》のことならば、より注意をせねばならぬ」

「それが……。こんな時分に限って、拙者は箱館を離れなければならぬやもしれぬのです」

「ああ、そうか」

永井も納得した。

まだ、命令はない。だが、陸軍第二位の席にある以上、薩長政府の侵攻に対するために、歳三も、そして陸軍第二大隊第三小隊である新撰組も、市中取締の任を外れ、戦場に出ることになるだろう。

「このお話をしたのは、箱館奉行の永井殿に、留守をお願いしたかったからなのです」

「だが、わしは事務方、市中取締のことはようわからん」

「はい。市中探索方の小芝という男を箱館に残すつもりです。この者を使っていただければ」

永井は鷹揚《おうよう》に頷いた。

「つまり、その者を頭から信頼してお膳立《ぜんだ》てをすればよいわけだな」

歳三は苦笑したが、その通りだった。歳三が反応に困っていると、永井は窓の外に目を向けた。官舎の窓の外、運上所の港には、もう船は一艘《そう》とてなかった。

「祭りの終わりは、空《むな》しいものよな」

「左様ですな。最後までしかと盛り上げねば、そして、後片付けもしっかり果たさねば、後代までの笑い草となりましょう」

永井は後ろ手を組み、力強く頷いた。

「後腐れなきよう、演じ切らねばな」

三十歳代の旧幕府官僚が中心となって運営されている箱館政府にあって、永井は特に年嵩《としかさ》である。この男は安政《あんせい》の頃からずっと、徳川《とくがわ》家の侍として御公儀の政《まつりごと》に携わってきた。御公儀がなくなり、箱館政府の要職にある今もまたずっと。嘆くでもない。さりとて、熱狂の中にあるでもない。歳三の見た永井玄蕃は、常に淡々と目の前の役目を全うしてきた男だった。

今、目の前の男の口から、熱情がこぼれようとしていた。だが、永井は己の感情を、また再び肚《はら》の奥へと沈めた。

「任されよう」

穏やかな表情を顔に貼《は》り付け、永井は控えめに己の胸を叩いた。

その日の午後、五稜郭《ごりようかく》の官舎は騒ぎになっていた。

乙部《おとべ》に薩長政府軍が上陸し、第二大隊が交戦中――。

ついに来た。歳三は全身の毛が逆立つ感覚に襲われた。

すぐに軍議となった。円卓の席上、大鳥《おおとり》主導で作戦計画が立案された。江差《えさし》から箱館へ繋《つな》がる街道を封鎖するという、かねてより策定されていた敵侵攻時の取り決めが再確認された格好となった。その上で、大鳥は歳三に向いた。

「土方君、あなたには、二股口《ふたまたぐち》の防備を頼みたい」

浜通りではなく、内陸の谷間にある通りである。海軍の援軍は期待できず、急峻《きゆうしゆん》な山道であるゆえに、野砲の大規模運用も難しい。攻める側にとっても、守る側にとっても難しい地形である。だが、海からの砲撃はない。

「意外に早かった、な」

「なんのことだい、土方君」

「いいや、こっちの話だ」

歳三は首を振った。出陣に否やはない。

各小隊を率い、箱館を出た歳三は二股口へと向かった。

四月九日に出陣した歳三は二股口の台場山《だいばやま》に陣を置き、前線となる天狗山《てんぐやま》から本陣に至るまでの街道上に土塁を多数構築した。一方、薩長政府軍は十三日の午後、手前にある天狗山の攻略を開始、緒戦の火蓋《ひぶた》が切られた。

予想通り、野砲の大量運用は叶わず、小銃の撃ち合いとなった。現場の兵士には弾丸を出し惜しみしないよう伝達した。弾薬を残して負けては悔いになる、そう言いかけて口をつぐんだことも一度ならずあった。氷雨《ひさめ》の降りしきる中、兵士たちは急場で拵《こしら》えた土塁から敵を撃ちまくった。あまり撃つものだから、熱で銃身が曲がったという報告がいくつも上がった。銃身から上がる煙で兵士たちの顔は一様に真っ黒になり、誰も彼も区別がつかぬ有様となった。雨の中の撃ち合いは夜を徹して行なわれた。

緒戦は、朝、薩長政府軍の撤退で以《もっ》て勝負がついた。

戦勝に沸く中でも、歳三の憂慮は止《や》まない。

これはあくまで様子見の第一波のはず。第二波も必ずやってくる。

歳三は戦況の報告と武器弾薬、人員の確保に当たることにした。本来なら、軍を率いる大将の仕事ではないが、大隊長、小隊長は重要な前線指揮官であり、実質的な作戦立案者だった。彼らを一時手放すより、己が伝令役に回った方が前線の損失は少ないと判断したがゆえのことだった。

四月十四日、歳三は箱館に戻った。

「大丈夫ですか」

小姓の鉄之助に呼びかけられ、思わず笑みがこぼれた。

「お前に心配されるとは、土方歳三も落ちたもんだ」

鉄之助の隊服や頬は煤《すす》で黒くなっていたが、目だけはらんらんと輝いていた。やはり、若い力には地力で敵《かな》わなくなってきた。弱気になりながら、歳三は久方振りの箱館の町を、馬上から見下ろした。五日ぶりの箱館は、数年ぶりに見《まみ》えたかのような懐かしさすら覚えた。

「土方先生、これから、どうなさいますか」

馬の口を取る市村鉄之助に、歳三は言った。

「まずは五稜郭。その後、箱館病院へ向かい、浄玄寺坂の寓居に泊まる」

「かしこまりました」

五稜郭で戦況を報告し武器弾薬や人員の増強を求め、箱館病院本院と高龍寺《こうりゆうじ》分院を訪ね、緒戦で怪我《けが》を負った兵士たちを慰問した後、寓居へ戻った。

五日ぶりの執務室に戻った。火鉢の火すら入っていないそこは、春だというのに陰鬱《いんうつ》な寒さが横たわっていた。家の者に頼み炭を運ばせると、ようやく部屋の中にほっとした安らぎが広がっていく。歳三は戦塵《せんじん》で薄汚れた西洋割羽織《フロックコート》を椅子の背もたれに脱ぎ捨て、火鉢に手を当てた。

箱館にいても、歳三の心は二股口にあった。第二陣をどうやって受け止めるべきか。そして、どうやって侵攻を押し留《とど》めるべきか。歳三はただ、そのことばかり考え続けていた。

次の日、歳三は寓居で、市中取締の報告を読んでいた。

ここのところ、箱館市中では火事が増加の一途を辿《たど》っている。それも決まって、空き家や納屋といった火の気のないところから起こる不審火だった。今、新撰組は半分が戦場に出ている。その隙《すき》に乗じて、敵方が火付けに回っているのだろう。町方への対策も怠らぬよう新撰組に通達せねばと心に決めていると、鉄之助が縁側に姿を現した。

歳三は立ち上がると、鉄之助の肩を叩いた。

「そうだ、鉄之助、頼みがあるんだが」

「はい、なんでしょうか」

鉄之助はにこにこと笑いながら、歳三の後についてきた。

歳三は執務室に戻ると、机の抽斗《ひきだし》を開けた。がらんとした抽斗の中には、一葉の写真が入っていた。己の写真だった。箱館政府ができてすぐ、田本研造《たもとけんぞう》の写真館で撮ったものだった。個人的に田本に頼み、焼き増ししてもらった。

余所《よそ》行《ゆ》きの顔をした己の写真を見下ろしながら、歳三は続けた。

「大変な任務だ。場合によると命を落とすことになる。生き延びても過酷だ。それでもいいな」

「はい、もちろんです。先生のご命令なら」

「いい返事だ」

抽斗の中から写真をつまみ上げ、鉄之助に渡した。

「俺の実家に届けて欲しい。場所は知っているな。甲府《こうふ》に行ったとき、お前を実家に連れて行ったはずだ。武州多摩《ぶしゆうたま》の石田村《いしだむら》だ。それと」

歳三は、執務机の後ろに立てかけられていた愛刀、和泉守兼定《いずみのかみかねさだ》を手に取り、突き出した。

「これは、俺の義兄の佐藤彦五郎《さとうひこごろう》に。いいな」

それまで目を白黒させていた鉄之助は、ようやく、震える口を動かした。

「せ、先生？　どういうことですか。つまりそれは、敵前逃亡をせよと、そう命じておられるのですか」

「違う。伝令をせよと言っている」

「一緒でしょう。武州ではもう戦は終わっています。そして、どんなに急いでも、武州に到着するまでに数ヶ月はかかる。それでは、間に合いません」

鉄之助の両の目から、ぽろぽろと雫《しずく》が落ちた。

子供ですら薄々感づいているというのに、誰一人として、破局の予感を口にしない。いや、逆かも知れぬ。誰もが一縷《いちる》の可能性に賭《か》け、心の奥底で蓋《ふた》をしていた最悪の可能性に呑まれてゆく。確固たる己を持たぬ子供だからこそ、その蟻地獄《ありじごく》に引きずり込まれずにいられるのかもしれない。

だが、歳三は違う。途中で立ち止まることはできない。

「お前は何を勘違いしている」

歳三は和泉守兼定と写真を鉄之助に押しつけ、固い声を発した。

「最も厳しい戦いに赴くよう命じていることがわからないか。お前の戦いは、命尽きるまで、ずっと続くんだぞ」

「え？」

「お前は箱館政府の生き証人となれ。歴史は勝者が作り、勝手に書き換える。だが、お前は生きて、抗うのだ。それが、お前に与える最後の任務だ」

顔を軍服の袖《そで》でたどたどしく拭《ふ》いた鉄之助は、真っ赤な顔を歳三に向けた。洟《はな》をすすり、目を何度もしばたたき、声を震わせながらも、もう、涙を流すことはなかった。

「確かに、難儀な任務です。長生きすることも任務のうちではないですか」

歳三は声もなく笑った。

「そうなるな」

鉄之助は、背伸びするように胸を張った。

「先生のご命令なら、果たさぬわけには参りませぬ。この市村鉄之助、白髪の老人になるまで生き抜き、箱館の皆々の戦いを後世に伝えます。静謐《せいひつ》には程遠い国ではありました。子供の目にも問題は山積みでした。けれど、王道楽土を夢見て、旗揚げされた国でした。某《それがし》は、その国の一員であったことを、心から誇りに思います」

「お前が生き続ける限り、箱館には、俺たちの国があり続ける。せいぜい、長生きしろ。——船の手配は既にしてある。これを持って港に行け」

紹介状を歳三から受け取った鉄之助の顔にはもう、憂いはなかった。旅姿に改め、和泉守兼定を大事に抱える鉄之助は、寓居の門前に立つ歳三に何度も頭を下げ、浄玄寺坂を下っていった。その小さな後ろ姿はどんどん小さくなり、最後には陽光の中に吸い込まれていった。

息をついた歳三は、寓居の中に戻り、己の寝室に向かった。

そこは執務室にもほど近い六畳一間で、特に飾りらしい飾りもない。この寓居を提供した萬屋《よろずや》は最初、もっと大きな部屋を寝室として宛《あて》がい、側女《そばめ》まで用意する歓待振りだったが、もっと小さい部屋でいい、女は要らぬと固辞し、この部屋を寝室に当てた。

歳三は部屋の隅に置かれている長持の蓋を開いた。中には、箱館にまで持ってきていた刀、箱館で買い求めた刀が無造作に詰まっている。戦が始まってからというもの女郎買いをしなくなり、浮いた金で刀を買い求めるのが嗜《たしな》みになった。仲間を失い続けた歳三にとって、鋼で鍛えられた刃《やいば》は、失われることのない仲間そのものだった。

歳三はその中から、刀を二振り取り出した。一振りは京で求めた刀、もう一振りは箱館で求めたものだった。どちらも蛤刃《はまぐりば》で、まるで鉈《なた》のような野趣の漂う刀だった。普段の差料《さしりょう》としては重すぎ、いささか野暮ったいが、戦場で振るうにはちょうどいい。

長持に入っていた西洋式の吊《つ》り金具を鞘《さや》に取り付けた。そして、右と左、それぞれの腰に刀をぶら下げた。左腰が重いのに慣れているゆえ、最初は違和感があった。だが、しばらくそのままでいるうちに慣れてきた。

これなら、戦える。

歳三は執務室へ戻った。

軒先に、一人の男の影があった。跪《ひざまず》くようにそこにあったのは、紺ずくめのなりをした小芝長《こしばちょう》之助《のすけ》だった。

「どうした、珍しいな」

「いえ、少々、お伝えしたいことがございます」

「なんだ」

「密談ゆえ、人払いを」

言われるがまま、控えの間にいる者たちも下がらせた。

「それほどまでに、大事な話か」

「ええ。先の、開陽沈没に関し」

「なにかわかったか」

「それが——。逃げていた水先案内人の死体が見つかりました」

三月、松前《まつまえ》城下町の貧乏長屋でその死体は見つかった。喉笛《のどぶえ》に小刀が刺さったまま、血の海の中、うつ伏せに倒れていたという。発見が遅れたせいで、自殺とも他殺とも判別がつかなかったが、どうやら一月の末頃までは生きていたらしい。近隣の者がこの男の姿を時々目撃していた。

「逃げ切れぬと見て自ら死を選んだとも、口を塞《ふさ》がれたとも見える死に様だな」

「まったくで」

これで、開陽沈没の真相を知る人間はいなくなったことになる。

だが——。皮肉にも、この水先案内人の死が陰謀の存在を浮き彫りにしている。もしも開陽沈没が事故だったなら、案内人が死を選ぶ理由はない。あれは己の知らぬところで起きたこと、裁かれる道理はない——。そう申し開きするはずだ。沈没と共に行方をくらまし、死体として見つかったという成り行きに、ただの事故ならざる作為を感じ取った。後ろ暗い何かがあった、としか思えない。

「案内人の死体の懐《ふところ》に、こんなものが入っていたそうで」

小芝は懐から一枚の紙を取り出した。

刷り物だった。

受け取り、目を通す。紙面には、いつぞや見た、高田屋大明神《たかだやだいみょうじん》に関する文言が躍っていた。曰《いわ》く――、巫女《みこ》の来迎は近い、皆々、心して大明神の巫女を迎えられたし――。それは、反箱館政府の誹謗文《ひぼうぶん》というよりは、邪宗門の説法集の如《ごと》き臭気に満ちていた。

「これがどうした」

「どうやら、遊軍隊の刷ったもののようなのです」

案内人は、遊軍隊に関《かか》わっている？

歳三は顎に手をやり、その意味を考えた。だとすると、考えられる筋はただ一つしかない。

遊軍隊が、開陽沈没に関わっている。

「これから、どうなさいます」

咳払《せきばら》いして、歳三は口を開いた。

「遊軍隊隊長の村山次郎に会いたい」

小芝の目が暗く光った。

「生死問わず、ということでよろしいですか」

「会いたい、と言ったろ」

「なるほど、奇手ですな。承知しました」

恭しく頭を下げた小芝は、風のように去っていった。

独り取り残された歳三は、耳朶《じだ》に残る、奇手、という小芝の言葉を思い返した。

力ある者は奇手に頼らない。そんな、小芝の自己主張が「なるほど」の語に含まれている気がしてならなかった。

正論だ。だが――。

この期《ご》に及んでは、手段を選んではいられなかった。

遊軍隊に現《うつつ》を抜かしている間に、歳三は遥《はる》かに厄介で面倒なものを捨て置いていた。

歳三は舌を打ち、刀の鍔元《つばもと》を強く握った。

「なんとしても、俺の手で終わらせねえとな」

縁側に立つ歳三は、息をつき、部屋に戻った。

次の日、歳三は武器弾薬を携えた援軍を引き連れて二股口へと向かった。

歳三は、五稜郭から、箱館の町を望んだ。湾の向こうに佇《たたず》む町は、春の柔らかな光を浴び、霞《かす》んで見えた。冬の影は、俄《にわ》かに失われつつある。

第九章　四月　仲輔の章

直径三尺（約九十センチ）にもなろうという大鍋《おおなべ》を引きずり、仲輔《のぶすけ》は瓦礫《がれき》の転がる〝鼠町《ねずみちょう》〟の通りを急いだ。

この一月で、この通りには人が増えた。少し前の〝鼠町〟は、厚司織《アットウシ》を着たアイノや、倭人《わ》と異なる彫りの深い顔立ちの者が屯《たむろ》し、辻《つじ》では様々な国や地域の言語が飛び交っていたというが、今では、倭人の言葉ばかりが仲輔の耳に入る。

箱館《はこだて》が榎本《えのもと》ブヨに支配されてから、比較的恵まれている立場であるはずの倭人も路頭に迷い、ここ〝鼠町〟に流れ込むようになった。薩長《さつちょう》政府が四月に蝦夷《えぞ》地《ち》に再上陸し、戦の気配が色濃くなるにつれ、戦火を避けんとする者たちもそれに加わった。適当に誰《だれ》も使っていない破れ屋に住み着けばよいだけ、山の上で野宿するよりはましと考えた手合いも多いようだ。

大汗をかきつつ、仲輔は〝鼠町〟の中央にある十字路に至った。

そこはさながら集会場のようになっていた。やることのない人々が其処此処《そここ》の焚《た》き火を囲み、ぼうっと火を見上げている。そんな広場の真ん中には、白装束に身を包む手の者に火を焚かせてその様子を見遣《みや》る神主の十兵衛《じゅうべえ》と、その脇《わき》に立つお雪《ゆき》の姿があった。

「遅いぞ」

二人の手前に立つ、下手な刺繡《ししゆう》のなされた厚司織《アットウシ》を纏《まと》った吾六《ごろく》に窘《たしな》められた。ほどよく日焼けした四角い顔、真っ黒な短髪、背は高くないものの引き締まった身体《からだ》は、まるでカモシカを思わせる。だが、何より印象に残るのは、瞳《ひとみ》だった。深い茶色の瞳に対しているうちに、ふわりと中に引き込まれそうになる。

仲輔は謝った。

「すみません、鍋《なべ》を洗うのに時が掛かっちゃいまして」

「皆、待っている。早く取りかかれ」

吾六は顎《あご》をしゃくった。その先を見れば、広場には縁《ふち》にひびの入った空椀《からわん》を持った者たちが列をなしていた。ざっと二十人はいる。

仲輔は火の上に鍋をかけ、置かれていた桶《おけ》から水を、米袋から米を入れ、蓋《ふた》をした。すぐに辺りに飯の香りが漂い、鼻腔《びこう》をくすぐった。仲輔は火吹竹と火箸《ひばし》で火を猛《たけ》らせて、事に当たる。慣れない作業にあたふたし、十兵衛の部下に何度もどやされた。見るに見かねたのかお雪が手助けを申し出たものの、なぜか十兵衛はお雪には手出しを禁じた。

四半刻《しはんとき》ほど経《た》ったところで、米が炊けた。

蓋を開くと、湯気と共に白米の香りが広がった。

並ぶ者たちは、白く輝く鍋の中身を、息を吞《の》んで見守っている。

吾六は手の匙《さじ》で、鍋の縁を何度も叩《たた》いた。

「さて、飯を配るぞ。並んでいる奴《やつ》から受け取れ」

仲輔は後ろに退《の》き、代わりにしゃもじを持ったお雪と、幣《ぬさ》を携えた十兵衛が前に出る。

並んでいた者たちが一人ずつ、前に出る。肉が削《そ》げ、皮と骨ばかりになっている老人が粗末な椀を差し出す。それを受け取るお雪は、笑みを絶やさぬまま飯を盛りつけ、今度は横の十兵衛に掲げる。十兵衛がかしこまった顔で幣を二回振ったのち、お雪は老人に椀を返した。老人は神仏を押し頂くように頭を下げ、この場を離れていった。中には、家族四人でやってきた者たちもある。商家の者たちだったのだろう、町人髷《まげ》を結った父親、島田《しまだ》の母親、子供髷の子供たちは、どこか気恥ずかしげに椀を差し出した。だが、お雪はすべてを赦《ゆる》すかのごとく小さく首を振り、四人に飯を盛り返している。

炊き出しが仲輔の仕事の一つになって暫《しばら》く経つ。

高田《たかだ》屋大明神《やだいみょうじん》の氏子《うじこ》連は、二日に一遍、〝鼠町〟の飢民《きみん》に炊き出しを行なっている。「高田屋大明神の威徳を偲《しの》ぶもの」と説明を受けたが、飯目当ての信徒を増やすための方策なのだろうと仲輔は見ている。

そうやって人々の列を眺めていると、歪《いびつ》な文様の厚司《アットウシ》織を風になびかせつつ、吾六が仲輔の前にやってきた。

「ご苦労さん。随分手早くなったな。最初は米を駄目にしていたのにな」

冷やかすように言って、吾六は精悍《せいかん》な顔を崩した。

吾六は、高田屋大明神の氏子で、仲輔の上役となった男だ。神主である十兵衛の下について雑務を一手に担う、事実上、高田屋大明神の氏子連の頭だった。

吾六はその茶色の瞳を大鍋に向けた。白装束姿の男たちが忙しく動き回り、その真ん中では十兵衛とお雪が背をしゃんと伸ばし、並ぶ者たちを見遣っている。

「伸輔、幸せとは、なんだと思う」

「は？　なんの話ですか」

「言葉のままだ。幸せとは、なんだと思う」

伸輔は問いの意味を考えた。だが、あまりにも漠《ばく》としていて、判然としない。

ややあって、吾六は口を開いた。

「思うに、腹が満たされることだ。どんなにいいことがあったとて、腹が膨らんでおらねば気づくことすらできぬ。だから、まずは飯を食わせる。何があってもだ。腹が膨れれば眠くもなるし、不満も不安も薄れる。飯を食うとは、人間を人間たらしむるものなんだろう」

「そういう、ものですか」

「ああ、だから、心して役目に励めよ」

二人でなにくれとなく話しているうちに、げんなりした様子のお雪が現われた。

「疲れちゃった。木を彫ってる方がよっぽど楽」

大鍋の中身は空になっており、並んでいた人々も十字路のそこかしこに座って飯をかっ食らっている。

「おう、お疲れさん。堂に入っているな」

「ええ。吾六さんの言うとおりに」

「言うとおりにできるんなら上々だ。これからもしっかり頼む」

吾六は白装束の氏子に目配せした後、ひらひらと手を振り、厚司織《アットウシ》の羽織を翻《ひるがえ》してこの場を去っていった。居合わせた者たちは、畏敬《いけい》と憧憬《しょうけい》の入り交じった視線を吾六に投げかける。だが、吾六はそのすべてを一身に浴びつつも、意に介する様子がなかった。

「かっこいいな、吾六さんは」

思わず、伸輔の口から心の内がこぼれ出た。

貧民への炊き出しも、吾六の役目の一つだ。どこからか銭を集め、米を買い付け、配る。今の箱館でそんな真似《まね》ができること自体、すごいの一言だった。

今の箱館では米を買うことすら難しい。

ここのところ昼間でも店は戸を閉め切っていて、買い物自体ができない。たまに関門の通行料を払ってやってくる商人が露天市を開いているものの、日は一定せず、商い物の量にもばらつきがあった。

その上、薩長政府軍が蝦夷地に上陸した辺りから、榎本軍が米の買い上げを推し進めている。米価は平年の数倍にまで吊《つ》り上がり、普段は敬遠される古米すら目の飛び出るような額で売りに出されていた。

貴重な米を喜捨するなど、なかなかできることではない。

吾六が町の人々から畏敬の念を持って見上げられるのも、当然のなりゆきだった。

お雪も十字路を眺めつつ、頷《うなず》く。

「本当に。こんなに明るい顔をしている人を見るの、凄《すご》く久しぶりな気がする。でも、なんだか怖いけど」

「怖い？　何が」

「情けは人のためならず、って言うじゃない。なんのつもりなのかしら」

何か目論見《もくろみ》があるのでは、とお雪は言っている。伸輔とて気にならぬではなかったが、それよりも大きな疑問があった。思わずお雪に問うた。

「そういうお雪は、どうして高田屋大明神の巫女《みこ》なんてやってるんだ。情けは人のためならず、だろ」

伸輔の言葉を聞いたお雪は、陶然と笑った。

「変わったね、伸輔。ま、そりゃそうか。一度牢《ろう》に入れられてるんだもんね。――そうねえ、それこそ、生きる為《ため》よ」

「生きる為」

「お上に目をつけられた女が一人で生きる為には、選べる道はそんなに多くない。でも、どうせ選べるなら、少しでも楽な道を行きたいじゃない。やくざの情婦になったり苦界に落ちるよりはいくらかましってことよ」

ひらひらと青の羽織を揺らし、お雪は笑った。捨て鉢で、力のない笑い方だった。

お雪の言うとおり、牢に入ってからというもの、それまで見ていた景色が随分変わった気がした。

その一つが、お雪だった。

牢に入るまで、伸輔はお雪を天女様の如《ごと》くに見上げていた。だが、牢に入る直前、己が抱いていたものが幻であったことに気づかされた。伸輔が捕まる直前、お雪は自分一人でさっさと逃げた。ひどく裏切られたような気分だった。だが、一月あまりの獄舎生活の中で、考えが変わった。もし自分が同じ立場に置かれていたら、同じことをしていたに違いなかった。そう思い至ってから、彼女に持っていた失望は消えた。

彼女への熱病の如き思いはもうない。だが、心の内には、これまでとは少し違う、けれど確かに温かな思いが芽生えつつあった。

「なあ、お雪」

「なに」

「もしも、今歩いている道がきな臭くなったら、どうするんだ」

お雪はくすりと笑った。当たり前じゃない、そう言わんばかりだった。

「その時にまた考えるしかない、って思ってる。あたし、頭悪いから」

「……そうか」

頭が悪いとお雪は自嘲《じちょう》するが、伸輔も似たようなものだった。自ら選んでここに身を置いているわけではなく、成り行き任せでここに流れてきただけだった。これからの展望なんてまったくない。とりあえず、今日、腹が膨れるかどうかだけを考えて動き回っている。

道端に座り込み飯を食べる飢民を見遣る。

己とあの人々の間に、違いなどほとんどない。

水に沈められつつある檻《おり》に捕らえられているかのようで、息苦しかった。


四月二十四日、断続的な砲声が、朝の箱館湾に響き渡った。

独特の風切音を放つ飛弾は箱館市街の西、弁天《べんてん》台場にほど近い山上の長屋に直撃した。炸薬《さくやく》は入っていなかったのか爆発はせず被害は最小限で済んだものの、その長屋に住んでいた妊婦や老人が犠牲となった。

松前《まつまえ》を占領した後、箱館湾の対岸にある矢不来《やふらい》まで進軍した薩長軍の砲撃だったらしい。折しも矢不来では榎本軍と薩長政府軍の激戦が行なわれていて、戦闘前の腕慣らしに発射されたようだった。

箱館の人々は恐慌をきたした。函館の西、弁天町や山之上町界隈《やまのうえまちかいわい》の町人は家財道具をまとめて東へと逃げまどった。

榎本軍の行政機能の殆《ほとん》どは五稜郭《ごりようかく》に集中している。しかし、民政の窓口である官舎や運上所、箱館港に入る船を監視する弁天台場がある以上、此度《このたび》の戦において箱館市街が無傷で済むとは思えなかった。それを見越し、箱館奉行所は南部《なんぶ》陣屋の裏手にある避難所に向かうよう町人たちに布告を出していた。

砲声を耳にした仲輔は、〝鼠町〟から運上所近くの海岸通りに続く坂道を駆け下りた。

坂の途中から目を凝らすと、凪《な》いだ海の向こうでは白煙が、弁天台場の近くでは黒煙がいくつも上がっている。

家財道具を背負い、子供の手を引く町人たちが雪崩《なだれ》を打ってこちらに向かってくる。伸輔は道の端に寄り、人々の流れをやり過ごした。振り返って高札所前の大門に目を向ければ、開け放たれているはずの門に人が殺到し、門前は芋を洗う混雑となっていた。榎本軍の連中が道を塞《ふさ》いでいるのだろうか、馬鹿なことを――。苦々しく眺めていると、ふいに、後ろから声が掛かった。

「なるほど、市街戦になると、門でつかえて、まともに通れなくなるのか」

懐かしい声が、耳朶《じだ》を叩《たた》いた。

気のせいだろう。でも――。思わず、伸輔は振り返った。

腰が抜けそうになった。後ろに立っていたのは、遊軍隊の隊長、村山次郎《むらやまじろう》だった。

「戻っていらしたんですか」

「ああ」

村山は青い羽織に鼠《ねずみ》色の着物というどこかの商家の旦那《だんな》のような姿をしているが、その立ち姿にはえもいわれぬ威圧感がある。だが、右腕は袖《そで》に通さず、晒《さらし》で吊っていた。

「その腕は」

「ああ、本土《向こう》の医者でも治せなくてな。仕方なく、このままだ」

「そう、でしたか……」

伸輔が目を伏せたのを、村山が咎《とが》める。

「なぜお前が塞ぐ。お前はもう、遊軍隊士ではなかろう」

「ご存じでしたか」

「二月に榎本軍に捕まって、そのまま遊軍隊から離れたと風の便りで聞いていた。それにしても、悪運の強い奴だ。入牢《じゆろう》したのに五体満足で出てこられるとは」

「はあ、まあ、いろいろありまして」

「――遊軍隊から離れることができたのは、かえってよかったかもしれない」

「え」

どういうことかと問うと、村山は口を開いた。

「遊軍隊と連絡が取れなくなった」

村山は苦々しげに続けた。

「毎月、遊軍隊には薩長政府から資金が送られ、その際に大まかな月の計画が申し渡されるのだが、一月頭から、あいつらが金を受け取りに来なくなった」

「場所を知らないいんじゃ」

「そんなわけはない。少なくとも、民部《みんぶ》は知っているはずだ」

村山の言葉が事実なら、伸輔がいた頃《ころ》から遊軍隊は薩長政府の統御から外れていたことになる。

「待ってください。一月頃から、高札を引き抜いたり、自身番を襲ったりしていたんですが、それも、薩長政府の命令じゃないんですか」

「遊軍隊は後方攪乱《かくらん》と情報収集が役目だ。破壊は任務に含んでいない。お前の言うことが正しいとすれば、一月時点での遊軍隊は、既に薩長政府の意を超えた活動をしていることになる」

「じゃあ、〝高田屋大明神〟の刷り物も」

「なんだそれは」

伸輔は説明をした。遊軍隊が高田屋大明神の刷り物を配っていたことを。

「ほう。高田屋……。ということは、高田屋嘉兵衛《かへえ》絡みか」

「高田屋嘉兵衛?」

「かつて箱館にいた大商人だ。昔は箱館すべてを取り仕切っていたんだが没落してな。だが、今も信奉者は多い。何せ、高田屋の下で働いていた人間が多いからな」

それはさておき、と村山は前置きして続けた。

「――最初の頃、薩長政府も遊軍隊の動きを心配して、密偵を箱館に送り込んでいたんだが、ほとんど死んだ。結構な腕利きだったのだがな」

「死んだ?」

「ああ。殺されたのだ。だが、三月、唯一、命からがら逃げ帰ってきた者がいてな。そいつが、民部の裏切りを告げた」

「民部さんが」

藤井《ふじい》民部の穏やかで智を秘めた笑みが脳裏を掠《かす》める。

到底信じられるものではなかった。

「でも、どうして。それにお金はどうしているんでしょう。遊軍隊だって人の集まりです。飯を食べるし隠れ家の店賃《たなちん》も払わないと」

村山の口が僅《わず》かに開き、目が光った。

「いい目の付け所だ。お前、いい密偵になるぞ。俺《おれ》が頭をやっていた頃から、遊軍隊は商人の上納を受け取っていた。商人の中には、榎本たちを好かぬ者も結構いたからな」

話がずれた。そう苦々しく吐き捨てた村山は続ける。

「金集めは、民部の仕事だった。あいつは金をちょろまかすようなことはしないから信用していたんだが——。変なところから金を受け取っていたんだ」

「変なところ？」

「ああ。帳簿上、いくつかの商家から献金を貰《もら》ってるんだが——。ないんだよ、そんな商家が。なのに、金はしっかり入っている。言わば幽霊商人だな。十二月頃から帳簿に現われ始めている」

「どういう、ことなんでしょう」

「何者かが金でもって遊軍隊を縛って、己の意のままにしたのだろう」

「何のために」

「よからぬことのためだろう。十二月の大捕物は、そいつが新撰組に俺たちの居場所を流したと見ていいだろう」

話をまとめていくうちに、伸輔の頭の中にもある像が形を結んだ。

「つまり、村山さんを追い出して、民部さんを隊長にしたかったと」

「もしかしたら、民部が俺を邪魔に思って追い出そうとした結果かもしれぬがな」

村山の声は浮かなかった。だが、景気づけのように胸を大きく叩いて、白い歯を見せた。

「俺の仕事は二つだ。一つ、箱館の地均《じなら》し。そしてもう一つは、藤井民部の遊軍隊を潰《つぶ》すこと。一つ目は、ほぼ終わった。こっちは放《ほう》っておいても何の問題もない。これからは、もう一方に掛からないとな」

民部率いる、遊軍隊の撃滅。

場の重い気配を嫌うように、村山はひらひらと手を振った。

「深刻な顔をするな。もう、戦は終わる。——そうだ、俺の下で働かないか」

村山の言葉が、伸輔を刺し貫いた。

「この戦は薩長政府が勝つ。西洋列強はこちらについた。兵数も桁違《けたちが》いだ。なら、勝ち馬に乗った方が後々楽だ。お前、藩籍から外されたのだろう。ならば、政府の役人として生きるのも道の一つだ。今、こっちに加われば、その道も開けるぞ」

伸輔はふと、役人となった己の姿を想像しようとした。官吏服を身に纏い、算盤《そろばん》片手に帳簿を開き、机に向かう日々。だが、あまりにも漠としていた。

それに——。今の伸輔には、榎本軍に対してだけではなく、薩長政府にも、反感があった。

なぜ——。わからない。だが、ふつふつと肚《はら》の奥が煮えた。

「せっかくの話なんですが、お断りします。榎本軍も、薩長政府も、信頼なりません」

己の思いを口にしたその時、ようやく伸輔は、薩長政府へのわだかまりの正体にも思いが至った。結局のところ、薩長政府もまた、自分たちを箱館の町に住み着く虫けらぐらいにしか思っていない。砲弾を撃ち込んでも、痛痒《つうよう》を感じることがないのは、今日のこの騒ぎにも明らかだ。

そしてそれは、かつて伸輔が身を置いていた松前藩、遊軍隊もそうだった。規模が違うだけで、結局は力なき人間を踏みつけにする連中だった。そんなところに組み込まれて、石臼《いしうす》に挽《ひ》かれるがごとき苦しみを味わうのは、もう、御免だった。

答えが意外だったのか、村山は目をしばたたかせていた。だが、ややあって、独り合点するように頷いた。

「そうか。ま、そのほうがお前のためかもしれぬ」

村山は、伸輔の脇をすり抜けざま続けた。

「一応、言っておく。理由については言えぬが、一刻も早く、箱館の町を離れろ」

「無理ですよ」伸輔は即答した。「一本木《いっぽんぎ》関門の通行銭を払うことだって難しいんです。それに、箱館の町を出たら、暮らしが成り立ちませんよ」

村山は後ろ頭を掻《か》いた。

「そうか。ならば、仕方ないな」

力なく呟《つぶや》くと、村山はひらひらと手を振って、坂を登っていった。

一人、混乱のただ中にある高札場前の門前に残された伸輔は、そこにあった板塀に拳《こぶし》を突き立てた。

なぜかわからない。

だが、このときの伸輔は、理由なき怒りに駆られていた。

〝鼠町〟の高田屋大明神社前は、人でごった返していた。麻の白装束に身を包んだ老若男女が狭い参道に列をなし、無垢《むく》の鳥居をくぐってお社へと向かっている。

この日は、高田屋大明神の縁日だった。

他の神社とは違い、屋台の類は一切立っていない。粛々と氏子が並び、参拝を終えて帰ってゆく姿は、さながら葬礼のような慎ましさがあった。

伸輔はそんな参列の整理に当たっていた。道からはみ出る人々に整列を促し、喧嘩《けんか》する人々に注意する、そんな役目だと聞いていたが、問題を起こす者はそういなかった。皆、目を伏せ、時折鳥居に向かって手を合わせ、何か呪文《じゅもん》めいた言葉を呟いて、粛々と己の番を待っている。

静かな参列をまじまじと眺めていると、一緒に列の整理に当たっていた吾六が口を開いた。

「そうか、お前、高田屋大明神の縁日を見るのは初めてか」

「はい。変な縁日ですね」

「まあな。高田屋大明神の氏子《こ》はほとんどがその日の飯にも事欠く貧乏人ばかりだからな。香具《や》師《し》も屋台を立てんのだ」

「なるほど。――ところで、どうして皆白装束なんですか」

「ああ。それは――」

厚司《アットウシ》織の袖を揺らし、吾六は社を指した。

吾六の指先には、社の前に立ち幣を振るう神主の十兵衛、そしてその横で薄く微笑《ほほえ》むお雪の姿があった。十兵衛までもが白い狩衣《かりぎぬ》姿だというのに、お雪だけは青の羽織に赤い袴《はかま》というなりで、遠目にもよく目立った。

「高田屋大明神において、神主や氏子は白の装束に身を包むのが決まりなのだ。その中で、ただ巫女のみは青の衣を着る決まりになっている」

「どうして」

「北の海から大明神の名代たる巫女が渡り、氏子を救うという言い伝えがある。救い主たる巫女は、青の衣に赤の袴を穿《は》いているというのだな。その巫女に遠慮して、氏子は白装束を纏う決まりなのだ」

「はあ」

伸輔には信仰心がない。今ひとつ、言い伝えの類に乗り切れずにいる。

そして――。

「もうひとつ、聞いてもいいですか」

「なんだ」

「吾六さんは、どうして大明神の氏子に？」

「藪《やぶ》から棒だな」

「あまり、大明神を信じているようには見えなかったので」

吾六が言い伝えを話したときの口ぶり。社や鳥居に向ける目。なんとなく、信心深い氏子たちとは一線を画しているようにも見受けられた。

腕を組み、しばし吾六は口をつぐんだ。だが、考えがまとまったのか、腰に差してある彫刻のなされた拵《こしら》えの刀を仲輔に晒《さら》した。

「わかっているとは思うが——、俺は、アイノだ。俺の村は海沿いにあってな。請負商人に命じられるがまま、魚を毎日のように獲《と》らされていた。請負商人との契約を果たすためには、嵐《あらし》の中でも漕《こ》ぎ出さねばならなくて、仲間はその都度死んでいった。俺の親父《おやじ》も、嵐の日、海に呑《の》み込まれて消えた。そんな生活に嫌気が差して、十の冬に村から逃げ出して箱館に至った」

吾六は仲輔の刀をちらりと見遣った。

仲輔は吾六の視線に震えた。請負商人の苛烈《かれつ》な取り立て。その上前の一部は、松前藩士の懐《ふところ》に入っている。請負商人はアイノとのやり取りを〝商い〟と呼ぶが、実態は収奪そのもので、松前藩士はそれを知りつつ見て見ぬ振りをしていた。仲輔とて、その一人と言われれば言い訳ができない。

糾弾してしかるべきなのに、吾六はそうしなかった。

「なんとか倭人の言葉は覚えたが、糊口凌《ここうしの》ぎが見つからぬ。すぐに生活に困って〝鼠町〟に至った。だが、〝鼠町〟ですら食うに困って、ほとんど行き倒れていたのだ。そんなとき、神主様に出会った」

少し顔をほころばせ、吾六は続けた。

「神主様は食うに困った俺に飯を振る舞ってくれた。本人は粥《かゆ》をすすっているのに、だぞ。よくなってから話を聞けば、何でも神主様は高田屋大明神なる神様《カムイ》を祀《まつ》っているという。新しい神様らしいが、貧しき者を分け隔てなく救うと言っておられた。まあ、そんな大明神に惹《ひ》かれた部分もあるが、結局は神主様への恩義だ」

人を恨むでもなく、教えに帰依《きえ》している風でもない吾六がなぜここに身を置いているのか、ようやく合点がいった。それに、吾六の述べる身の置き方は、かつて自分が松前家中に対して抱いていたものとよく似ていた。

だからこそ、ふと不安が過《よぎ》った。

もしも、信じるものが失われたらどうなるのだろうと。

縁起でもないことだった。伸輔は首を横に振った。

そんな時、男の怒声が、辺りに響いた。

遅れて上がる女の悲鳴を皮切りに、困惑や不安、怒号が辺りに伝播《でんぱ》する。その混乱の中心点はお社だった。

伸輔と吾六はほぼ同時に駆け出していた。怪訝《けげん》な声を上げて前の様子を窺《うかが》う氏子を撥《は》ねのけ、鳥居の脇を通ってお社前の広場へと至る。お社前の氏子たちは思い思いに声を上げ、中には髪を振り乱して声を張り上げる者すらある。それらの人垣も越え、辺りを見渡した伸輔は、目の前の光景に声をなくした。

拝殿前で、幣を握り烏帽子《えぼし》を被《かぶ》ったままの白狩衣の男がうつ伏せに倒れていた。背中には深々と小刀が刺さり、肩口にある長さ三寸ほどの刀傷も徐々に赤黒く染まり始めている。そして、その男の傍らでは、顔から血の気をなくしたお雪が立ち尽くしていた。

「お雪、何があったんだ」

「ああ、あの」

声になっていなかった。

伸輔は地面に倒れた男の顔を改めた。神主の十兵衛だった。その皺《しわ》だらけの顔は生気が失われ、目は、瞳孔《どうこう》が開ききっている。

「死んでる」

かくして、神主の十兵衛は死んだ。

吾六が調べたところでは、縁日の祭の最中、小汚いなりの男が物陰から飛び出して十兵衛に迫り、問答無用で斬りかかったのだという。皆があっけに取られている間に下手人の男は逃げ去り、捕まえることは叶《かな》わなかった。

殺しがあったとなれば、奉行所に届け出るのが定法だった。だが、吾六は首を横に振った。

「この地は役所の人間の差配を受けぬ」

目の下に隈《くま》を残す吾六にそう言われてしまっては、伸輔も抗弁はできなかった。

次の日、十兵衛の葬式が開かれた。

白装束の一団とともに、箱館山中腹の見晴台に穴を掘り、桶《おけ》を収めた。

結局、十兵衛を殺した下手人が見つからぬままの、寂しい弔いとなった。

数日後、仲輔は吾六の荷物持ちとして、〝鼠町〟の南にあるお屋敷の門前にいた。

貧乏人の集まる〝鼠町〟にあって、この屋敷だけは別格に大きい。町を見下ろす位置にあるその屋敷は三方を白壁で囲まれていて、門の作りもしっかりしている。もっとも、手入れは行き届いていないらしく、門の茅《かや》は黒ずみ苔《こけ》むしていた。

門をくぐると、中にはあからさまに堅気ではない者たちが屯していた。

思わず仲輔は吾六の後ろに隠れた。

吾六は怖《お》じるでもなく、さりとて媚《こ》びるでもなく、その辺りに立っていた者に何事かを告げた。するとそのやくざ風の男は奥に消えた。しばらく庭先で待っていると、ややあって、先のやくざ者が戻り、奥に向かって顎をしゃくった。

二人して屋敷に上がり込んだ。やくざ者の先導のもと、なんとなく暗い廊下を抜け、奥まったところにある部屋に通された。

既にその板敷きの間には、人の影が三つあった。

仲輔は思わず声を上げた。

八畳ほどの部屋の中にいる人々は、顔見知りだった。

仲輔の上げた声に反応し、部屋の奥でつまらなげに胡坐《あぐら》を組んでいた男が顔を上げた。源氏香《げんじこう》文《もん》の羽織を纏い胡乱《うろん》な目つきで仲輔を見遣ったその男——鼠の富蔵《とみぞう》は、ややあって破顔した。

「おう、仲輔じゃねえか。奇遇だな」

「富蔵さん、なんでここに」

「言ってなかったか？　俺は〝鼠町〟を根城にしているんだ。〝鼠の〟って二つ名は、〝鼠町〟のそれだ」

むしろ仲輔からすれば、富蔵の横にいる男の姿にこそ驚いた。

目を瞑《つむ》り端座するその男は、息をついて顔を仲輔に向けた。

「仲輔か。無事でよかった」

「民部さん」

遊軍隊隊長代理の、藤井民部だった。

ふと、少し前に村山次郎と交わした会話を思い出した。

民部は村山を新撰組に売ったかもしれぬ男だった。遊軍隊に思い入れがあるわけではないし、もはや榎本ブヨがどうなろうが知ったことではないが、それでも微《かす》かな不快感が仲輔に這《は》い寄ってきた。

民部は力なく笑った。

「その顔――、お前、何かを知っているのか。まあいい。今となっては、露見したところで何の問題もあるまい」

自分に言い聞かせるように述べた民部を尻目《しりめ》に、吾六が口を開いた。

「富蔵親分、常日頃、高田屋大明神への多額の心付けを感謝する。しかし、今は忙しい。氏子連はなおも神主様の死を受け入れておらぬのだ。一体今日は何用で」

「まあ、座んなよ」

富蔵に促され、吾六は差し向かいの形で座る。仲輔も続いた。

すると富蔵は開口一番、鉈《なた》を振り下ろすような一言を述べた。

「神主様を殺した奴の正体がわかった」

部屋の空気が一瞬にして張り詰めた。

身を乗り出し、吾六は問うた。

「誰だ」

「榎本ブヨどもだよ。氏子連が目障りだったみたいでな、それで神主様を刺したらしい。お前ら、榎本ブヨに上納金を払ってなかったろ。それで、お怒りらしいぜ」

「なんだと……」吾六は床板を叩いた。「上納こそしておらなんだが、奴らの政《まつりごと》を邪魔した覚えはない。そもそも神主様は政から距離を置いておられたのに」

「ま、こんな小さな町で中立を気取るのは難しいもんだ。そこで――」

富蔵は膝《ひざ》を叩き、顔をずいと吾六に寄せた。

「お前ら、俺たちに合流しないか」

「やくざになれと？」

「小異を捨て、大同に従うってやつだ」

吾六は富蔵と民部の顔を交互に見比べた。

「なるほど、親分にとっても、民部にとっても、そして我らにとっても榎本らは敵だ」

「――返答は如何《いか》に」

「神主様を殺したのが榎本の手の者だという証《あかし》が欲しい」

富蔵は後ろ頭を掻いた。

「神主様を殺した男が運上所に逃げ込んだのを見たやつがいる。それくらいしか証はねえ。だが、神主様を殺す理由のある人間は、そう多くねえと思うがな」

「その者から、話を聞けるか」

「もちろん。他の部屋に控えさせているから、遠慮なく聞いてくれ」

「ああ。そうさせてもらう」

吾六は厚司織《アットウシ》の裾《すそ》を揺らし、部屋を後にした。

一人、部屋に取り残される格好になった伸輔は、しばし据わりの悪い沈黙に晒《さら》された。その重苦しい気配に耐えきれず、民部の後ろに座り、下を向いている少年に声を掛けた。

「三平《さんぺい》」

すっかりなりが変わっていた。黒の洋服にズボン姿ではあったが、幼なじみの顔を見間違えるはずはなかった。

だが、三平の顔は浮かなかった。

生気がない。肌は青白く、骨相が表面に浮かんでいるようでさえあった。そして何より、自信に満ち溢れていたはずの双眸《そうぼう》に、まるで力がなかった。有り体に言えば、憔悴《しょうすい》しきっていた。

「ああ、元気だったか、伸輔」

「どうしたんだよ、三平。元気がないみたいだけど」

「いや――」

三平が何か言いかけたところで、別の声が割って入った。

声を発したのは、民部だった。

「私語は慎んでくれないか」

「なら、民部さん、教えてくださいよ。なんで、民部さんは村山さんを裏切ったんですか。どうして富蔵さんと一緒にいるんですか」

「ああ、それは――」

民部が息を吸ったその時、奥の富蔵が膝を叩いた。

「俺から説明しよう。――年末に、遊軍隊の摘発があっただろう。あれをタレ込んだのは、俺だ」

「富蔵さんが？　なんのために」

「混乱に乗じて、目の上のたんこぶだった村山次郎を殺すつもりだったんだ」

意味がわからない。富蔵と村山とは何の接点もないはずだった。

富蔵は膝に手を当てたまま続ける。

「村山は、薩長方の人間だからな、俺たちにとって邪魔だったんだ」

俺たち。その言葉が耳朶《じだ》に触れたとき、伸輔は理解した。

元々、民部と富蔵は繋がっていたのだ、と。

「お二人は、どんな関係なんですか」

「利害が一致しているだけだよ」

「利害？　どういうことですか」

富蔵は短く息をつき、煙管《キセル》の吸い口を囓《かじ》った。

「俺の親は、元々二代目高田屋嘉兵衛様の下で働いていた船乗りだった。だが、御公儀が二代目様に些細《ささい》な罪を被せて闕所《けっしょ》にしやがった。そのせいで、俺たち一家は箱館の町に放り出されて、〝鼠町〟に流れ着いたんだ。〝鼠町《ここ》〟は高田屋の人間が多いから、流れ着くのは必然だったろうな」

がりがりと吸い口を囓ったまま、富蔵は続ける。

「〝鼠町〟は、お上を憎んでる。俺も同じだ。俺の人生をねじ曲げやがったお上を許すことはできねえ。徳川《とくがわ》だろうが榎本だろうが薩長だろうが結局は同じ穴の狢《むじな》だ。機あらば、一暴れしてやろうと考えてやくざの頭目になったんだが――。去年、民部がやってきた」

富蔵の一瞥《いちべつ》に促されるように、民部は口を開いた。

「箱館府、つまりは薩長政府の役人としてこの地にやってはきたが、私は、薩長政府のやり方に疑問があった。もちろん、榎本にもね。富蔵親分と知り合ったのはまだ榎本が蝦夷地に来る前、町方の監督のために〝鼠町〟に足を運んだ時だった。立場は違ったけれど、意気投合してね。結局、組むことにしたんだよ」

二人の関係はわかった。だが――。

「二人は一体、何をするつもりなんですか」

答えたのは、富蔵だった。

「嘉兵衛様がいらっしゃった頃の箱館を、取り戻す」

「どういう、ことですか」

「今の箱館の惨状、お前も見ているだろう。今の箱館はとてつもなく物価が高くて、庶民がまともに暮らしていけない。なぜ、こんなことになっているかわかるか」

しばし考えた後、伸輔は答える。

「そ、それは、榎本軍がここにいるから……」

民部は目を伏せ頷いた。

「半分当たり、といったところだ」

「もう半分は」

「大商人だ。箱館の大商人どもが私利を貪《むさぼ》っている。物価高をいいことに物の値をさらに吊り上げてな。それだけではない。今、箱館の中小商人が次々に店を畳んで、この隙《すき》に家屋敷を買い占めているのだ」

言われてみれば、裏路地の店は軒並み雨戸を閉めており、大店《おおだな》の分店がやけに目についた。

富蔵は憎々しげに歯噛《はが》みした。

「二代目様がいらしたら、こんなことにはなってなかったろうよ。高田屋がいなくなってから、商人どもにも自制が利かなくなったんだ。榎本もそうだ、薩長もそうだが、大商人どももどうにかしなくちゃならない。だから、俺たちは高田屋嘉兵衛を旗印に、あいつらを血祭りに上げる」

「高田屋大明神というのは」

「高田屋嘉兵衛様が祭神なんだよ。嘉兵衛様が闕所になった後、高田屋で働いていた連中は箱館で仕事を探そうとしたが、後難を恐れて誰も雇い入れようとしなかったから、食うに困った者も多かった。そういう連中が作ったのが〝鼠町〟なんだ。死んだ神主の爺《じい》さんは、元は高田屋の手代だったんだぜ」

話の先が見えない。伸輔が黙りこくっていると、源氏香文の羽織を揺らし、なおも富蔵は続けた。

「きっと十兵衛の爺さんは、嘉兵衛様が戻ってきますようにと神頼みしていたんだろう。それがそのうち、北方から高田屋嘉兵衛様の血筋の者がやってきて、高田屋の家人たちを、ひいては箱館を助けてくれるって話にすり替わって、やがて、救い主である巫女の話が広がった。そして今、高田屋大明神の元に、巫女が現われた」

民部が話を引き継いだ。

「ロシアの手に掛かって勘察加《カムチヤツカ》に抑留された際、関係したイテリメンの民とかいう部族の女が子供を宿したと、初代嘉兵衛は後になって故郷の君主、蜂須賀《はちすか》侯に言上している。泣く泣く勘察加に身重の女を遺《のこ》して日本に帰ったらしいが、その際に初代嘉兵衛は、金の牡丹《ぼたん》があしらわれた飾り櫛《ぐし》を女に贈ったらしい。そんな話に尾ひれ背びれがつくごとに、やがて、金牡丹の飾り櫛を持った、高田屋大明神の巫女が箱館に舞い戻るという言い伝えを生んだのだろう」

金牡丹の飾り櫛。

大名道具の如きそれを見せ、はにかむ少女の顔が仲輔の脳裏を過った。

「まさか、お雪が――高田屋嘉兵衛の落胤《らくいん》の子孫だとでも」

富蔵は乾いた笑い声を上げ、首を横に振った。

「どうだろうなあ。そもそも、初代様が勘察加で捕まった際、現地の女と関係したかどうかもはっきりしねえし、子供の存在なんてなおのことわかりゃしねえ。金牡丹の飾り櫛なんて、どこにでもあるしな。だが――。お誂《あつら》え向きだ」

民部が感慨深げに続けた。

「お雪が金牡丹の飾り櫛を持っているのに気づいたのは私だ。遊軍隊の任務でお雪と顔を合わせて、分不相応な金の飾り櫛が目に入った」

「あれは、十二月の頭のことだったかね。お雪の話を民部から聞いたとき、閃《ひらめ》くものがあったんだ。使える、ってな。で、お雪が路頭に迷ったのをいいことに、色々と手を回して高田屋大明神へ引き渡したのさ」

「そんなことをして、何をするつもりなんですか」

「お雪を旗頭にするのさ」

富蔵の低い声が、部屋に響き渡る。

仲輔は、いつしか震えていた。

「そんなこと、できるわけが」

「ないと思うか？　榎本軍だって三千程度の兵で蝦夷地を乗っ取った。なら、俺たちにだって同じことはできるはずだ」

すべての事情が明らかになったそんな頃、奥の部屋にいた吾六が戻ってきた。

どうだった、という富蔵の言葉に、吾六は頷いた。

「信じてもいいい。我らも親分と行動しよう」

「そうかい。じゃあさっそく頼みがある。神明町《しんめいちょう》の裏長屋に〝道具屋〟って店があるの、知ってるか」

仲輔はかつて、遊軍隊の遣《つか》いで足を運んだことがある。

曖昧《あいまい》に吾六が頷くと、富蔵は続けた。

「あそこに、色々とものを頼んでいてな。今日の夜、荷運びを頼みたい。遊軍隊の連中にも頼んでいるんだが、人手不足でな。氏子連も何人か人を出してくれ」

有無を言わせぬ迫力に、吾六は頷かされていた。

結局、話はそれで終わりだった。

吾六の後ろについて、仲輔は帰途を急いだ。

その道上、吾六はぽつりと呟いた。

「神主様を殺した連中は、絶対に許せぬ。何が何でも血祭りに上げねば」

「あ、あの」

「許さぬぞ」

仲輔の声は聞こえぬらしかった。

社に戻った吾六は、屯していた氏子たちに事情を説明した。皆、怒りを発した。榎本ブヨどもを許すわけにはいかぬ、神主様の敵討《かたきう》ちだ、そう口々に叫んだ。

なぜ、こうなった？

思わずそう心中で呟いていた。だが、何もかもがわからない。

流れ流れた先がここだった、ただそれだけのことだった。

どんどん、望まぬ先へと向かおうとしている。

怒りがとぐろを巻く社の中で、仲輔は己の足を強く抱き、顔を埋《うず》めた。

その日の夜、仲輔は吾六率いる氏子連の一団に加わった。

紺の手ぬぐいを渡された。顔を隠せと言われ、顔に巻いた。

死んだように静まり返る〝鼠町〟の裏路地を行く途中、富蔵の部下五名と合流し、北入り口から箱館の町に降りてゆく。ここから神明町へは旧箱館奉行所の裏手を西に行き、坂道を降りれば着く。

仲輔たち一行は、西の山の外れにある山之上遊郭の「休息所」を目印に、冷え切った通りを進む。箱館も松前と同じく辻に番所が置かれ、夜は通行を絞っているものの、行く手の門は夜だというのに閉ざされていなかった。中には燃やされていたり、壊されている門もある。一月以降、遊軍隊が番所を襲っていたことを思い出した仲輔は、こういう裏があったのかと合点した。自身番所は町が運営している。壊された場合は町方が直さねばならないが、今、そんな余力は町にない。それを見越し、夜、動きやすくするための布石だったのだ。

春になっても、依然夜は寒い。腕を組みながら道を行くと、旧奉行所の裏手に位置する十字路に、十名ほどの一団が立っていた。

皆、格好そのものはばらばらだった。腰に刀を差していない者すらある。だが、顔を一様に頭巾《ずきん》で隠している。

氏子連側の人間が名乗ると、その者の先頭に立つ男は、仲輔たちに名乗り返した。

「遊軍隊です」

民部だった。後ろには、浮かぬ顔をした三平の姿もある。

遊軍隊と合流し、箱館の町を西に進んだ後、きつい坂道を下って神明町界隈へと足を運び入れた。

かつての神明町界隈は夜でも飯屋の灯《あか》りがいつまでも戸から漏れていた。だが、その影はどこにもない。どの店も雨戸を閉め切ったり、入り口の戸を板で留めてある。人の気配がほとんどなかった。先の砲撃を受けて、皆、逃げてしまったものと見える。

野良犬一匹いない暗い通りを抜け、〝道具屋〟のある裏長屋に至った。

そんなに時は経っていないはずなのに、なぜか強烈な懐かしさを覚えた。

以前はここにも僅かなりとも人は住んでいた。だが、先の騒ぎで店子が逃げたらしく、人の気配がほとんどせず、長屋の路地は雪がほとんど残っている。

凍った雪を踏みしめながら、仲輔たちは〝道具屋〟の前に立った。

その時、富蔵の部下連中が突如、動いた。〝道具屋〟の戸口を囲むように広がり、一番恰幅《かっぷく》のいい男が戸を蹴破《けやぶ》って中に飛び込んだ。

「な、なんだいお前らは。え、や、やめろ、やめてくれ」

長屋の中から〝道具屋〟の悲鳴が漏れた。だが、すぐに聞こえなくなった。

ややあって、中に飛び込んだ男が戸口から顔を出した。その覆面には、赤い飛沫《しぶき》が飛び散っていた。

「話がついた」

くいと親指で中を指す。

遊軍隊の面々や氏子連が二の足を踏む中、吾六が男の衿《えり》をねじり上げた。

「なぜ手荒なことをした」

中の男は、覆面越しにもわかるほど、へらへらと笑った。

「いや、ちと変な声を上げたもんでな。それに、うちの頭は、何かあったらてめえに任せるって言ってたぜ」

「富蔵親分が、そう言ったのか」

へらへら笑いつつ、覆面男は吾六の肩を何度も叩いた。そういうこった。そう言いたげに。

「さ、時がねえぞ、早く運ばねえとな」

吾六の脇をすり抜け、覆面男は衿を直した。

覆面男を主導に、〝道具屋〟の荷運びが始まった。

〝道具屋〟の中は雑具で一杯だった。民具や農具には一切目をくれず、皆は刀や槍《やり》といったものを物色し始めた。部屋の真ん中で血を噴いて倒れる〝道具屋〟に気を払う者は誰一人いなかった。

そんな中、伸輔は〝道具屋〟の姿を見下ろしていた。

〝道具屋〟は仰向《あおむ》けに倒れていた。喉を一突き。即死だったろう。その見慣れた顔は苦悶《くもん》に歪《ゆが》んでいる。

親しかったわけではない。だが、顔見知りが己の目と鼻の先で殺されたことに、頭が追いつかずにいた。

伸輔と同じく足を止める者があった。三平だった。頭巾の隙間から覗く目は、血の海に沈む〝道具屋〟を見据えたまま、固まっていた。

何してる、とどやされた。三平は首を振り、表に駆け出した。伸輔も〝道具屋〟から目を外し、奥へと向かった。

奥の間は、納戸だった。八畳ほどの板の間に、所狭しと様々な文物が置かれている。そんな部屋の中、真ん中を占める場所に、縦一尺、横三尺、高さ一尺ほどの箱が山積みにされていた。ざっと同じものが三十はある。

蓋《ふた》を開くよう命じられた。居合わせた者たちと一緒に開く。

中から、銃が姿を現した。

見た目は火縄銃と似ているものの、火鋏《ひばさみ》がなく、代わりに金槌《かなづち》のような金具がついている。銃尾には蝶番《ちょうつがい》のついた部品があり、銃口からではなく手元で薬込ができるようだ。手に取ると、ずっしりと重い。

最新鋭の銃だった。

外箱から出した銃を、外に運び出すよう命じられた。三丁ほどをひとまとめにして担ぎ、何度か往復した。その間、なかにいる男どもは徳利《とっくり》から粘っこい水のようなものを辺りに撒《ま》いていた。

その中の一人は、念入りに〝道具屋〟の体にその液体を振りかけていた。

皆が表に出され、最後の一人が表に出た直後、〝道具屋〟から黒煙が上がり始めた。

「これで仕舞いだ。後は手筈《てはず》通り、いいな」

民部は押され気味に頷き返した。

〝鼠町〟の者たちと遊軍隊は強奪物を分かち合い、別れた。

その日、〝道具屋〟を火元にした火事は、神明町界隈の町屋を焼き尽くした。しかし、この辺りは先の砲撃騒ぎで退去者が多く、死者はほとんど出なかった。そう、後から聞いた。

第十章　五月　歳三の章

歳三《としぞう》が箱館《はこだて》に帰還したのは、東風《こち》吹く五月一日のことだった。

五稜郭《ごりようかく》の官舎は意気消沈していた。出入り口の前に立つ歩哨《ほしよう》兵も沈痛な顔を隠さず下を向き、声をかけるまで歳三に気づかない有様だった。官舎に上がっても陰気な気配は変わらず、すれ違う者たちは歳三にぎこちない会釈をしてそそくさとその場を離れてゆく。

円卓の間には既に陸軍奉行、大鳥圭介《おおとりけいすけ》がいた。円卓前の椅子《いす》に深々と腰掛ける大鳥は、この場に不似合いな柔らかい笑みを浮かべ、ひょいと手を挙げた。

「おお、土方《ひじかた》君。いやあ、見事な戦振りだったみたいだね」

その口ぶりは、殊更《ことさら》に陽気だった。だが、大鳥の着ている黒の軍服は埃《ほこり》にまみれ、西洋上衣《シヤツ》は硝煙が色移りしたのか真っ黒になっていた。

歳三の視線に気づいたのか、己の服を見下ろし、大鳥は苦笑した。

「着の身着のままここに来たんだ。いやあ、土方君が必死に戦っていたっていうのに、矢不来《やふらい》の軍が総崩れになったら、どうしようもないよねえ」

咄嗟《とつさ》に言うべきことが思いつかず、歳三は言葉を濁した。

歳三隊は二股口《ふたまたぐち》を守り切った。

額兵隊《がくへいたい》や伝習隊《でんしゅうたい》小隊といった精鋭がつけられ、内陸部での戦いだったゆえに海からの砲撃に晒《さら》されることもなかった。結局のところは、部下の優秀さと地の利に恵まれての勝利だった。

だが、浜通りの矢不来はそうも行かなかった。

江差《えさし》、松前《まつまえ》から後退した箱館政府軍を糾合し、矢不来に防衛陣を敷いたものの、箱館政府随一の軍略通である大鳥をしても、陸海二方面からの猛攻には耐えられなかった。四月二十九日の総攻撃でやりこめられた大鳥は、有川《ありかわ》まで陣を下げざるを得なかった。

矢不来を奪われれば、二股口方面軍の補給が失われる。矢不来の敗報を知るや、歳三は全軍に撤退を命じ、五月一日の今日、五稜郭へと舞い戻った。

大鳥は目を伏せた。

「これまで善戦はしてきたけど、この一月、勝ちらしい勝ちを挙げられてないなあ。ふがいない」

「あんたがいなかったら、もっとひどい戦いだったよ」

「――戦は善戦じゃいけない。勝たないと」

その言葉は、あまりにも重かった。

部屋のドアが開いた。榎本釜次郎《えのもとかまじろう》だった。だが、その顔は浮かない。歳三も口を噤んだ。

首脳が揃《そろ》うのを待ち、円卓会議が開かれた。

会議は空転した。

副総裁の松平太郎《まつだいらたろう》や永井玄蕃《ながいげんば》をはじめとする事務方は、皆一様に沈痛な顔をして口を結び、目を伏せていた。活発に口を開くのは軍関係の者たちばかりだったが、それは、己の死刑宣告を読み上げるがごとき行ないだった。

円卓に広げられている箱館近辺の詳細図に、大鳥は西洋将棋《チエス》の駒《こま》を置きつつ、今後の作戦について説明を重ねた。

「今、陸軍は有川で敵を食い止めているけれど、これも、風前の灯火《ともしび》ってところだねえ。今後、我らが取りうる手は、箱館の弁天《べんてん》台場、五稜郭、四稜郭《しりようかく》やその他陣地を有機的に繋《つな》いで敵を迎え撃つ、事実上の籠城《ろうじよう》作戦だろうね」

西洋将棋の白駒を地図上に置いていく。最も背の高い駒——将棋で言うところの王将だろう——は五稜郭の真上に置かれた。箱館の地図の上に置かれた駒を眺めていると、なおも戦えそうな気がするから不思議だった。

円卓に不思議な高揚感が漂う中、大鳥は敵陣に黒駒を置きつつ、楽観の気配漂う円卓に釘《くぎ》を刺した。

「問題は、西洋将棋と実際の戦は違うってことなんだよねえ。西洋将棋には先に攻撃したほうが絶対に勝つっていうお約束があるし、駒の数に限りはあるけど、今、我々が際しているのは、そういう戦いじゃない。ほぼ無尽蔵に湧《わ》く敵を相手に、士気や兵糧、弾薬に気を払いつつ戦わなくちゃならない」

沈鬱《ちんうつ》な顔をした榎本が問いを発した。

「弾薬はどうなっている」

応じたのは、箱館奉行の永井玄蕃だった。

「南部《なんぶ》陣屋裏の避難所にいる町方の者たちを徴発し、弾薬を作らせているところでござるが……」

言葉の歯切れが悪かった。さらに榎本が問うと、永井は苦々しげに続けた。

「作業の効率はあまり上がらず、碌《ろく》に戦に使えぬ弾丸が上がっております。やはり、弾丸を庶民に作らせるのは無理があるかと」

それはそうだろう、と歳三は心密《ひそ》かに思う。

箱館政府は負ける。皆、口にせぬだけで内心では覚悟している。上がこの体たらくなのだから、町方の者たちは間違いなく次のお上を見据えていることだろう。今頃《いまごろ》、商人どもは箱館政府と交わした証文を焼き、町には白煙が垂れ込めていよう。

徴発されている町方の者たちも同様だ。これから次のお上がやってくるというのに、彼らを撃つための弾丸を作ったとなれば、どんな罰が待っているとも知れない。もし自分が同じ立場だったら、適当にこなすことだろう……。

行き詰まりは目に見えているというのに、誰も、降参を口にしない。そのことに、歳三は恐怖すら感じた。皆、破局から目をそらし、目の前の問題に取り組んでいる。まるで、目隠しをして銃口並ぶ敵陣に突撃をかけているようですらある。

咎《とが》める気にはなれなかった。歳三自身、円卓の場で、腕を組んで座っているばかりだった。

そんな中、榎本は椅子を蹴《け》って立ち上がった。歳三は気づいた。榎本は、白粉《おしろい》を顔に塗っている。それでも頬《ほお》の辺りの影をごまかせていない。そのままではよほど人相が悪いのだろう。事実、目は血走り、口元はひくついている。

何を言うか――。円卓の場にいる皆は、箱館政府総裁の一挙手一投足に注意を払った。

榎本の口から飛び出したのは、継戦の意思だった。

「箱館湾を封鎖したい。網を張り、箱館湾への敵海軍の侵入を防ぐ。また、弁天台場の防備を強化して欲しい」

白けた気配漂う円卓会議は、結局何の打開策も提出されないままに終わった。

歳三は五稜郭を離れ、一本木《いっぽんぎ》関門を通った。この日も、春楡《はるにれ》の大木は海風に揺れていた。見れば、枝にいくつも蕾《つぼみ》が膨らみ始めていた。

春が来る。人の営みとは関係なしに。

一句、詠《よ》みたくなった。若い時分、句帖《くちょう》を持ち歩き、俳人を気取っていた頃があったのをふと思い出す。だが、結局俳句はものにはならず、代わりに人を斬《き》る度胸と、軍を率いるのに必要な無神経さだけが身についた。

少ない供回りと、海岸通りを行く。

箱館の町は死の気配に満ちていた。ほとんど無人となった異国人新地を横目に地蔵町《じぞうまち》から運上所にまで進んだ辺りから、荒廃の度はさらに深くなっていった。既に海岸通りの大店も臨時の休みを決めており、山の上の町の中には、焼け焦げ影も形もなくなったところや、大穴が空き、今にも倒壊寸前の建物も見て取れた。

歳三が留守にしている間に箱館では薩長《さっちょう》政府軍による砲撃があり、大小様々な火事が頻発していた。その中には、百戸以上を焼く神明町《しんめいちょう》の大火事もあった。幸い死人はほとんどなかったようだが、決して零ではない。

俺《おれ》がいたら、こうはなるまいに――。

永井からの報《しら》せを戦場で読んだ歳三は、その文《ふみ》を苦々しい思いと共に、力任せに丸めて篝火《かがりび》に放《ほう》り込んだ。

荒廃した町を横目に、歳三は弁天台場へと至った。

台場の門をくぐり五角形の縄張りの中に入ると、誠の旗を掲げる一隊がいた。その者の一人が歳三に気づくと、誠の旗が大きく揺れた。

「おお、土方殿」

「土方殿だ」

「よくお越しくださいました」

新撰組《しんせんぐみ》隊士が満面に笑みを湛《たた》えて駆け寄ってくる。

あえて新撰組とは距離を置いていた。新撰組には別に隊長がいて気兼ねしていたこともあったが、それ以上に、「懐かれる」ことに、歳三は居心地の悪さを感じていた。

どうせ、皆死ぬ。

懐き懐かれるということは、己にも相手にも重荷を背負わせることになる。

一年あまり軍人として戦ってきた歳三は、その重みに倦《う》んでいた。

勢い、声が冷たくなる。

「島田魁《しまだかい》はいるか」

隊士たちの列を割って現われた島田魁に、歳三は馬上から命を下した。

「力《りき》さん。ちと、難しい仕事を頼みてえんだが」

「なんなりと」

「七重浜《ななえはま》、あるだろう。今、あそこまで薩長軍が来ているんだが」

七重浜は松前方面の浜通り上にあり、五稜郭まで数里、目と鼻の先にある。

「ちょいと、夜襲を掛けちゃくれねえか。あくまで攪乱《かくらん》が目的、深入りはしなくていい」

「承知」

「任せたぜ」

馬首を返し、歳三は弁天台場を後にした。

馬上で、歳三は息をつく。

この作戦に、戦略的な意味はない。遅延行動だ。それを理解しつつも歳三が新撰組に攻撃を命じたのは、来るべき決戦に向け、弾みをつけるためだった。今、敵兵は驕《おご》っている。この機を衝《つ》いた奇襲は十中十成功する。そうなれば、数日間分余分に戦う士気が手に入ろう。だが――。そんなものを得たところで大局が変わるのか？　そんな内なる疑問に、歳三は答えることができなかった。

歳三は人通りのない海岸通りから浄玄寺坂《じょうげんじざか》の寓居《ぐうきょ》に戻った。

「お役目、ご苦労様でございます」

珍しく玄関先に萬屋《よろずや》が出てきた。どんな風の吹き回しだ、と問うと、「今、仕事がまったくできませんで暇なのです」と笑った。

歳三は一人、執務室に戻った。左右に吊《つ》った刀を帯から外して執務机の後ろに立てかけ、椅子に腰掛けた。

机の上には、何も乗っていなかった。

一月前などは、三日もここを離れれば、机の上に部下たちの報告、上の者からの指示、町人たちの請願といった書き付けが山のように積み上がった。だが、戦になり、行政機能は麻痺《まひ》した。文書という名の血の巡りが滞り、徐々に箱館政府は死へと向かい始めている。

一人息をつく歳三の許《もと》に、小姓《こしょう》の一人が姿を現した。

「先生、ブリュネ殿がお越しです」

「珍しいな。通せ」

廊下から足音が響き、日本人通詞《つうじ》を連れ、ブリュネが執務室に姿を現した。ブリュネは、やはりいつもの肋骨《ろっこつ》服姿だったが、この日は左腰に無骨な西洋刀《サーベル》を佩《は》いていた。その白い顔から感情を読み解くことは難しそうだった。

ブリュネは庭や執務室を見渡し、通詞越しに切り出した。

「随分いいところに住んでいる」

「役得だ。もし羨《うらや》ましく思うんだったら、あんたが市中取締をやればよかったんだよ」

「はは、それはそうだ」

笑うブリュネに、歳三は椅子を勧めた。

ブリュネは執務机に差し向かいに座る形で歳三に向き合い、歌うような響きの言葉を口にした。それを通詞が訳す。

「二股口の防戦、見事だった。戦況は五稜郭で聞いていた。三百ほどの兵であれほどの善戦をするとは想像の埒外《らちがい》だった」

通詞越しの言葉に、歳三は、はっ、と鼻を鳴らす。

「白々しいことは言いっこなしだよ。俺の配下には精鋭がついてる。俺はただ、大将の椅子でふんぞり返っていればよかった。俺がいなくたって勝てた戦だよ。この戦が終わったら、俺じゃなくて各隊の小隊長を褒めてやってくんな」

「本当に変わらないな。あくまで軍事は己の専門ではないと言い張るつもりか」

「言い張っているんじゃねえ。本気で、そう思っているんだよ」

歳三がそう言ってやると、ブリュネは声を潜めた。

「人払いを願いたい」

「おいおい、この部屋には誰もいないぞ」

「この部屋の裏に、少年兵がいるだろう。彼らにも席を離れるよう願いたい」

よほどの秘事を抱えてきたのだろう。歳三は頷《うなず》いた後、小姓を呼び、しばらく小姓部屋からも席を外すよう命じた。小首を傾《かし》げながらも、「かしこまりました」と頭を下げ、小姓はこの場を後にした。

「さ、本題に入ってくれ」

隣の部屋から人の気配がなくなった後、ブリュネは深く息をついて庭の方をしばし眺め、口を開いた。

「フランス士官の間で、箱館から脱出すべきという議論が出ている」

「そうかい」

「驚かないのか。憤らないのか」

ブリュネは口をぽかんと開けた。だが、歳三は肩をすくめて笑った。

「味方だと思っていた奴《やつ》がころりと掌《てのひら》を返すのが戦場だ。戦場から仲間が脱《ぬ》けるくらい、今更、なんとも思わんさ」

歳三の実感だった。本当にこの一年、味方の裏切りや掌返しは山ほど見続けてきた。この頃は、仕方ないと諦《あきら》めもつくようになった。

あえて、歳三は突き放すようなことを述べた。

「あんたらフランス士官が、ここの連中の意地に付き合う必要はねえさ」

ブリュネは身を乗り出した。

「あなたたちを見捨てるつもりはない。我々は、この国に夢を見た。心からこの国に期待し、手を貸した。だからこそ」膝の上に置かれたブリュネの手は、ひどく震えていた。「この国に協力を惜しまぬよう本国に掛け合う。フランスは元より大君徳川《たいくんとくがわ》に肩入れしていた。外交官の中にも徳川びいきは多い。事ここに及んで我々のできることは、本国からこの国を援護することだと、他のフランス士官たちは言う」

「そうかい」

相槌《あいづち》は打ったが、歳三は冷ややかにブリュネの顔を見遣《みや》っていた。

フランスは開港からこの方徳川と密接な関係を結んでいたが、この期《ご》に及んでも箱館政府を守ってくれるとは思えなかった。それに、仮にフランス士官たちが急ぎ本国に帰ったとしても、その時点で数ヶ月は経過している。

「一年は持ちこたえろってことかい。この戦況で」

「――そうなる」

ブリュネは下を向き、忸怩《じくじ》たる顔をしていた。

この青い瞳の士官は悟っている。箱館政府には一年もの間戦線を維持する力はなく、己の口にした言葉がどう転んでも空手形になることを。

「まあ、そう言うなら、やるしかねえな」

歳三は肩をすくめ、笑って見せた。

それを見るや、ブリュネはひねり出すように口を開いた。

「――土方《イジカタ》さん。我々と、フランスへ渡らないか」

「は？　フランスだって？」

「あなたには軍才がある。フランスで学べば、その才は間違いなく開花することだろう」

これには、ブリュネの言葉を訳す日本人通詞が面食らっていた。だが、通詞の視線を浴びつつも、ブリュネは曇りなき眼《め》で歳三を見据えていた。

歳三は大仰に肩をすぼめた。

「――俺は、軍人にはなりたくねえんだ。猪口才《ちょこざい》なもんでね、俺の采配《さいはい》のために死んでいった仲間の命を背負うんで手一杯だ。それに、この戦争が終わったら、商人になるって決めてるんだ」

「商人？」

ブリュネは長いまつげを何度も上下させた。

「ああ。箱館の大商い、楽しそうだろ。箱館政府が落ち着いたら、俺は商人をやるつもりだったんだ。いつぞやの疑問に答えてやったぜ」

「――言われてみれば、あなたらしくもある」

ブリュネは瞑目《めいもく》した。そしてそのまま、苦渋の声を発した。

「ならば、仕方ない。今の話は、聞かなかったことにしてほしい」

「わかった」

「でもどこか、あなたは私の申し出を断る気がしていた。もしフランスへ行くと答えていたら、私は驚いたことだろう。あなたはどこまでもあなただ。それゆえに、ひどく眩《まぶ》しい」

ブリュネは、懐《ふところ》からあるものを取り出した。それは、黒光りする、六連の回転式拳銃《けんじゅう》だった。

歳三は身構えたものの、立ち上がったブリュネは銃身を手に持ち、銃把《じゅうは》側を歳三に差し出した。

銃を差し出したまま、ブリュネは言う。

「これは、私が日本の土を踏む際、私費を投じて買い入れたものだ。日本は危険だと聞いていたが、結局これを使う機会はなかった。この列島に住む人々は、皆聡明《そうめい》で、明るかった。私はここが好きだ。だが、心ならずも離れなければならない。そのことが、あまりに残念だ」

ブリュネの瞳に、嘘《うそ》の色を見出《みいだ》すことはできない。

「いざというときに使ってくれ」

「いいのか」

「私にできることは、これくらいしかない」

ブリュネは硬かった表情を崩した。今にも泣き出しそうな顔だった。

歳三は椅子から立ち、ブリュネの差し出している銃の銃把を握った。

それはまるで、異国の習慣、握手《シエイクハンド》のようだった。

「さようなら、土方《イジカタ》さん。後悔なきよう」

そう言い残し、ブリュネは踵《きびす》を返した。

一人になった歳三は、縁側に腰を下ろし、先ほど受け取った銃を眺めていた。黒光りする銃は、ずしりと重い。空に浮かぶ雲に照準を合わせ、引き金に指をかけた。

届くわけがない。だが、狙《ねら》いだけはつく。そのことが、ひどく悲しい。

その次の日、ブリュネらフランス士官が、観戦のために箱館湾近くに停泊していたフランス軍艦に接触、保護されたという知らせを耳にした。

五月七日。歳三は弁天台場へと馬を走らせた。

弁天台場の門をくぐると、兵士たちが憤激し、興奮していた。落ち着け、と怒鳴りつつ馬首を返し、刀を抜いた。

「騒ぐな、騒いだら斬る」

戦場で鍛えた大声で一喝すると、ようやく兵士たちは黙りこくった。

台場中央の空き地で、兵士たちが幾重にも何かを取り囲んでいた。刀を頭上で振り回し、散るように命じると、兵士たちは左右に割れ、兵士たちの憤激の輪の中央にあるものを露《あら》わにした。

一人の兵士が、地面に座らされていた。

後ろ手に縛られ、膝をついている。数人の兵士に刀の鞘《さや》で小突かれているその兵士の服は破れ、そこから覗《のぞ》く肌には痣《あざ》ができ血が滴っている。顔は既に元の顔を想像できぬほどに膨れ上がり、鼻や口から血を垂れ流していた。

拳骨《げんこつ》から血を滴らせいきり立つ兵士に退くよう命じ、歳三は抜き身の刀を持ったまま、血だらけの兵士の前に降り立った。

顔を地面につけ、尺取り虫のように尻を浮かせて地面に崩れ落ちる男の背に、歳三は声を掛けた。

「お前が、斎藤順三郎《さいとうじゅんざぶろう》か」

問いかけても、暫《しばら》く答えはなかった。だが、左手で髷《まげ》を掴《つか》み、引き上げると、ようやく兵士はわずかに呻《うめ》いた。

「とんでもないことをやってくれたな」

歳三の元にこの件の最初の報告があったのは、新撰組による七重浜奇襲成功の報せとほぼ同時の、五月三日のことだった。

『弁天台場守備に当たっていた兵士の一人、斎藤順三郎が弁天台場の砲の火門に釘を差し込み、使用不能にしてしまいました』

火門は導火線のために砲の手元側に穿《うが》たれた穴で、ここを塞がれては大砲が使えない。つまり、斎藤なる男は弁天台場の守りの要《かなめ》である大砲を釘数本で無力化させたのである。

幸い、釘そのものは抜けるとのことだったが、復旧に数日を要すると工兵から報告があった。

下手人と目された斎藤順三郎とその仲間はしばらく逃げ回っていたが、五月七日、弁天台場の者に捕まり、制裁を受けていると知らせがあった。

それを知った歳三が、止めにやってきたのである。

だが、手遅れだった。

斎藤順三郎は息も絶え絶えだった。鼻血で鼻が詰まり、口からの息も苦しげだった。右目は腫《は》れ上がって開かず、わずかに開いている左目もしきりに痙攣《けいれん》していた。半開きになっている口には、歯も殆《ほとん》ど残っていなかった。

それでも、聞いておかなければならないことがあった。

「誰に命じられた」

背後関係。歳三が知りたいのは、ただそれだけだった。

斎藤は、はっ、と鼻で笑い、掠《かす》れた声を発した。

「誰に、命じ……られたわけじゃ……ない。俺は、俺の……意思でやったんだ」

歳三は瞑目した後、息をついた。

「嘘だな。お前の背後には誰がいる。遊軍隊か」

「いない。俺は今、俺一人で……」

今。その言葉を聞いただけで十分だった。

「そうか」

歳三は頭を摑《つか》んでいた左手を離すと、片手で横薙《よこな》ぎ一閃《いっせん》、斎藤の首を落とした。

辺りが静まり返る中、歳三は懐紙で刀の血を拭《ぬぐ》い、声を張った。

「お前たち、持ち場に戻れ。いつまでも騒いでおるな。戦の最中だ」

ようやく、弁天台場は元の静謐《せいひつ》を取り戻した。

歳三は刀を鞘《さや》に収め、馬に跨《また》がるとその場を去った。

弁天台場の入り口にある冠木門《かぶきもん》をくぐったその時、その脇の塀に寄りかかり、箱館湾の海風に首巻きを揺らす小芝長之助《こしばちょうのすけ》の姿が目に入った。小芝が土塀から体を離すと、影の伸びるように歳三に迫った。

「あの者、八王子《はちおうじ》千人同心の子息のようですな。開拓民としてこちらに渡ってきたようで」

八王子千人同心は、武州多摩《ぶしゅうたま》に根を張る郷士で、将軍の日光《にっこう》参拝の際には槍《やり》持ち御用を務めている。そんな徳川恩顧の者の子息だからこそ、斎藤は箱館政府軍に入り込むことができた。

「あの男に不審の点はあったか」

「どうも〝高田屋大明神〟《たかだやだいみようじん》とやらを信奉している者たちの寄り合いに加わっておったそうです」

小汚い白旗を振って町を歩く一団の姿が歳三の頭を掠めた。あの者たちは「南無《なむ》高田屋大明神」と題目を唱えていなかったか。

物思いに沈む歳三の前で、そういえば、と小芝は口を開いた。

「ご所望の、村山次郎《むらやまじろう》を見つけましてございます」

「ほう」

「向こうに土方様のご意思を伝えましたところ、乗ってきました。いつでもよいとのことで」

「ほう。ならば、今すぐ会おう。場所は」

「一本木関門、春楡の大木の下、一対一でどうか、とのことで。如何《いかが》なさいますか」

老獪《ろうかい》な指定だった。あの辺りは開けていて、互いの姿がよく見える。つまるところ、互いに即座に狙撃《そげき》できる場所を提示したことになる。

「いいだろう。条件を呑む」

「承知」

歳三は馬に揺られ、一本木関門へ向かった。

一本木関門に馬と護衛を残し、一人、関門の外にある春楡の大木の元へと歩いていく。

この日は朝こそ雨が降ったが、西風に変わり晴れ渡った。箱館に梅雨《つゆ》はないと聞いていたが、数日の雨は、故郷武州の長雨を彷彿《ほうふつ》とさせた。もう、ほとんど雪は残っていない。冬の間、雪に覆われていた原は青々とした草が芽吹き、葉の上に乗る雨粒は日の光を四方八方に跳ね返していた。

暫く行くと、春楡の大木の根元に座っている一人の男の姿に気づいた。

頭に三度笠《さんどがさ》を被《かぶ》って人相を隠し、蓑《みの》の間から紺色の長着と野袴《のばかま》が僅《わず》かに覗いている。ゆるゆると煙管《キセル》を吸うその男は、歳三が近づいても顔を上げる素振りすら見せなかった。

だが――。箱館湾から砲声が響いた後、つまらなげに口を開いた。

「内湾でも海戦が起こったか。そろそろ、祭りも終わる」

「かもなァ。長いようで、短かった。もっと長く楽しみたかったんだが」

歳三も木の脇に立ち、船が入り乱れる内湾の戦に目を細めた。

この日、箱館内湾では船戦《ふないくさ》が繰り広げられていた。

箱館湾は網で封鎖しているはずだった。だが、薩長政府軍がこれを密かに撤去、艦隊を箱館湾に差し向け、箱館政府海軍がこれを迎え撃っている。

時雨《しぐれ》のような砲声の合間に、春楡の根元に座る男は煙管を吸って口から煙を吐き出した。

「どうだ、あんたらにどんでん返しの秘策はあるか」

「俺は軍には疎《うと》いからわからねえが――。内湾での戦いなら、なんとか俺たちでも抑え込めるんじゃねえか」

「船戦は船だけでやるものではない。船の操り手の腕次第だ。緒戦で大船をあたら海に沈めたようなへぼでも、薩長政府よりは扱いは上手《うま》いだろうな」

「おい」

歳三がたしなめると、男はおどけて見せた。先ほどから芝居がかった仕草を選んでいるように見受けられた。

「許してくれ。口が悪いのは生まれつきだ。悪気はない」

「生きづらそうな奴だな」

「お互い様だ。——お初にお目にかかる。俺は、村山次郎。遊軍隊の頭だった。あんたも気づいていると思うが、俺が抜けた後の遊軍隊は変な動きを取っている。遊軍隊は十二月以降、薩長政府の命令系統から外れ、暴走していてな」

想像通りだった。

「俺が箱館《ここ》に戻ったのは、独断で動く遊軍隊を壊滅させるためだ。だが、調べれば調べるほど、おかしなことがわかってな」

「おかしなこと？　箱館政府《俺たち》に関係のあることか」

「少しの間、聞いて欲しい。——遊軍隊は、藤木屋《ふじきや》という店から献金を受け取っている」

「藤木屋？　知らねえな」

この不景気の中、どこかに献金できるとなれば結構な大店《おおだな》のはずで、市中取締を役目にしている歳三が名前すら聞いたことがないというのは、いささか面妖《めんよう》だった。

それはそうだろう、と村山は言った。

「実態のない店だ。屋号が証文上に存在するばかりの、幽霊だよ。だが、去年の十二月頃から――つまりは俺が遊軍隊の頭だった頃から、既に献金を受け取っている。そしてこの店は、町人や店から献金を受け取って、そのまま横流ししていたようだ」

実体のない店からの献金。それはつまり。

「迂回《うかい》献金ってやつか」

「ああ。この金の動きを追ってみたところ、一人の男が浮かび上がった。あんた、鼠《ねずみ》の富蔵《とみぞう》を知ってるか」

「いや」

かぶりを振ると、村山は続けた。

「〝鼠町《ねずみちょう》〟を根城にして、箱館から五稜郭一帯の裏賭場《とば》を仕切る男だ。榎本軍《あんたら》には献金していないはずだから、知らぬとしても不思議はない。どうやら、この男が遊軍隊に資金を流し込んで、自らのものとしたようだ」

「なんのために」

「最近の遊軍隊の動きが剣呑《けんのん》そのものなのはあんたも知っているだろう。恐らく、箱館を己のものとするつもりなのだろう」

歳三は得心した。

「遊軍隊の他にも箱館に何かいるとは思っていたんだが、やくざ者だったたか」

合点する歳三を見上げた村山は、煙管の吸い口を唇から離し、その辺の岩に雁首《がんくび》をぶつけた。

飛び出した煙草《たばこ》の吸い殻は、一瞬煌々《こうこう》と光り、やがて真っ白な灰となって風に溶けていった。

「で、だ。この富蔵が、高田屋大明神にも多額の献金をしているらしい。いや、順序は逆だな。どうやら元々藤木屋というのは大明神の金を集めるためだけのものらしい。富蔵はそれを隠れ蓑にしていたようだな」

また、高田屋大明神の名が出てきた。

「高田屋大明神ってのはなんなんだ」

「かつて箱館にいた高田屋嘉兵衛《かへえ》を知っているか」

「ああ、あらましは。確か、些細《ささい》なことがきっかけで闕所《けっしょ》になった大商人だろ」

「その後、高田屋の奉公人たちが、嘉兵衛を勝手に明神に仕立てて奉《まつ》った。それが高田屋大明神だ。箱館の貧乏人の間で細々と信じられていた、さながら道祖神を祀るような小さな信仰だった」

歳三はこれまでの話を頭の中でまとめた。

つまるところ、国定忠治《くにさだちゅうじ》の如《ごと》き男が、時代の風雲に乗じて国盗《くにと》りをしようというのだ。この男の望みを荒唐無稽《こうとうむけい》とは笑えない。国定忠治の如く成り上がってやろうと戦ってきたのが、歳三や心腹の友や弟分、ひいては新撰組の半生だった。

村山は歳三に釘を刺した。

「まさかとは思うが、相手を舐《な》めてはおらぬだろうな」

「馬鹿を言え。やくざは怖《こえ》えよ」

新撰組時代、やくざ者の親分とは付き合いがあった。やくざ者は民に食い込み、場合によれば下手な藩よりもよほど動員が利く。それを見込み、先の戊辰《ぼしん》戦争の際には薩長、旧幕府問わず、やくざの親分を懐柔し、自陣営に引き込んでいたほどだった。

だが、村山は予想だにしないことを口にした。

「高田屋大明神の旗印を舐めておらぬかと聞いておるのだ」

「何？　それのどこが」

「高田屋嘉兵衛は、今の箱館を作った大商人。未《いま》だに、その遺風は箱館に残っている。鼠の富蔵が高田屋大明神を隠れ蓑に使っているのは、高田屋嘉兵衛の旗印が欲しかったからだろう。もし、その名の下に乱が起これば」

想像するのはそう難しくなかった。

今、箱館では不満がとぐろを巻いている。特に問題となるのが、貧乏人だ。町の外に逃げることも、南部陣屋裏の避難所に姿を現すこともなく荒廃した箱館の町に居座り続けるのは、その日暮らしの者たちだ。お上に対する不満など山ほど抱えている連中に火種を投げ入れれば、ところどころで打ち壊しが巻き起こり、収拾がつかなくなろう。薩長政府と戦争をしている箱館政府に、打ち壊しを止める力はない。

「薩長政府は、箱館の町を無傷で遺《のこ》したい意向を持っている。箱館は北海の重要拠点だからな。ゆえに、ここからは、あんたへの、いや、榎本軍への頼みになるのだが――。もし、鼠の富蔵とその手下の一網打尽にあんたらが協力すれば、戦が終わった後、榎本軍首脳の罪を一等減じてもいいと上が言っている。どうだ、やらぬか」

斬首が切腹に変わるのか、それとも禁固か。

いずれにせよ、立つ瀬は残る。

しばしの沈黙の後、歳三は口を開いた。

「いいだろう、土方歳三と、その配下、鼠の富蔵捕縛に協力する」

「ありがたい」

「だが」歳三は釘を刺した。「俺の罪は減じてくれずとも結構だ」

「酔狂な男だな」

「ああ、どうせ、俺にはもう、どこにも居場所がないもんでな」

音もなく村山は立ち上がった。蓑に隠されていた右腕は、晒《さらし》で吊《つる》されたままだった。十二月の負傷を引きずったまま、箱館に渡ってきたのだろう。晒から覗く赤黒く変色した指先に痛々しさを感じてならなかった。

「その代わり、聞いてもらえるかい」

「なんだ」

「榎本さんを始め、うちの頭連中、罪を一等減じるなんてみみっちいことは言わねえで、命を助けちゃくれないか。気持ちのいい連中だ。あいつらには長生きして欲しい」

「即答はできないが、上には掛け合う」

「頼んだ。――で、どうすればいい」

「〝鼠町〟に手を入れてほしい。早めにな」

そう述べた村山は、三度笠の縁《へり》を上げ、歳三をねめつけた。その顔には怒りめいたものが僅かにきらめいている。

「ところで、斎藤順三郎を斬ったそうだな」

「ああ。ついさっきだ」

歳三が言うと、村山は、よっこらしょ、と声を上げて、立ち上がった。

「あいつは、遊軍隊の〝協力者〟だった。いや、正確には、俺と付き合いがあって、それでやり取りしていたんだ。だが、元を正せば、七重村の百姓だった」

「知っている」

「知ったつもりになるな。あんたにあいつのなにがわかる」

剝《む》き出しの怒気が、歳三にぶつけられた。

静かに村山は続けた。

「あいつの村は、ガルトネルが牧場を建てたせいで、難儀を被った。そのせいで、あいつは百姓として立ちゆかなくなって、結局榎本軍に参じた。元からあいつとは付き合いがあったゆえ、たまに弁天台場の様子を教えてもらっていたんだが、あいつは、榎本軍に期待していたのだろう。箱館府が取り決めた、ガルトネルへの九十九年租借を帳消しにするんじゃないかとな。だが、あんたらは結局、ガルトネルと条約を結んだ」

「俺たちのせいで、斎藤はあんなことをしたと？」

やったことはただ、五寸釘を穴に叩《たた》き入れただけだった。いや、あの男には、あんな小さな行ないでしか、己の悲憤慷慨《ひふんこうがい》を表す手段がなかったのかもしれなかった。

「あんたらが斎藤を追い込んだ。俺はそう思ってる」

「そうか」

背負うものが増えた。

肩に重いものがぶら下がったような疲れに襲われる歳三の前で、くるりと煙管を指で回した村山はのそりと動くと、歳三の肩を叩いた。

「さて、じゃあ、頼んだ。連絡は、あんたの飼っている密偵を通じてやってくれ」

歳三一人がこの場に取り残された。

ふと、箱館湾を眺めた。軍艦が入り乱れ、次々に砲弾を相手に撃ち込んでいる。敵方か、味方か、黒煙を上げつつ水上を走る船もある。

砲音に春楡の大木が揺れ、その度に水滴が落ちる。

歳三は身を震わせて、一本木関門まで戻った。


次の日、歳三は寓居の執務室にいた。

一人、机に向かって執務に当たっていると、一人の男が部屋に現われた。

「どうも土方様」

「おお、萬屋か。すまぬな、忙しいところ」

「いえいえ、主人ともなれば、大抵は暇でございますから」

手を振って現われたのは、この寓居の主《あるじ》である、萬屋こと佐野専左衛門《さのせんざえもん》であった。この日も鼠色の羽織と着物、白の博多《はかた》帯姿だったが、地味な中にも贅《ぜい》をこらしている風は容易に見て取れた。

椅子を勧めると、萬屋は声を上げて座った。

「一体今日は、何用でございますでしょうか」

「ああ、萬屋。今日はちと、聞きたいことがあってな」

「何なりと」

「ここのところ、随分羽振りがいいそうだな。潰《つぶ》れた店を買い取って回っておると評判だが」

一瞬、萬屋の顔が凍りついた。だが、すぐににこやかな笑みを取り戻し、ゆるりと首を振った。

「はは、商いの基本《いろは》は、頃合いを見て安く買い高く売る、でございますから」

「商売熱心、という奴か」

「左様で」

「時がないゆえ、単刀直入に言う」歳三はぴしゃりと言った。「萬屋、お前、その有り余った銭を、よからぬ者たちに回しておろう」

村山から得た情報を元に小芝に調べさせた。その過程で萬屋の金の流れを洗ううち、その金のいくらかが〝鼠町〟に消えていることを摑んだ。それまで、些細なことゆえに気にならなかった。だが〝鼠町〟、そして鼠の富蔵の正体を知ると、途端に気になった。そうしてたぐってみれば、あるときには支店からの献金、またあるときは通常の商取引に見せかけた送金、またある時は盆暮れの挨拶《あいさつ》に合わせた祝儀と、ことあるごとに萬屋の金が鼠の富蔵に流れていた。萬屋と〝鼠町〟、鼠の富蔵と遊軍隊が一つの線上に浮かんだのである。

歳三は顔色を変えずに続けた。

「〝鼠町〟に金を流していたのはどういうわけか——、話す気はなさそうだな。ならば、俺の見立てを聞け。とはいっても、材料があまりに少ないがゆえ、当てずっぽうにはなるがな」

無表情の萬屋を前に、歳三は続ける。

「たとえば、遊軍隊に金を流すのが目的だとしたら、どうだろうな」

萬屋の眉《まゆ》が少しばかり動いた。

「遊軍隊は箱館の治安攪乱に動いている連中だ。奴らが暴れれば暴れるだけ、箱館の治安は悪くなる。そうなれば、小さな店が潰れて、良民は次々と町を離れることになる。中には、大商人の中にすら店を畳む者が出てくるだろうな。で、その間に箱館の町の土地屋敷を買い占め、世が落ちついたら高値で売り払う。それで大儲《おおもう》け、というのがお前の計画だったんだろう」

他にも可能性はあった。萬屋が高田屋大明神の氏子《うじこ》だった、鼠の富蔵に脅されていた、そんな推測も可能だったが、どちらも萬屋らしからぬように思えてならなかった。

萬屋は陰鬱《いんうつ》に息をついた。

「——当たらずとも遠からず、といったところかと」

「金儲けが目的か」

「いえ、違います。手前は——、高田屋嘉兵衛のようになりたかったのです。箱館を総覧し、お武家さんと真正面からやり合う不世出の商人。あの域には、ただ銭を貯《た》めるだけでは至ることができませぬ。乱世の風雲を読み、乗らねば」

「それが、今だったってわけか」

萬屋は頷いた。実に満足げな表情を浮かべて。

「土方様、手前は罰されましょうかな」

「お前のやったことは、平たく言えば薩長政府への協力だ。薩長政府はお前を罰する理由がないし、箱館政府《俺たち》はお前を罰する暇がない」

萬屋の口角が僅かに上がる。

それを見遣り、歳三は脇に置いていた刀を手元に引き寄せた。

「だがな、俺の判断で、お前を斬ることはできる」

刀の鯉口《こいぐち》をこれ見よがしに切ると、刀身が白く輝いた。

「これでも、箱館市中取締なもんでな。不逞《ふてい》者を除く権限はある」

萬屋の目が泳いでいる。

歳三は鯉口を切ったまま、続ける。

「ときに萬屋、永井殿から申し入れがあったはずだが」

「は?」

萬屋の声が上ずる中、歳三は努めて猫撫《ねこな》で声を発した。

「ほら、御用金の命令だ」

五月の頭、箱館奉行永井玄蕃は市中の大商人を運上所に集め、御用金の差し上げを命じた。その席上で「箱館政府への香典料だと思って」と永井が発言したと同席していた小芝長之助も言っていた。だが、そこまで口にしても、御用金の集まりは悪かったという。

「御用金のとりまとめ、頼むぜ」

「そ、そんなことをすれば、薩長政府に睨《にら》まれて」

「脅されて無理矢理、とでも申し開きするんだな。実際、今こうして脅されているのだしな」刀を掲げ、歳三は酷薄に笑う。「逆に言えば、金さえ用立てれば、お前のやらかしていたことには目をつぶってやると言っているんだ。いい取引だろう」

「さ、左様で……」

念書を書かせ、萬屋を下がらせた。

次の日、浄玄寺坂の寓居に商人たちが続々と現われ、奥の間の八畳間には千両箱が山をなした。萬屋が町中の大商人に掛け合い、御用金を出すように説いて回ったらしい。

「よくやった、萬屋」

目の前で念書を破ってやると、ようやく萬屋は胸をなで下ろした。

一人になった歳三が千両箱の山を見上げていると、庭先に小芝が現われた。

「ほう、集まりましたな、御用金が。どうなさるのですか」

「八割は五稜郭に。二割は手元に遺す」

「おや、着服なさるので」

「馬鹿言え。あの世に金は持っていけねえよ」

軽口を叩くと、小芝は僅かに顔を伏せた。

「――この戦が終わってもなお、あなたには居場所があるのでは」

「んなもんねえよ。――小芝、俺に用があるんじゃないのか」

小芝は、村山次郎が歳三との会談を望んでいる旨を告げた。

村山と連絡を取り、一本木関門の春楡の大木で落ち合った。

村山は不機嫌だった。春楡の幹に寄りかかったまま腕を組む村山は、むすっとしたまま言葉を放った。

「〝鼠町〟をこのまま放っておくつもりか」

「そのつもりはなかったんだが、動けなかった」

歳三は〝鼠町〟の危険性を上に伝え、一網打尽にすべしと説いて回った。だが、大鳥も、榎本も、その意見を黙殺した。二人の目は、箱館の町ではなく、ひたひたと迫り来る薩長政府軍に向いていた。下の役人どもの反応も鈍かった。特に現地採用の者たちは、〝鼠町〟の名前を聞いた途端に二の足を踏んだ。このとき歳三は、ようやく〝鼠町〟の隠然とした力に思い至った。

「だが、ようやく目途はついた」

大商人から得た御用金の一部を、〝鼠町〟攻撃のための金に回すことにした。小芝に命じ、意のままになる兵隊を集めている。これは厳密には箱館政府の秩序を破壊する行ないだったが、背に腹は代えられない。三十名程度の兵隊が集まったら、行動に移すつもりだった。

「いつ、動ける」

「そうだな、明日、五月十日の夜には」

村山は顔を歪《ゆが》めた。

「なるほど、ギリギリだな」

「何がだ」

「いや、こちらの話だ」村山は手を振った。「お前たちに合わせて俺の配下も動く」

「共同戦線って奴か」

「手早く終わらせるぞ」

左手をひょいと上げ、村山は去っていった。

これから、大一番になる。

身が震えた。思えば、武者震いなど、いつ以来のことだったろうか。思い出すことはできない。

歳三は箱館湾を見遣った。

箱館湾の弁天台場近くでは、軍艦回天《かいてん》が海上に長い影を引いていた。五月七日の海戦で大破し、わざと弁天台場近くで座礁させた。移動する手段を失った船はさながら新たな砲台のようだったが、見方によってはどこにも逃げようのない自分たちを鏡写しにしているようでもあった。

第十一章　五月十日

歳三《としぞう》は、五稜郭《ごりょうかく》の土塁の上から、日の落ち切った湾の向こうに浮かぶ「巴港《ともえ》」箱館《はこだて》を望んだ。初めて五稜郭に足を踏み入れた昨年十一月、ここから見下ろした箱館の町は、地上に星辰《せいしん》がちりばめられているかのような輝きに満ちていたというのに、今はその姿が失われている。僅《わず》かな灯《あか》りを除いて、箱館の町は闇夜《やみよ》の淵に沈んでいた。

土塁から降り、歳三は奉行所の建物へ戻った。

疲れ切った顔を隠さぬ歩哨《ほしょう》を横目に玄関に上がり込み、廊下を進む。

奉行所官舎は静まり返っていた。

ふと、子供の頃《ころ》にやらされた葬式の不寝《ねず》の番《ばん》を思い出した。近親二人で棺桶《かんおけ》の前に陣取って香を絶やさずにいる間、外の風音が気になり、心がざわついたあの日の冷や汗が背に浮かぶ。もう、子供ではない。怖くはない。ただ、終わりの気配が醸《かも》す薄ら寒さがそこに横たわっているばかりだった。

縁側に出ると、右手に小さな庭が広がっていた。草木は植わっておらず、白砂が敷いてあるばかりの空き地だった。その真ん中で、焚《た》き火の灯りに照らされる人影があった。

大鳥圭介《おおとりけいすけ》だった。束になった書類を足下に並べ、ごうごうと燃えさかる炎に投げ入れている。その度に、炎は大きくなったり小さくなったりを繰り返した。

歳三に気づいたのか、大鳥は火から目を背けた。

「おお、土方《ひじかた》君かい」

大鳥は柔和に笑った。戦場には不似合いな笑みだった。新しいものを下ろしたらしく、着ている軍服には埃《ほこり》一つついていなかった。

「何をしているんだい」

靴脱ぎ石から下に降りた歳三が問うと、大鳥はいたずらっぽく笑った。

「なに、焼き芋でもと思って」

「焼き芋」

歳三が真顔で鸚鵡《おうむ》返《がえ》しにすると、大鳥は苦笑いしつつ、手の書類をすべて炎に投げ入れた。

「ここは笑うところだよ。――後々見られちゃまずいものを処分しようと思い立ったんだ」

いずれ負ける。そうなれば、薩長《さっちょう》政府の連中に発給文書を見られることになる。その中には箱館政府にとって不名誉なものも多数あるだろう。

大鳥は、よっこらしょ、と独りごち、書類束を持ち上げた。

「私だって、やりたいことはたくさんあったんだけどねえ。すべてがご破算だ」

「あんたに、やりたいことなんてあったのかい」

大鳥は、炎に照らされた顔を歳三に向けた。常日頃、微笑を湛《たた》えるこの男には不似合いの、凜《りん》とした表情だった。

「産業を興して、この地を富ませる。今でこそ軍人の真似事《まねごと》をしているけれど、正味なところ、私は蘭学者《らんがくしゃ》だ。蘭学で世に出るに当たって必要とされたのが軍事の才能だったから、兵法を学んだに過ぎない。でも、私はずっと、西洋技術で以《もっ》てこの国を富ましたかったんだ。榎本《えのもと》さんに従う形で蝦夷地《えぞち》にやってきて、ようやく夢が叶《かな》うかと思ったけど、結局は軍事の能力ばかり求められた」

大鳥は手に持っていた書類束を火の中に投げ入れた。火の粉が辺りに飛び散り、蛍のように舞った。

「君に軍事を勧めたのは、殖産に手を出すためだったんだ。君に軍事を押しつけたかったんだよ。でも、乗ってくれなかったね」

いたずらっぽく大鳥は唇を伸ばした。

「そう、だったのか」

すまねえ、と歳三が頭を下げると、大鳥は壁に囲まれた紫色の空を見上げた。

「色々あったけど、蝦夷地での日々は夢のようだった。夢は綺麗《きれい》なものだけど、もう、目覚めの時なのかもしれないね」

大鳥は一気に辺りの書類を火にくべた。火勢はさらに強まり、人の背丈ほどの炎になった。だが、その勢いはほんの一瞬のことで、またすぐに元の大きさにまでしぼんだ。

大鳥はこちらを向いた。

「そういえば、土方君は今日の会合、出るのかい」

「会合？　飲み会の間違いだろ」

これから箱館地蔵町《じぞうまち》の武蔵野《むさしの》楼で政府首脳の会合が開かれる。特に内容は聞いていないが、どうせ、水盃《みずさかずき》を交わす辛気《しんき》くさい場となるだろう。

歳三は首を振った。

「俺《おれ》には仕事があるんです。遠慮します」

「仕事、か」

大鳥は焚き火の炎を見遣《みや》りつつ、火箸《ひばし》をその中に差し入れた。

「例の、〝鼠町《ねずみちょう》〟の件か。今に至ってもまるで信じることができないし、目の前の戦で頭がいっぱいだ。君の話が虚報であることを祈るばかりだけれど、上役として、一つ言わせてもらう。死んではいけないよ。絶対に」

歳三は、曖昧《あいまい》に頷《うなず》いて、この場を辞した。

己の部屋に戻った歳三は、服を改めた。これまで一度も袖《そで》を通したことのない黒の西洋割羽織《フロックコート》を身に纏《まと》う。いざというときのための死に装束として用意していたものだった。そして、革帯をその上に巻き付けて左右の腰に刀を吊《つ》った。

「さて、行くとするか」

部屋は綺麗にしてある。僅かな私物の他は、小姓《こしょう》に命じてすべて棄《す》てた。縁側に出る前に、がらんとした部屋を見渡した歳三は、深々と一礼をして踵《きびす》を返した。

縁側に出ると、下の犬走りに人影があった。小芝長之助《こしばちようのすけ》だった。この日は頭に鉢金を巻いた忍び装束姿で手に鉤爪《かぎづめ》をつけ、後ろ腰に脇差《わきざし》を差している。

「お前の戦装束か」

「左様で」

「会合に行かなくていいのか」

「ご冗談を。水盃は武士の習い。忍びには関係ありませぬ」

「そうかい」

歳三は薄く笑った。

「じゃあ、行くか」

目指すは箱館〝鼠町〟。

歳三は小芝と目を合わせ、頷いた。


長屋の部屋に戻った伸輔《のぶすけ》は一人、煩悶《はんもん》していた。

ここ数日、〝鼠町〟はさらに人で溢《あふ》れた。南部《なんぶ》陣屋裏の避難所が一杯になり、あぶれた者たちが〝鼠町〟に大挙してやってきた格好だが、次々にやってくる面々を目にし、不安を覚えた。家を焼き出された風な人々の中に、白い麻旗を掲げた一団や、刀や槍《やり》を携えたやくざ者たち、中には鉄砲を背負ってやってくる洋装姿の者たちが紛れている。

戦の気配は、もはや目と鼻の先にある。

箱館湾では既に榎本軍と薩長政府の海戦が始まり、陸を進む薩長軍も五稜郭まであと数里のところにまで迫っている。だというのに、〝鼠町〟は不気味な沈黙の中にある。

そんな緊迫した状況でも、眠気は襲ってくる。朝からずっと食料集めに駆り出され、疲れが溜《た》まっている。ふと見渡せば、薄汚い部屋に夜の帳《とばり》がひたひたと下りていた。

伸輔を優しく包んでいた眠気は、遠くの方から聞こえてきた擾乱《じょうらん》の声に吹き飛ばされた。

何かあったのだろうか。

伸輔は立ち上がって履き物を突っかけ、裏路地を駆け抜けて表通りに出、喧噪《けんそう》の声のする方に顔を向けた。

東入り口近辺で、小競り合いが起こっている。目を凝らして見れば、銃を携えた十人ほどの洋服姿の一団が〝鼠町〟の前に立ち、声を張り上げている。耳を澄まして聞けば、御用改めであるという男の怒鳴り声が響いている。

〝鼠町〟はこれまで制外の地だった。なのに、今更御用改め？　伸輔の困惑は〝鼠町〟の住民も同様に感じたらしい。入り口を塞《ふさ》ぐように立つ者たちは、手に得物《えもの》を持ち、役人どもは出て行けと叫んでいる。

銃を構える役人たちは、一歩も退《ひ》かぬばかりか、少しずつじりじりと迫ってくる。

互いの熱気が膨張し、ついに、激突した。

最初に手を出したのは、〝鼠町〟の側だった。顔中に刀傷がある大男が刀を抜いて役人に斬《き》りかかった。だが、役人の方が一枚上手だった。黒い西洋割羽織《フロックコート》、左右の腰に刀を吊る異相の役人は、抜き打ちに斬り返し、大男を一撃で地面に沈めた。

場には怒《おそ》りと怖れの声がこだまし、混乱が渦を巻いた。

逃げまどう者、戦いを挑む者がごちゃごちゃに混じり合い、門前で混乱を来している。蜂《はち》の巣を突《つつ》いたようなその混乱は辺りに伝播《でんぱ》し、ついには町の四分の一ほどを占める大騒擾《だいそうじょう》にまで膨らんだ。

ついには、富蔵《とみぞう》の身辺の者と思《おぼ》しき者たちがその鎮圧に当たり始めた。

閃《ひらめ》いた。今、〝鼠町〟は浮き足立っている。

逃げろ、もう一人の己がそう叫んだ。

伸輔は騒擾の場から背を向け、走り出した。

だが、すぐに足を止める。

お雪《ゆき》、三平《さんぺい》の顔が頭を掠《かす》めた。

伸輔の頭の中の天秤《てんびん》は、大きく揺れた。今を逃せば機を逸する。かといって、一人で逃げおおせたところで、結局後悔する気がしてならなかった。ぐるぐると同じ所を行ったり来たりした挙げ句、伸輔は二人と一緒に逃げる、そう決めた。

なぜ、こんな結論に至ったのか、伸輔自身理解できなかった。いつもだったら、一人で逃げているはずだった。だが、この時の伸輔は、熱に浮かされていた。

伸輔はお雪のいる社に駆け足で向かった。この辺りは氏子《うじこ》が屯《たむろ》しているのが常だが、先の騒擾に引きずられてか、暗い通りには人っ子一人姿がなかった。

社前も同様だった。十兵衛《じゅうべえ》横死からこの方、鳥居前に見張りが立っていたのに、この日に限って誰《だれ》もいない。

伸輔は階段を駆け上がり、お社の戸を開け放った。

「の、伸輔」

お雪の声が伸輔を迎えた。

ほっと息をついたのもつかの間、光溢れる拝殿の中の様子に、伸輔の全身の毛が逆立った。

お雪は両手両足を縛りつけられ、太縄で柱に繋《つな》がれていた。

がらんとした板の間の中に燭台《しょくだい》が二つ置かれ、煌々《こうこう》と辺りを照らし出している。燭台の光は、お雪の姿、そして、見慣れたもうひとつの顔を浮かび上がらせていた。正座するお雪の横であぐらを掻《か》き、呷《あお》るように杯を口につけている、鼠の富蔵その人の顔を。

杯を床に置き、源氏香文《げんじこうもん》の羽織を翻《ひるがえ》して、富蔵はぬらりと立ち上がった。

「遅かったじゃねえか、伸輔よう」

富蔵は足下の徳利《とっくり》を拾い上げ、注《つ》ぎ口から直接酒を呷った。まずそうに顔をしかめながらぐいと腕で口を拭《ふ》いて、徳利を床に投げ捨てた。徳利は音を立てて割れた。

「待ちくたびれたんで、二本も徳利を空けちまった」

「なんで、ここに」

「ああ？　お前たちに反抗の色があったのは承知していたよ。で、逃げ出そうとすることもな。もっとも――」

富蔵は、正座するお雪の面を摑《つか》んだ。お雪の頰《ほお》がぐにゃりと歪《ゆが》む。

「もう少し、早く動くと思っていたがな。踏ん切りのつかねえ男は、女にもてねえぞ。ま、それはこの嬢ちゃんも同じか。昨日、脱走騒ぎを起こしやがったからこうして縛りつけた」

恐怖の色が目に浮かぶお雪の前に立った富蔵は、力任せに腕を振り、お雪の頭を柱に叩《たた》きつけた。柱が不気味に軋《きし》んだ。

「お雪!」

「しつけのなってねえお姫様は、こうして身の程を弁《わきま》えさせないとな」

「……お姫様なんだろ。高田屋嘉兵衛《たかだやかへえ》とやらの。大事にしなくていいのか」

「そういうことになってるだけだよ。結局の所、俺が必要としているのは、神輿《みこし》なんだ。その神輿が偽物だろうが興味はねえ」

「なら、お雪である必要もない」

「いや、そうでもない。藩札ってあるだろ。あんなもんはただの紙切れだが、価値があると皆が認めるから通用する。そういうもんだって世の中にはいくらでもある。ガキのくせにとんだ性悪女だが、それでも価値はある」

富蔵はなおも床に倒れたままのお雪を足蹴《あしげ》にした。気絶しているのか、足で揺さぶられても、お雪は短く唸《うな》り声を上げるだけだった。

「神輿ってのは、皆が担ぎたいって思うから価値がある。どんなに由緒正しいもんでも、担ぎ手のない神輿は埃を被《かぶ》るもんだ。その点、この神輿はいい。皆が担ぐ気満々だからな」

「お雪をどうするつもりだ」

「どうするもこうするも。地獄の果てまで、担いでやらあ」

富蔵はにたりと笑った。床には空の徳利が転がっているのに、まるで酔っている風はなかった。紙燭《しそく》の灯りを反射し、目がぎらぎらと輝いている。その目にも、迷いは一切ない。だからこそ、伸輔は薄ら寒さを覚えた。

「どうかしてる」

「褒め言葉だよ。――本当は、おめえにもきつくお灸《きゆう》を据えなくちゃならねえところだが――。今は時がない。おめえにも、神輿を担いでもらうぜ」

縁側や廊下に殺到した富蔵の部下たちは、鉄砲の銃口を一斉に伸輔に向けた。その後ろには、丸腰で下を向く、三平の姿もあった。

三平に顔を向けるなり、富蔵は目を細めた。

「いやあ、密告、ご苦労だったな三平。お前のおかげで、助かった」

な――？

耳を疑った。密告？

伸輔は、三平を見た。だが、三平は目を合わせてはくれなかった。ばつ悪げにそっぽを向いている。

三平は、目を泳がせつつ、ぽつりと言った。

「許してくれ」

悲痛な声が拝殿に響いた。

にやにやと破顔する富蔵は、仲輔の顔を見下ろした。

「三平は間諜《かんちょう》だったのさ。子供がまさか間諜だとは思わねえだろ。おめえの様子を教えてくれたのは、こいつだよ」

富蔵の勝ち誇りを、仲輔はどこか遠くに聞いていた。

ここ数日の三平はおかしかった。たまたま町で行き会って、声を掛けてもふいとそっぽを向いた。肩に手を掛けて話しかけてもどこか上の空だった。今にして思えば、よそよそしかった。その理由にようやく得心がいった。

「野郎ども、これからが本番だ。箱館を盗《と》る。狙《ねら》うは、旧箱館奉行所跡、そして、運上所だ」

おお！

鬨《とき》の声の輪の中で、仲輔は、ただ、呆然《ぼうぜん》としていた。


歳三は舌を打った。

〝鼠町〟の東入り口から、鼠の富蔵なる男の屋敷を目指した。だが、町の門前で、いきなり大問題が発生した。入り口近辺に屯していた町人が、口々に騒ぎ立て、道を塞いだのである。

ここは役人の来る所じゃない。

失《う》せろ、榎本ブヨ。

ぼろ布を体に巻き付けただけで地面にへたり込む者たちが、歳三の西洋割羽織《フロックコート》を見るなり、血相変えて罵詈雑言《ばりぞうごん》を放った。ばらばらだった暴言がやがて「帰れ」の合唱となった頃には、得物を持つ男たちが前に出、歳三たちの前をこれ見よがしにうろつき始めた。

そして、ついに小競り合いが起こってしまった。

きっかけがなんだったのか、歳三にすらわからない。突然わめき声が上がり、枯れ草に火が移るように騒ぎが大きくなった。

混乱する前線、阿鼻叫喚《あびきようかん》の地獄絵図を前に、歳三は考えを巡らせていた。

得物を手に戦っているのは数名に過ぎない。後ろで野次を飛ばし石を投げる者たちは、ほとんどは熱狂に踊らされているに過ぎない。つまるところ、長脇差《ながどす》を抜いて凄《すご》む男たち数名が最もややこしい手合いだった。

京都にいた時分、やくざ者の扱いに手を焼いたことを、歳三は苦々しく思い返していた。変に場数を踏んでいて度胸が据わっており、剣を学んでいないだけに術理の裏をかく小細工が通用しない。捨て鉢に飛び込んでくるから、手心を加えんとすると返り討ちにされかねない。新《しん》撰組《せんぐみ》副長時代、歳三は「やくざ者は野生の猪《いのしし》と心得よ」と部下に訓示したこともあった。

歳三は覚悟を決めた。

左腰の刀を抜き払うや、迅風《じんぷう》の如《ごと》くやくざ者に斬りかかった。

やくざ者は得物で受け止めようとしたが、構いはしなかった。そのまま、体重をかけて相手を圧《お》し斬ると、二人目、三人目に殺到し、斬り捨てた。

三人が同時にどうと地面に崩れ落ちるのを目の当たりにした歳三は、血刀を肩で担ぎ、野次馬を睨《にら》んだ。

「どけ」

一喝すると、前進していた野次馬たちは足を止め、代わりにやくざ者たちが後ろから裂帛《れっぱく》の気合いを上げつつ迫り来た。

歳三はその一撃を躱《かわ》し、返す刀でやくざ者の胴を払った。

刀を振ると、地面に深紅の線が走った。

「どけと言ってるだろう」

野次馬たちは算を乱して逃げ出した。雪崩《なだれ》を打つように退き、我先にと裏路地に消えていく群衆を見遣《みや》りながら、歳三は後ろにいる私兵どもに命令を出す。

「さあ、行くぞ」

富蔵の屋敷を目指す。

場所は小芝に調べさせた。箱館山の中腹、町の隅に位置する〝鼠町〟の中でも、もっとも山に近い位置にある。

刀を手に、石段を蹴《け》って坂を上った。

小芝に言われた通りの場所に足を運んだ。崩れかけた長屋の続いていた界隈《かいわい》とは打って変わり、それなりに綺麗な屋敷が軒を連ねている。だが、その中でも特に大きな屋敷の門は夜だというのに開け放たれており、庭はもぬけの殻だった。

屋敷の中に入り、人っ子一人見当たらぬ大部屋を見渡す。声をかけても誰も出てこなかった。

どうなっている――。

首をかしげつつ、坂下を眺めた歳三はあることに気づいた。

二町（約二百十八メートル）下の坂下を百人あまりの一団が闊歩《かつぽ》している。手には白い旗や刀、槍を抱え、意気揚々と進撃するその様は、まるで、かつて郷里で見た、法華《ほつけ》門徒の太鼓行列を思わせた。暗いゆえにはっきりとは見えない。だが、その最前に、神輿のようなものを担いでいる様子が、者どもの持つ松明《たいまつ》によって浮かび上がっている。

歳三は悟った。

「裏をかかれた」

歳三たちが騒擾に手間取っているうちに、敵は〝鼠町〟を離れ、進軍を始めていた。目標は――。行列の向かう先から、目標を割り出す。

箱館の町の中心地、旧箱館奉行所跡。

この一帯は箱館の中枢である。港の運上所には運上金を集め置く蔵もあり、奪われれば敵方に兵糧を与えることになる。問題はそれだけではない。この辺りを奪われれば、箱館湾守備の要《かなめ》である弁天《べんてん》台場と五稜郭を結ぶ海岸通りの通行が阻害され、弁天台場が孤立する。

まずい。

「お前ら、今すぐ下に降りる。行くぞ」

兵たちの顔が浮かないことに、歳三も気づいている。

箱館政府の正規兵を動かすことはできなかった。萬屋《よろずや》から得た金で雇い入れた私兵だった。だからこそ、士気が低い。

紛う方なく、最悪の泥仕合だった。

歳三は頰に笑みを溜めた。やけっぱちの笑いだった。


伸輔は、吾六《ごろく》に銃口を突きつけられたまま、〝鼠町〟の行列に加えさせられた。

それは、行列としか言いようのないものだった。

白い麻布を旗に仕立てて歩く高田屋大明神《だいみょうじん》の氏子たち、思い思いの武器を携えて闇夜《やみよ》に吼《ほ》えるならず者たち、そして、これから何をするのかもわかっておらず、ただお祭りのようだからとばかりに後ろについてきた〝鼠町〟の者たちが渾然《こんぜん》一体となり、百鬼夜行をなしている。この中には法華太鼓を携えた者もいて、南無《なむ》高田屋大明神の題目を囃《はや》し立てている。これで笛でもあれば祭りと見まごうような一団だった。

色んな人々が加わっていた。異国の言葉も飛び交い、皆が等しく怒号を上げている。坂下海岸通りに目を向け、瓦葺《かわらぶ》きの大店《おおだな》を睨み、ばらばらに声を上げている。

返せ。

土地を返せ。

暮らしを返せ。

海を返せ。

我らの居場所を返せ。

各々の怒りが渦を巻く。

その熱狂に引き込まれそうになるのを、仲輔は何度も理性で留《とど》めた。

仲輔の少し前に、輿《こし》が出ている。八人担ぎの輿の上には、青の羽織を羽織らされ、赤の袴《はかま》を穿《は》かされたお雪の姿があった。ゆったりと結われた髪には、燦然《さんぜん》と輝く金牡丹《きんぼたん》の飾り櫛《ぐし》が挿してある。そんな華やかななりとは裏腹に、輿の上のお雪は猿ぐつわをはめられ、ぐったりとして下を向いていた。

お雪は気絶しているようだった。

行列を率いる富蔵は、源氏香文の羽織を振り乱し、扇を振って歌い始めた。それは、当世の流行歌《はやりうた》の節を借りたものだった。

明神様の　巫女《みこ》様降り立ち
荒れた天下を　世直しよ
無実の罪で　ロシアにお縄
恋し恋しや　勘察加《カムチャツカ》
遺《のこ》した女と　約定一つ
腹のややこを　育ててくれろ
そうして生まれた　ややこの末が
穢土《えど》の無明を　払《はろ》うてか
めでためでたや　新たな時代

大明神の　後光差す

扇を手に持った富蔵は、踊り始めた。腿《もも》を跳ね上げ、ひょうきんな顔を作り、延々と同じ歌を口ずさみながら。するとその行列に次々と人々が加わり、ついには百人を超える一団となった。

裏道から出てきた別の一団が行列に加わった。最新鋭のエンフィールド銃を背負う三十名ほどの一団は、題目を唱える者たちや、酔っ払ったように吼えるやくざ者とは違う、ぴりぴりとした緊張に満ちていた。その先頭には、藤井《ふじい》民部《みんぶ》の見慣れた顔があった。民部たち遊軍隊は、そのまま行列の最前についた。

人々の熱が、伸輔の頬を焼く。

南無高田屋大明神の題目がうねる。高い声、低い声、大声、小声、様々な人々から発された帰依の祈りが混ざり合い、渦を巻き、伸輔の耳朶《じだ》を容赦なく横殴りにする。

この熱狂は仕組まれたもののはずだった。だが、人の願いが虚《うつ》ろなる中心で熱を帯びるほどに渦を巻いて人を駆り出し、ついにはこの箱館の町に現出し、町全体を吞《の》み込もうとしていた。神などいない。だが、熱狂は確かにそこにある。伸輔はえも言われぬ恐怖を覚えた。

伸輔は輿を眺めた。

なおもぐったりしているお雪、その横を守るようにして走る者の姿が目に入った。鉢巻きを巻いた頭を重そうに垂れ、エンフィールド銃を抱えて走るのは、三平だった。

三平――。

言葉にならぬ言葉が、伸輔の口から転がり出た。

すると、銃口を突きつけたままの吾六が伸輔に謝罪の言葉を放った。

「すまんな」

「何を謝るんです」

「俺の復讐《ふくしゅう》に、お前とあの小娘を巻き込んだ」

「謝るんだったら、逃がしてくださいよ」

「うるさい、黙れ。——俺は——、許せぬのだ。神主様を殺した榎本ブヨどもが」

吾六は己の袖を見遣った。

「俺はアイノだ。だが、この通り厚司織《アットウシ》の文様すら満足に縫えぬ。俺は、アイノの輪には戻れない。そんな俺にとっては、神主様の御傍こそが、己の身の置き場だったのだ」

悲しみ怒りのない混ぜになった吾六の言葉は、突如として上がった悲鳴に遮られた。

声の方に向くと——。旧奉行所近くの店々の間から、影のようにぬうと男どもが現われ、行列に襲いかかっていた。その者たちは紺の装束に小刀を逆手に持ち、まるで猿のように人から人の間を飛び回り、辺りに血霞《ちがすみ》を舞わせている。

行列に混乱が広がる。銃を持つ兵たちが怒鳴っても、一度広がった騒《ざわ》めきはなかなか止《や》まない。

混乱の渦の中、伸輔は輿に目を向けた。今しがたやってきたばかりの刺客たちは、早くも輿の手前まで行列を切り裂いていた。

闇の中を走る歳三は、突如として進軍を止めた〝鼠町〟の行列を怪訝《けげん》に思っていたものの、足止めする者たちの姿を認めるや短く吠《ほ》えた。

「やりやがる」

百人以上に膨れ上がった行列に、忍び装束に身を包む者たちが挑みかかっている。闇夜を跳《ちょう》梁《りょう》するその一団の最前、刃を翻し辺りを血に染める小芝長之助の姿があった。どうやらあれが、小芝とその郎党の一隊らしい。

講釈を聴く度、忍びの業は所詮嘘《しょせんうそ》八百だろうとせせら笑っていた。だが、次々に行列の者どもの陰に回り込み、喉笛《のどぶえ》を裂く一団を前にした歳三は、影働きの者たちの凄みを感じざるを得なかった。

歳三は刀の切っ先を敵行列に向けた。

「着剣、突撃だ」

後ろに続く私兵たちも、筒先に銃剣を差し、敵方に向けた。秘密任務ゆえ、味方には無闇な発砲を禁じている。

歳三たちに気づいたか、敵行列から十名ほどの一団が分かれ出た。

一団は白旗を掲げ、聞き慣れぬ題目を唱えつつ迫ってくる。その最前を駆ける男は口からよだれを流し、目を血走らせている。後ろに続く者たちは竹槍や天秤棒《てんびんぼう》といった粗末な武器だったが、こちらが息を呑むほどに士気が高い。

私兵が尻込みしている。

歳三は舌を打ち、刀の血払いをしつつ単身十人余りの一団に迫る。

相手方は、刀を前にしてもひるむことはない。南無高田屋大明神の題目を声高に唱えながら、竹槍を突き出してくる。

竹槍の先を潜《くぐ》った歳三は相手を横薙《よこな》ぎに切りつけた。題目を唱えながら地面に崩れ落ちる敵を足蹴にし、無我夢中で刀を振るう。

血霞の中、歳三の耳に心腹の友の言葉が響いた。

畢竟《ひっきょう》、相手が多くても、刹那《せつな》の間は、一対一になるんですよ。

労咳《ろうがい》で死んだ弟分はかつて、そううそぶいた。

気組の強い方が勝つのが剣ってもんだ。

立ち合いの度、今もういない心腹の友は胸を張った。

歳三は剣を専一に学んできたわけではない。腕っぷしに自信はあるが、結局、一から修めた者には、身の置き方や覚悟の点で、最後の最後、紙切れ一枚分の差がある気がしている。剣客の理《ことわり》に浸《つ》かりきっていた弟分や心腹の友に気後れを感じていたのは、まさにその紙一重の差だった。

今、二人の言葉が、ようやく肚《はら》に落ちた。

血霞の只中《ただなか》で歳三は嗤《わら》う。俺にも剣客の道があったのかと。

十名の一団を一人で打ち倒した歳三は、なおも後ろで尻込みする傭兵《ようへい》を怒鳴りつけた。

「おめえら、ついてこい」

お、おお！

一人が声を上げれば、一人、また一人と後に続き、ついには叫びがこだまをなした。

「行くぞ」

歳三は、小芝が足止めを図る敵行列に向かっていった。

ふと、歳三は内衣囊《ポケット》に吊ってある懐中時計を手に取った。朝の三時を指している。夜明けまで時はない。


伸輔の加わる行列は、大混乱に見舞われていた。

突如として行列の横っ腹を突いてきた凄腕《すごうで》の男たち、そして行列を追いかけるようにしてやってきた役人たちが、次々に行列に集う者たちを斬り伏せてゆく。大明神の名を唱える連中も、やくざ者たちも、動揺が隠せないらしかった。

だが——、一発の銃声が、行列の動揺を薙ぎ払った。

天に向かってエンフィールド銃を撃ったのは、源氏香文の羽織を纏《まと》う、富蔵だった。富蔵は行列を一瞥《いちべつ》し、歯を剝《む》いた。

「おめえら、この期《ご》に及んでうるせえぞ。ががた言わねえで、巫女様についてこい」

担ぎ手たちが輿を高々と掲げた。なおもお雪はぐったりとしていたが、遠目には、巫女服姿の少女が端座しているように見える。

白旗を持った大明神の氏子が、高らかに——あるいは捨て鉢に南無高田屋大明神の題目を唱え始め、貧民たちが「返せ、返せ」の合唱を繰り返した。やくざ者たちも負けじと咆哮《ほうこう》を上げた。

「行くぞ」

行列は大蛇がのたうつように前進を始めた。立ちはだかる者を斬り払い、後ろから追ってくる者たちを振り切って坂道を下り、海岸通りにまで至った。

海岸通りは、闇の中に沈んでいた。うだつの上がる建物の間から覗《のぞ》く箱館湾も真っ暗で、辺りに漂う磯《いそ》の香りと波の音だけが、海の存在を伸輔に告げる。

前を行く富蔵は銃を掲げながら、西を指した。

「さあ、ここからだ。まずは旧奉行所跡を焼く」

行列は目減りして、百五十人ほどになっていた。だが、脱落した人々のことなど知らぬとばかりに、行列の者たちは吼えた。

しばし海岸通りを進むと、やがて、大きな冠木門《かぶきもん》の輪郭が闇の中から浮かび上がった。旧箱館奉行所の東大門だ。

門前に、十人ほどの一団の姿があった。

皆一様に真っ黒な西洋装束に身を包み、手には最新鋭の銃を携えている。

兵の最前に立ち、不敵に笑う男の姿に伸輔は見覚えがあった。

右腕を首から下がる晒《さらし》で吊り、残る手で銃を肩で背負うように持っているのは、村山次郎《むらやまじろう》であった。

歳三は舌を巻いた。

挟み撃ちとなったのに、敵はむしろ進軍を選んだ。

「止まらねえのか」

独りごち後を追いかけるうち、苦々しげな顔をして、敵兵の血だまりの真ん中で立ち尽くす小芝とも合流した。小芝の鉤爪や刀は血に汚れていたが、息一つ乱れていなかった。わずかにうつむく小芝は、歳三に気づくと軽く息をついた。

「弱りましたな、案外強い」

「ああ、だな」

「衆の強さ、でしょう」

一人一人は決して強くない。だが、藁《わら》同様、束となればそれなりの目方となる。性質《たち》が悪いのは、一人が声を上げると二人目、三人目がそれに応《こた》え、全体に伝播《でんぱ》してゆくことだ。とにかく、士気が高い。二百人にも満たず、武器すら持たぬ者すら見受けられる一団に、小芝や歳三が翻弄《ほんろう》されている。

「厄介ですな」

「泣き言は聞かねえぞ。何が何でも止める」

「どうなさるおつもりで。まさか、全員斬り捨てるわけには参りますまい」

「あの一団には、ないように見えて秩序がある。率いている人間がいるはずだ。そいつを斬る。あるいは」

小芝は先回りした。

「輿の上の少女、ですか」

「察しがいいな」

「あからさまに怪しいでしょう」

行列の前、物々しい男どもが構えている最前列の少し後ろに、八人担ぎの輿に乗った少女の姿があった。青い羽織に赤の袴を纏い、座らされている少女は、一目で巫女とわかる姿をしていた。そんな少女の頭上には、金牡丹《ぼたん》の飾り櫛が輝いていた。まるで、この行列の旗印のようでさえあった。

「あの娘も鍵《かぎ》だろう」

小芝は同意しつつも、顔は浮かない。

「輿の周りの者たちは、素人連中ではないようですね」

「王将を守っているんだ。歩のわけがねえ」

歳三は顎をしゃくり、行列目指して駆け出した。小芝もそれに続く。

図体《ずうたい》が大きいこともあって敵の進軍は遅い。だが、行列そのものを止めることはできずにいた。

行列の尾を摑んだかと思えば行列から五人ほどの一団が分かれ、血走った目をぎらつかせ、大明神への帰依《きえ》を謳《うた》いつつ飛びかかってくる。そのうちの一人を斬り捨てても、残る四人に動じる様子はない。結局他の四人も斬り伏せざるを得ず、その都度足止めを食らった。

人を斬る。言葉にすれば簡単だが、芝居のようにはいかない。相手が抵抗を止めるまで痛めつけるのは骨の折れる作業だ。五人斬り殺した後には体中から汗が浮かび、十人を地面に這《は》わせた時には息が切れた。涼しげな顔をしている小芝すら、横鬢《よこびん》から汗を流し、僅かに息を弾ませていた。

「へばってるんじゃねえ」

歳三は敵方の者の首筋を刀で払いつつ、叫んだ。

行列を追い、向かってくる敵を打ち払ううちに、歳三たちは海岸通りに降り立っていた。

夜の明ける前、静寂の中にある海岸通りは、行列の者たちが発する声で物々しい気配を醸している。だが、歳三はあることに気づいた。

行列が止まっている。

見れば、旧奉行所東門の前にいる十人ほどの一団が進軍を塞ぎ、行列が立ち往生している。そして、殿《しんがり》はいつの間にか反転し、歳三たちを迎え撃つ態勢に入っている。

「な、先回りしている者がいるとは。一体誰が」

小芝は驚きの声を上げた。

歳三は血払いをして、苦笑いを浮かべた。

「おいしいところを取っていきやがったな、あいつ」

旧奉行所の東冠木門前に陣取る一団とは、半町（約五十五メートル）ほどの距離がある。この暗がりの中、目が合うはずはなかった。だが、確かに、歳三と、冠木門前の一団の長との視線が絡まり、交錯した。

左肩に銃を背負い不敵に笑う、外套姿の男。村山次郎の姿が、確かに歳三には見えた。

歳三は後ろの傭兵を一瞥した。

「発砲を許す。派手にやれ」

私兵たちは腰に下げている胴乱から薬莢《やっきょう》を取り出すと、銃身の手元にある蝶番《ちょうつがい》を開いて押し込み、元に戻した。そうして装塡《そうてん》を終え、銃口を敵方に向けた。

「景気よくやるぞ。撃て」

歳三の号令とともに、銃が火を噴いた。

前から順に、敵が次々に倒れた。丸腰の者に代わり、銃を携えた者たちが前に出るや、敵方も反撃を始めた。混乱の中にあっても、一斉射撃は崩さない。敵方にも優れた下士官がいるようだ。撃ちかける間隔もこちらとほとんど変わらない。最新鋭の銃で揃《そろ》えているのだろう。となれば
――。

「防塁を作れ。その辺の家に押し入って、家財道具を積み上げるんだ。死にたくなかったらな！」

鳥羽伏見《とばふしみ》の戦を思い出す。伏見市街で薩摩《さつま》と戦になった際、近隣の家々から畳を引《ひ》っ剝《ぱ》がし、簞笥《たんす》や行李《こうり》の類を道の真ん中に積み上げて盾としたのだった。

敵方も負けてはいない。こちらのやり口を真似たか、横の大店や家々から家財道具を持ち出し、防塁を構築し、歳三に対峙《たいじ》した。

「大騒ぎになってきやがった」

歳三が吐き捨てたその時、仲間の一部から悲鳴が上がった。

裏路地から、白装束の一団が姿を現した。竹槍や鎌《かま》といったあり合わせの武器ではなく、弓矢

や刀を携えた、十名足らずの斬込み隊だった。その最前には、複雑な文様の彫られた拵《こしら》えの刀を掲げ、下手な刺繍《ししゅう》のなされた厚司織《アットウシ》を纏った男の姿があった。

「神主様の仇《かたき》ぞ」

厚司織《アットウシ》の男の絶叫が歳三の面を叩く。

歳三は身を翻し、及び腰の私兵の脇《わき》をすり抜けて男の一撃を刀で受けた。が、先ほどまでの激戦で刃《やいば》が傷んでいたらしい。三合打ち合ったところで、刀が根元から折れた。仕方なく、折れた刀を捨ててもう一振りの刀を抜き払い、再び切り結ぶ。

手練《てだ》れだった。

刃の時雨《しぐれ》の合間に、厚司織《アットウシ》の男は絶叫を続ける。

「お前たちが、神主様を斬ったのだろう」

男の一撃を受け、鍔迫《つばぜ》り合《あ》いに持ち込んだ。

「なんのことだよ」

「榎本ブヨどもが、神主様を殺したと聞いたぞ」

白装束、神主……。高田屋大明神の氏子だろうか。その神主が何者かに殺された？　全くの初耳だった。

「そんなもん、知らん」

「しらばくれるつもりか」

相手の刀の圧を受け止めたまま、歳三は応じた。

「俺は箱館の治安を受け持ってる。その俺が知らんと言っているんだ。知らんものは知らん。それに、よく考えろ。神主の一人や二人、殺すなんて手荒なことをしなくとも、しょっ引けばいいだけのことだ。それに、神主なんぞに構っている暇は俺たちにはない」

厚司織《アットウシ》の男の目が揺らいだ。怒りの色が薄くなり、迷いが覗いた。

ダメ押しに歳三は言い放った。

「神主とやらが生きていると面倒な奴《やつ》がいて、俺たちに罪を被《かぶ》せているだけじゃないのか」

歳三の放った言葉が、厚司織《アットウシ》の男の目からこぼれ出る殺意を確かに揺らした。

一瞬固まった男は、ひゅうと口笛を吹き、裏路地に消えていった。これをしおに、白装束の一団も奥へと消えていった。

「――なんだったんだ、ありゃ。ま、よしとするか」

歳三はなおも海岸通りに屯する敵本隊を睨んだ。

伸輔は、芋を洗う混雑に巻き込まれていた。

前門の虎《とら》後門の狼《おおかみ》とはこのことだ。旧奉行所東冠木門前には村山次郎率いる鉄砲隊、後方には役人の一団。人数こそ多くはないが、どちらも最新鋭の銃で武装しており、発砲を始めている。

進退窮まった行列は、海岸通りの道幅一杯に広がり、双方からの攻撃に当たった。白旗を掲げる高田屋大明神の氏子ややくざ者たちに代わり、富蔵の手の者や藤井民部率いる遊軍隊が前に出て、二面の敵に当たっている。

「おい、防塁を作れ」

前線で戦う兵が怒号を上げた。

どう作るんだそんなもの。上がる不満の声に、銃を撃ちかけつつ、兵士は応じた。

「向こうの真似すりゃいいだろうが」

後方から攻めてきていた敵兵は、半町ほどの距離を置きつつ、周りの家々から道具類を引き出して海岸通り上に胸壁を作っている。

高田屋大明神の信徒は旗を捨て、海岸通りの家々に飛び込んで家財道具類を積み上げ始めた。中には皆で謀議して、敵の裏手に回ろうと算段を打っている者もあるようだった。

行列が解体され、急場の陣が作られつつあった。

いつしか、吾六の姿がなくなっていた。

皆、目の前の敵に釘付《くぎづ》けになっている。

仲輔は辺りを見渡した。

お雪を乗せた輿は、陣の真ん中、仲輔から少し離れた坂上に置かれていた。輿の上のお雪は、目を覚ましていた。首を振って身をよじらせている。何か叫んでいたようだったが、猿ぐつわを嵌《は》められているせいでうめき声にしかなっていない。守り手はおろか、担ぎ手の姿もない。目の前の戦に気を取られ、この場から離れているらしい。

仲輔は人混みをかき分け、少しずつ輿に近づいた。流れに逆らうのは得策ではない。あるときには防塁を作らんと民家に走る一団に紛れ、またあるときには前線の兵士に銃弾を運び、遠ざかっては近づいてを繰り返し、ついに、伸輔は輿の置かれた坂下に至った。

伸輔は、坂を見上げた。

お雪と目が合った。顔を歪め、身をよじらせるお雪は、伸輔に気づくなり、今にも泣き出しそうな表情を浮かべた。

どうやって、お雪を救い出す?

伸輔の手は、細かく震えていた。

できるのか?

誰のものでもない己への疑問の声が、伸輔をがんじがらめに縛った。

これまで伸輔は、何をするにも身が竦《すく》んでいた。箱館に来てからも、結局自分で何かを決めたことがなかった。ある時は優秀な幼なじみに従い、またある時は場の勢いに流され、そして今は、抗《あらが》いがたい何かに引きずられるようにしてここにいる。そして今、最初の一歩を出せるかどうか、自信を持てずにいた。

伸輔は震える腿を叩いた。

やる。なんとしても。

何度も己に言い聞かせた。

伸輔が前に踏み出せずにいるうちに、前線に変化が訪れ始めていた。

後ろから迫る役人が、防塁の畳を少しずつ前進させ、こちらの陣の一点を狙い一斉射撃を始めた。狙われたのは、銃を持つ精鋭部隊だった。何度かの一斉射撃を経た後には、地面は血の海が広がる。

こちらの攻撃が止んだのを見計らい、敵は防塁から躍り出た。刀を手に駆け寄ってくる西洋割羽織《フロックコート》の男を先頭に、銃剣付きの銃を携える兵士たちが向かってくる。その一団は錐《きり》のような陣形をなし、〝鼠町〟の群衆に食い込んだ。

その頃には、旧奉行所跡東冠木門前にいた一団も動き始めていた。やはり一斉射撃でこちらの銃撃を黙らせた後、同じように突撃を敢行した。

二正面から一気に挟み撃ちにされた格好になる。

前線の恐怖が陣の奥にまで浸透し、士気を削《けず》り取る。持ち場を離れ逃げ出す者が現われ始めると、混乱に拍車が掛かる。戻っていた輿の担ぎ手も一人、また一人とその場を離れ、ついには輿がその場に捨て置かれた。がしゃん、というけたたましい音が辺りに響き渡った。

仲輔の心の臓が高鳴る。

今だ、今しかない。

仲輔は胸を叩いた。

刀から小柄《こづか》を抜いて輿の上に乗ると、お雪の猿ぐつわを切った。そしてそのままお雪の手と足に絡まっている縄を切りにかかった。猿ぐつわのように上手《うま》くはいかない。小柄の刃はなかなか縄に食い込んでいかない。のこぎりのように何度か前後させて、ようやく少しずつ刃先が食い込んでいるものの、前後に引くことさえ難しくなり始めている。

小柄を捨てた仲輔は刀を抜いて、縄に切り下ろした。一度では上手くいかず、何度か切りつけ、ようやくすべての縄が切れた。

「手元が危うくて怖かったんだけど」

「ご、ごめん」

刀を鞘《さや》に収めつつ頭を下げると、お雪は伸輔の頭を小突いた。

「でも、どうして」

「なにが」

「なんであたしを助けるのよ。一人で逃げられるって言ったじゃない」

荒縄の跡がついた手首を撫《な》でつつ、お雪は怪訝な――というよりは、敵意にすら満ちた目を伸輔に向けた。その視線に晒《さら》されながら、伸輔は理由を考えた。でも、理由は一つしかなかった。

「――腹立たしいから、だよ」

「は？」

「なんで、なにも悪いことをしてないお雪がこんな目に遭《あ》うんだって思ったら、なんかむかむかしてきたんだ。結局は自分の満足のためだ」

お雪は何度も目をしばたたき、ついには息をついた。

「わけがわからない」

「自分だってわけがわからない」

伸輔は混乱していた。だが、自分の胸の内で渦巻いている思いに名前をつけるなら、それが〝怒り〟であることくらいは気づいていた。そうして自分の感情の在処《ありか》を理解してみると、どんどん己の感情に形が与えられていく。

結局のところ、仲輔は、奪われることに怒っていた。西洋列強、薩長政府、榎本軍、町の大商人や西洋商人、〝鼠町〟を煽動《せんどう》する者たち。大きな者たちが、よってたかって仲輔から大事なもの、そうでもないものまでものべつ幕なしに奪い去り、己の利に組み込もうとしている。狂おしいほどに腹立たしかった。

お雪のためではない。自分のための怒りが仲輔を突き動かしていた。

後ろめたさに襲われながらも、仲輔は言った。

「拙者たちはやらんとすることが一緒だ。行こう。この混乱なら、裏路地から逃げるのはそう難しくないはずだ」

「――そういえば、三平は」

仲輔は首を横に振った。

この戦の中、何度か顔は見た。銃を担いでいたことから考え合わせれば、三平は前線に立ち、戦っていたはずだ。だが今、〝鼠町〟の者たちの反撃は散発的なものに留《とど》まり、行列の瓦解《がかい》が始まっている。この混乱の中、見つけ出すことは難しいだろう。

お雪も察するものがあったらしい。

「そっか」

目を伏せた。

「行こう」

仲輔は、お雪に手を差し出した。肩にかけられていた青の羽織を脱ぎ捨てたお雪は、その手を強く握り返す。お雪の手は温かく、ごつごつしている。鑿《のみ》や小刀を握り、己の暮らしを成り立たせている職人の手だった。誰かに担ぎ上げられ、崇められる人間のそれではない。

仲輔たちは混乱に包まれる陣の中を泳いだ。

幸い、逃げ出す者の姿もちらほらあった。特にやくざ者や飢民《きみん》が多かった。元より切羽詰まってお祭り騒ぎに乗じた手合いだったようだ。その者たちの後ろにつけば、逃げるのはそう難しくないだろう。

仲輔は、お雪を――。黒い髪に挿さったままの飾り櫛に目を向けた。

「櫛はしまっておいて」

「ああ、だよね」

お雪は懐《ふところ》に櫛をしまい直し、頷《うなず》いた。

仲輔は今にも逃げ出しそうな一団を見つけた。行列の熱気に応じて加わったはよいものの、予想外の修羅場に困惑しているお調子者、そんな向きだった。皆、穴の空いている着物を身に纏い、春とはいえ裸足《はだし》の者すらあった。そんな一団の後ろについて、しばし息を潜《ひそ》めていると、その一団はあるとき、突如として駆け出した。海に背を向け、山側の裏路地へと向かってゆく。

仲輔たちもそれに続いた。人二人が通れるほどの坂道を駆け上がってゆく。普段町を飛び歩いている仲輔には難はないが、お雪には厳しい道のりらしかった。途中で足を滑らせ、つんのめった。

「大丈夫か」

前を走っていた伸輔は来た道を戻り、お雪に手を差し出した。

それよりも早く、二人の間に、一人の男が立ちはだかった。

源氏香文の羽織を風に翻し、お雪の前で伸輔にエンフィールド銃の銃口を向けるのは——鼠の富蔵だった。その顔にはいかなる感情もこもっていなかった。だが、それだけに、怖かった。そして、その横には、幽鬼のように佇《たたず》む藤井民部の姿もあった。

「よう」

抑揚のない声を発し、富蔵は冷ややかに笑った。

「と、富蔵さん……」

「どこに行こうってんだ。二人して。——伸輔、お前にはちっとも期待してねえよ。おめえみてえな半端者、いようがいまいが大勢に影響はねえ。来る者拒まず去る者追わずが〝鼠町〟の掟《おきて》だ。だが——」

富蔵は空いた手で小刀を引き抜き、その銀色の切っ先をお雪の首筋に沿わせた。

「この娘は、そうもいかねえ。この挙《きょ》には、高田屋嘉兵衛の血筋の者が必要なんだよ。たとえ、本物でなくてもな」

小刀の先がお雪の首筋に当たり、ひとしずくほどの血が流れ落ちた。お雪は震えながら、首に突きつけられた刀の切っ先を見下ろしている。

民部も口を開く。

「お雪が必要なんだ。我らの箱館を取り戻すためには」

だが、それでもお雪はお雪だった。震える唇をきっと結んだ後、富蔵たちを睨んだ。

「そんなの、納得できない」

「あん？」

「到底納得できないって言ったのよ。なんで、あんたたちのために、身体《からだ》を張らなくちゃならないの。あたしの行く手を決めるのは、あたしよ」

富蔵は、はん、と鼻で笑った。

「おめえの納得なんざいらねえんだ。俺のやりてえことのために、おめえには死ぬまで神輿の上に居てもらう。いや、死んでもなお、かもしれねえな」

民部はいやに落ち着いた声を発した。

「なあ、伸輔。取引といかぬか」

「と、取引？」

「ああ。もしも、お雪を渡してくれさえすれば、お前の命は保証する。お前を遊軍隊に戻してやってもいい。どうだ、いい条件だろう」

固まった。心が動いたわけではない。一時とはいえ共に過ごし、多少なりとも交誼《こうぎ》を結んだ相手の言葉に失望を覚えただけだった。

伸輔の答えは、とうの昔に決まっていた。

「断ります」

「聞こえぬな」

「断ります」

なおも大声を張り上げる。だが、民部は耳を澄ます身振りのまま、首を振り続けた。埒《らち》が明かない。しびれを切らし、仲輔は怒鳴った。

「ごめんなんです。もう。誰かに命じられて、命を懸けるのなんて」

「武士のくせに、命を懸けたくないというのか」

「武士ですよ。でも、そのせいで、散々な目に遭いました」

松前《まつまえ》家中の武士に生まれたがゆえに、家中の内乱に巻き込まれ、気づけば一人、箱館の地をうろつき回る羽目になっている。武家の論理ではそれを忠と呼ぶのだろうが、仲輔の目には理不尽に映った。

左腰に重さを感じた。腰には刀が差してある。父祖伝来の、螺鈿《らでん》細工の刀だ。父から譲り受けた時には、面はゆさを覚えたものだった。だが今は、己の足を縛る枷《かせ》のようにしか思えなかった。

仲輔は腰から刀を鞘ごと引き抜き、棄てた。宙を舞った刀は、道の脇に落ち、けたたましい音を立てて転がった。

「拙者はもう、何からも奪われたくありません」

富蔵は鼻を鳴らした。

「——せっかく機をやったのに、どうしようもない奴だな。俺たちはもう、後戻りできないんだよ。悲願のために、神主様を殺したんだからな」

仲輔は耳を疑った。

「どういうことです」

泣き笑いの表情で、富蔵は叫ぶように続けた。

「榎本ブヨが神主様を殺したってのは狂言だ。俺たちが殺したのだ。すべては、高田屋大明神の氏子連を傘下に加えるため。俺がお雪を神主様に紹介したのは、神主様亡き後、氏子連を分裂させずに意のままにするためだ」

横のお雪も絶句し、顔を青くしている。

民部が話を引き継いだ。

「最初は穏便に仲間に加えるつもりだった。だが、神主様が我らのやり方に頷いてくれなかった。私も富蔵も、神主様には世話になっていたが、致し方なかった。なにかを変えるためには、犠牲はつきものだ」

民部は銃口を仲輔に向けた。

だが、いつまで経《た》っても引き金を引かなかった。

見れば、民部は驚愕《きょうがく》の表情を浮かべ、固まっていた。

何が――？　仲輔が振り返ると、十間（約十八メートル）ほど坂道を登ったところに、三十人ほどの一団が立っていた。その者たちは身なりはぼろぼろ、武器一つ持っていない風だったが、白い旗を掲げ、目をらんらんと輝かせている。その者たちは、民部に反感の目を向け、口々に「巫女様をどうするつもりだ」「罰当たり者め」と罵っている。

高田屋大明神の氏子たちだった。

怒れる氏子の最前には、夜明け前の風に厚司織《アットウシ》の袖を揺らし、俯《うつむ》いたまま立つ、吾六の姿があった。

民部は、狼狽《ろうばい》しながらも声を上げた。

「ま、待て。話を聞け。私は不届き者から巫女様をお助けせんと」

血走る吾六の目は、富蔵と民部を捉《とら》えていた。

「お前たちが、仇だったのか」

奴らは巫女様の敵ぞ。誰からともなく上がった非難の声は枯れ草に火がついたように広がり、ついには三十人の一団が、遊軍隊の残党めがけて殺到した。

民部は後ろにいる遊軍隊士に発砲を命じる。弾は当たっている。が、氏子たちは止まらない。血に染まり、埃で汚れた白旗を掲げながら、信徒たちは津波のように遊軍隊を呑み込んでいった。

それから、辺りは混乱に包まれた。

右も左もわからない。辺りは埃と咆哮と硝煙《しょうえん》に包まれている。

それでも、お雪だけは見失っていない。その温かくごつごつした手を取り、伸輔はなおも逃げる。

「どこに逃げるの」

「行き当たりばったりになる。もしも駄目になったら、ごめん」

伸輔が一息に言うと、手を引かれる格好になっているお雪は呆《あき》れ声を発した。

「仲輔らしいね。でも、ま、しょうがないか」

銃弾飛び交う修羅場の中を、ときに物陰に身を隠し、二人は手探りで進んだ。


海岸通りの敵が沈黙したのを眺めつつ、歳三は短く息をついた。

思いのほか、早く収まった。歳三の手の者は、昨日まで鍬《くわ》を担いだり長脇差を振り回していた手合いで練度は低かった。だが、それは向こうも同様だった。子供の雪合戦のごとき小競り合いの勝敗を分けたのは、挟撃が取れたこと、すなわち戦術の勝利だろう。

既に行列を作っていた者たちは四散し始めている。僅かに反撃を試みる者たちも、坂道を登り背を見せ始めている。あと少し掃討を行なえば、この騒擾は収まるはずだ。

撃ち方を止めるよう命じた歳三は防塁から身を翻し、傭兵たちとともに前進を始めた。

朝の近づく海岸通りは、先ほどまでの祭り騒ぎが嘘のように静まっていた。そんな中、旧奉行所跡の門前で陣を作っていた一隊の長の姿が目に入る。銃を左手だけで振り回し、部下に何かを命じている様子だった。だが、歳三の姿に気づくと、ひらりと防塁を飛び越え、姿を現した。

歳三は、道の上で、一隊を率いる――、村山次郎に対面した。

「終わったな。見事だった」

煤《すす》で顔を真っ黒にした村山は、無感動に言った。

歳三は苦笑いで応じる。

「いや、おめえらのおかげだよ」

村山の後ろに控える兵の身のこなしは、歳三の私兵とは比べものにならぬほどに洗練されている。かなり長い間調練を受けた者たちだろう。業腹だが、この者たちが勝利の立役者であることは認めざるを得なかった。

四十名に満たぬ兵で、二百人に至ろうという騒擾を収めた。大勝利のはずだが、村山はあまり嬉《うれ》しそうではなかった。左肩で銃を背負いつつ、村山は舌を打った。

「鼠の富蔵を見失った。それと、輿に乗っていた巫女と藤井民部の姿もない」

「死んだんじゃないのか」

「探してみたが、それらしき死体がない」村山が坂の上に目をやると、先ほどまで旧奉行所跡門前にいた者たちが算を乱して逃げ回っていた。「あの中に紛れているのだろうな」

「探すしかねえな」

「ああ。野放しでは、面倒なことになろう」

歳三が頷くと、その機を見計らったかのように、小芝長之助が姿を現した。

「ご注進。巫女と鼠の富蔵、藤井民部を見つけました」

「どこにいる」

小芝が指を差したのは、坂の上、一町（約百九メートル）ほどの地点だった。

「巫女と富蔵が一緒に逃げているたあ、好都合だな」

「いえ……。どうやら、逃げた巫女を、富蔵と民部が追いかける格好のようですな」

「ほう」

巫女と富蔵の間には溝があるのかもしれない。溝、という言い方が大仰に過ぎるなら、考え方に違いがある、と言うべきか。いずれにしても、敵方は一枚岩ではないらしい。

だが、いずれにしても――。

「富蔵も、巫女も、斬らにゃならんだろうな」

ぽつりと述べた歳三の言葉に、村山も頷いた。

「これほどの大騒動の頭目だ。致し方あるまい」

歳三は必要のない血払いをして、坂道に向かって駆け出した。それに、傭兵たちや村山隊、小芝が続く。

死んだように眠る町を横目に、きつい坂道をぐんぐん登ってゆく。いつのまにか横に併走している小芝が、行く手を示す。

坂道を登るうち、十字路の様子が歳三の瞼《まぶた》の裏で像を結んだ。

十字路は大騒擾になっていた。白装束の氏子たち、洋装姿の遊軍隊が入り乱れ、得物を手に殺し合いを演じている。もはや、戦術もなにもあったものではなかった。個々人が、憎しみや死への畏《おそ》れに従い、目の前の敵を鏖殺《おうさつ》するだけの――地獄がそこにあった。道端には行列にいた者たちが捨てていった白旗や竹槍が散乱し、力尽きた者たちが転がっていた。そんな中、十字路の真ん中で、歳三たちに背を向けて立つ男の姿を認めた。源氏香文を染め抜いた黒羽織を夜風になびかせ、髪を総髪に結った、長脇差の男だった。

歳三は血刀を翻し、前に出た。

「おい」

声を掛けると、源氏香文の男が腰の長脇差を抜いて立ち塞がった。右腕だけで長脇差を握り、構えを取ることなく幽霊のように呆然と立っていた。

歳三は三間（約五・四メートル）ほどの距離を取って、刀を構えた。

かつて心腹の友に教わった平晴眼《ひらせいがん》。他流の正眼とは違い、斜めに刃を寝かせることで、突き、斬り両方に移ることが出来る、天然理心流《てんねんりしんりゅう》独特の構えだ。

切っ先に相手の首元を捉えつつ、歳三は問うた。

「お前が、鼠の富蔵か」

「いかにも」

「この騒ぎの、首謀者だな」

「ああ。そうだ」

「なぜこんなことをしたのかなんて聞かねえぞ。どうせ平凡な理由だろうからな。結局のところは、てめえにとって都合のいい居場所を作りたいだけだったんだろ」

富蔵は、歳三の西洋割羽織《フロックコート》姿を一瞥し、鼻で笑った。

「てめえらだって一緒だろう、榎本ブヨが。てめえらだって、てめえの都合で蝦夷地を奪ったじゃねえか。なら、俺たちにできねえ法はねえ」

「ああそうだな。一緒だよ。俺も、お前も、な」

歳三は切っ先を揺らしつつ、じりじりと間合いを詰めた。

生と死の交錯する一瞬、歳三は己の人生を思い返していた。

結局、歳三の人生は、成り上がりがすべてだった。いや、違う。言うなれば、遊泳だった。どこかに自分の居場所を求めて彷徨《さまよ》い、時には汚れ仕事を引き受けてでも、なんとか己の立つ瀬を拵え、その都度、息をついては次の立つ瀬を作れそうな場に向かって泳ぐ、そんな日々だった。

ふと、歳三の口から疑問の言葉がついて出た。

「お前に、夢はあったのか」

「なんだと」

「夢だよ、夢。食い詰めた町人をその気にさせて箱館を盗った後、お前はそれで何をするつもりだったんだよ」

富蔵は、虚を突かれたような表情のまま、固まっていた。慮外のことのようだった。だが、ややあって、皮肉っぽく頰を歪める。

「そんな、子供だましみたいなもの、ありゃしねえよ」

冷笑でもって返された。

歳三はこれ見よがしに首を振った。

「だからおめえは失敗《しくじ》ったんだ」

冷たい声が響き渡る。

青筋を立てた富蔵が、絶叫しながら斬りかかってきた。

歳三は横薙ぎを放った。

一瞬の間の後、富蔵はその場に崩れ落ちた。

刀の柄を手の内でくるりと回し、血払いの真似事をした歳三は、小芝に富蔵の処分を命じた。前に出た小芝は富蔵の側に駆け寄ったものの、曰《いわ》くありげに何度も歳三に目をくれた。歳三は顎《あご》をしゃくるに留めた。

さて――。歳三は刀を肩で担ぎ、後ろに控えたままの村山に声を発した。

「どうするよ大将、これから」

「そうだな――」村山は顎に手をやった。「まだ、巫女が見つかっていない。後々担がれても面倒だ。なんとしても始末したい。それよりも前に、この場の混乱を収めねば」

「同感だ」

歳三は時計を睨んだ。午前四時半。夜明けも近い。

小芝が富蔵を肩で担いで坂道を降りていくのを一瞥しつつ、歳三は村山とともに少女の後を追って駆けだした。

一発の銃声が、行く手から響いた。

歳三は村山と顔を見合わせつつ、きつい坂道を登っていった。

混乱の只中にある十字路の仲輔とお雪は東に進んでいた。

この混乱を抜け、南部陣屋裏の避難所に駆け込むことができればすべては終わりだ。そう己に言い聞かせる。目の前で崩れ落ちる白装束の氏子連や遊軍隊士たちと目を合わせぬよう、道の端を選び、慎重に進む。だが、ややあって、行く手に一人の影が躍り出た。

敵。

左腰に手をやって、先ほど勢いで刀を投げ捨てたことを後悔した。

張り詰めていた気持ちが、一気にしおれた。

目の前に立っていたのは――。

「無事だったのか」

三平だった。青の鉢巻き姿でエンフィールド銃を携え、肩をいからせる姿は、なぜかひどく小さく見えた。

のろのろと筒先を向けてくる三平を前に、仲輔は叫んだ。

「一緒に逃げよう、三平」

「できない。俺は武士の子だ。卑怯《ひきょう》な真似はできぬ――。というのは言い訳だ。怖いんだ」

「怖い？」

「ああ。俺は、裸一貫で生きていけるほど、鈍感ではない。松前家中から放《ほう》り出されたとき、思い知ったよ。所詮《しょせん》、俺の強さは、松前家中の武士としての強さだった。結局は、どこかに属さぬことには役に立たぬ」

「遊軍隊がそんなに居心地いいのか」

「いいわけあるか。だが、今はもう、ここにしか、己の居場所はない」

三平は、ひどく打ちのめされていた。どんな励ましも気休めも嘘になる。だが、そうとわかりつつも、伸輔は言葉を紡ぐことを止めなかった。

「一緒に逃げよう。お雪と一緒に。三人なら、どうにかなる」

「――すまない」

三平は筒先を伸輔たちに向けた。

銃口が火を噴いた。

伸輔は体に手を当てた。怪我《けが》はない。横のお雪も、眼《め》をぱちくりとさせているものの、怪我をしている様子はなかった。振り返ると、後ろに迫ってきていた遊軍隊士が胸を押さえ、膝《ひざ》をついていた。

「逃げろ」小声で三平は言った。「俺はここから逃げ出すことはできない。お前たちだけでも、逃げるんだ」

「で、でも」

「三度は言わない。逃げろ」

強く、言われた。

伸輔は口を結び、下を向いた。これまで、何十回となく口喧嘩《くちげんか》をしたが、一度も三平に勝ったことはなかった。それは、三平の口舌が爽やかだからだと思っていたが、今このとき、伸輔はようやく気づいた。三平はどこまでも不器用で、頑固なだけだった。

伸輔はお雪の手を引き、三平の脇をすり抜けた。

「さよならは、言わないぞ」

すれ違い際に伸輔は語りかけた。すると、三平は悲しげに笑った。

「ああ。いつか、今日の日のことが笑い話になればいいいな」

伸輔は後ろを振り向くことなく、なおも走った。

それから、どれほど歩いただろう。真っ暗な町をお雪と共に進んだ。どちらが東でどちらが西かすらも分からなくなることが再三あった。同じ所をぐるぐる回っているのではないか、そんな不安に苛《さいな》まれることもあった。だが、それでもなんとか、地蔵町近くに達することができた。

地蔵町入り口近くにそびえる妓楼《ぎろう》、武蔵野楼が明け切らぬ空に輪郭だけを遺している。その姿を見上げる伸輔の後ろで、お雪はようやく息をついた。

「生きてるの、あたしたち」

「ああ、なんとか」

伸輔はお雪の顔を見た。思わず噴き出すと、お雪に怒られた。

「人の顔見て笑わないでよ」

「だって、汚れてるよ」

「それは伸輔だってそうでしょ」

お雪も伸輔の顔を指す。

ぐいと頰を拭き、伸輔とお雪は力なく笑い合った。

だが、そんな二人の笑い声を引き裂くように、一つの声が辺りに響いた。

「待て。お前たちを逃がすわけには行かぬのだ」

振り返ると、そこには遊軍隊士二人を引き連れた藤井民部が立っていた。この男を包んでいた智の気配はもはやなかった。目は血走り、服は埃で汚れ、破れている箇所もある。その手には銃が握られ、その筒先についている銃剣は血にまみれていた。

「民部さん、まだ、やる気ですか」

「諦《あきら》められるか。この地は、何としても御領《ごりよう》とせねばならぬ」

「ご、御領？」

「私はさる公卿《くぎよう》様の家人《けにん》でな。戊辰の戦の折、主人にこう命じられた。〝箱館を薩長土肥《とひ》に与えるわけにはいかぬ。我ら公卿の直轄領とするのだ〟と。戊辰の戦に勝っても、このままでは公卿が実権を与えられぬ、そう考えられてのことだろう。蝦夷地の実権を公卿の力で確保すれば、来るべき新政府の中でも、公家衆《くげしゆう》の発言力は確保できる」

「民部さんが、富蔵さんと協力していたのは」

「あくまで私は、奴を利用していただけだ。いずれ、あいつも消すつもりだった」

怒りがふつふつと沸いた。結局この人も、大きな者として、小さな者のささやかな暮らしを取り上げようとしているだけだった。

その怒りをお雪が代弁した。

「箱館《ここ》は、あなたたちのものじゃない。あたしたちのものよ」

「今は、な。だが、奪えばいい。お前たちには悪いが――大義のため、諦めて貰《もら》おう」

民部が手を上げたのに合わせ、後ろの二人が伸輔たちに銃口を向けた。

と――。一陣の風が吹いた。

それはさながら、黒の旋風だった。とぐろを巻き物陰から飛び出してきたそれは、すれ違い様に二人の兵士を切り伏せ、目にも留まらぬ速さで民部に当て身をかました。民部は、ぐほっ、と呻《うめ》き、地面に崩れ落ちた。

「大義のため、か。薄ら寒くてしょうがねえな。ま、俺も似たようなもんか」

黒い旋風が、自嘲を発した。

そしてそのまま、辺りの壁に寄りかかった。

「お取り込み中、悪《わ》りぃな」

黒旋風の正体は、土方歳三だった。暗がりの中でもわかるほど、着ている西洋割羽織《フロックコート》は埃や硝煙で汚れ、抜き身の刀にこびりついた血は乾き始めている。髪も幾筋か乱れ、掌《てのひら》で後ろに撫《な》でつけているのが、さながら役者の所作を見るようだった。

頭から手を離した歳三は、ふん、と鼻を鳴らし、血がついたままの刀を鞘に収めた。

「逃げ切ったか。悪運の強い奴らだ」

歳三はぬらりと壁から起き上がった。

伸輔は身構える。武器は何もない。

口角を上げた歳三は、懐から取り出したものを、ぶんとこちらに投げやってきた。ふわりと飛んできたそれは――、黒く光る拳銃《けんじゆう》だった。蓮根《れんこん》のような円筒状の部品が銃身の手元側にある、連発式のそれは、お雪の手の中に落ちた。

そして歳三は、壁に立てかけていたものを、仲輔に投げやってきた。

先に捨てたはずの、差料《さしりょう》だった。受け取った瞬間、仲輔の手の中で、螺鈿細工がきらりと光った。

「お前、さっき、富蔵たちに啖呵《たんか》を切ったんだとな」

「それがどうした」

「奪われたくない。結構なこった。だが、それには力が要る。差し当たっては、死なないための力がな」

仲輔はきょとんとした顔でお雪の手の中にある拳銃を見下ろした。黒色の拳銃は、闇の中でもきらりと光を反射した。

「お前たちは、よりにもよって面倒な道を選んじまったんだ。これくらいの餞別《せんべつ》は、くれてやらねえとな」

「せ、餞別？」

「お前ら——殊《こと》に巫女、そうお前だ。お前には死んでもらうのが一番楽なんだ。まあ、俺も鬼じゃない。ほとぼりが冷めるまで隠れていてくれりゃ、それでいい。ここでお前を斬り殺すのは寝覚めが悪いんでな。今度こそ、心して逃げろよ」

皮肉っぽい口ぶりだったが、なぜか仲輔の胸に、温かなものが溢れた。

なぜだろう、わからない。

歳三の役者のように整った顔が、仄《ほの》かにほころんでいたからだろうか、仲輔はそんなことを思った。

歳三は苦々しげに手を払った。

「さっさと行け。面倒なことになる前に」

「あ、ああ」

頭を下げるお雪の手を引き、地蔵町から一本木関門《いっぽんぎ》を目指して、闇の町を駆けていった。だが、ふと気になって、伸輔は振り返った。もうそこに、歳三の姿はなかった。


歳三は小芝や私兵とともに、騒擾の後始末に当たった。

他の地点はともかく、旧箱館奉行所の東門近辺での戦闘は酸鼻を極め、死体がいくつも転がっている。これは始末書を書かねばならぬかもな、と歳三は独りごちつつ、小芝にあれこれと命令を下した。唯一の救いは、激戦地となった旧箱館奉行所東門近辺の住民は戦火を避けて山に逃げ込んでいて町は無人で、怪我人や死人はおろか、目撃者すら出なかったことだろうか。

藤井民部や遊軍隊士の幾人かは捕縛、村山に引き渡した。高田屋大明神の氏子連頭目と思しき厚司織《アットウシ》の男は死体の形で見つかった。その地点から少し坂を上がった処《ところ》では、伸輔とそう年齢の変わらぬ若者の死体も転がっていた。青の鉢巻き姿のその少年は格好からして遊軍隊士と思われた。目を見開き、まだ明けぬ空を見上げて絶命していた。まるで、何かをやりきったような満足感さえ漂わせる柔和な笑みは、今にも起き上がりそうな生々しさがあった。歳三はその少年の目を閉じてやり、手を合わせた。

作業の合間、懐中時計に目を落とす。五時、夜明けも近い。

そんな時分、村山次郎が歳三の前に現われた。

「首尾よく、行ったな」

「そうだな。これで、箱館の町は守られた。礼を言うぞ」

村山の顔は曇っていた。

どうした？　そう水を向けると、村山は苦虫を嚙《か》み潰《つぶ》したような顔をした。

「――もし、俺が、お前たちを嵌めていたとしたら、どうする」

「あ？」

「たとえばだ」村山は箱館山を見上げた。「薩長政府軍が箱館山の裏手から上陸する計画を立てていて、俺がその目くらましのために動いていたとしたら」

まさか――。歳三は目の前が真っ暗になるような感覚に襲われた。

村山は山を見上げたまま、続ける。

「既に薩長政府軍は箱館山を登り切っている手筈《てはず》だ。朝八時、箱館市街に向け、進軍を始める」

「なるほどな」歳三は舌を打った。「せっかく箱館を守ったってのに、今度は薩長政府軍か。藤井民部が鼠の富蔵の下についたのは、最初からこれが狙いだったのか？　民部は、お前の意のままだったってことか？」

「買いかぶられても困る。奴は奴の考えで富蔵の下についた。その状況を利用しただけだ」

「そうかい。だが、解せねえな。なぜ、今になって話した？」

村山は薄く笑った。世の中の虚無を煮詰めたような、哀《かな》しげな笑みだった。

「攪乱作戦は、上の指示だ。上の意向は絶対、俺個人がどうこうできるものではない。俺の仕事は、上陸前日までに、箱館の地均《じなら》しをすること。その役目は果たした。そこから先のことは知らぬ」

「はは、なるほど。ってことは、あんたに礼を言わにゃならねえみたいだな」

「結構だ」

踵を返した村山に、歳三は、ありがとよ、と声をかけた。だが、村山はそれに応えることなく、町にこびりつく闇の中にその身を溶かしていった。

腕を組み、村山の背をずっと眺めていた歳三の横に、小芝が立った。

「あの男、斬りましょう」

「放っておけ。今更どうにもなるもんじゃねえ」

「ですが……」

なおも食い下がる小芝に、歳三は己の言葉を被せた。

「そんなことより、問題はこれからだ。薩長軍が攻めてくる。しかと用意しないとな。——そういえば、あいつはどうした」

「ああ、ご案内しましょう」

小芝に連れて行かれたのは、旧奉行所跡にもほど近い、ある裏長屋だった。人の気配が全くなかった。今日の戦で略奪に遭ったのか、戸は破られ、中の家財道具が引き出されて小道に散乱している。だが、そんな長屋の中、戸板がそのまま残されているところがあった。

戸を開き中に入ると、板敷きの間の真ん中に、手足を縛られ、柱にくくりつけられている男の姿があった。源氏香文の羽織、乱れた髪を振り乱し、まるで手負いの虎《とら》のように歳三を睨み付けている。此度《このたび》の件の首謀者、鼠の富蔵だった。

「よう、元気そうじゃねえか」

歳三が声をかけると、富蔵は牙《きば》を剝いて、歳三をねめつけた。

「なんで俺を殺さなかった」

横薙ぎを放ったあの時、刀を手の内で返し、打った。峰打ちにしたのである。

峰打ちは気合い術、言い方を変えれば詐術である。斬られたと相手に誤認させ、昏倒《こんとう》させるためには、必殺の気合いで以《もっ》て相手の心を萎《な》えさせねばならない。正しい手続きを踏んで剣を学んでこなかった邪剣の歳三でも、なんとか形にはなった。

歳三は富蔵の問いに答えた。

「なぜって、まあ、あとでお前のことを取り調べたかったからなんだがな」

「殺せ」

歳三は首を振った。

「そうしてやってもいいんだが、事情が変わったんだ。俺と一暴れしないか」

歳三は一息に村山から聞いた話を口にした。富蔵は最初斜に構えていたものの、やがて顔を紅潮させ、青筋を額に浮かべ、体を震わせた。

「そりゃ、本当か」

「本当のことだろう。ま、箱館山を裏手から登ることなんてできるかどうかはわからねえが、いずれにしても、お前の挙が、薩長政府を利する格好になったのは事実だろうな」

小さな者たちは大きな者の利益に回収され、大きな者に組み込まれていく。歳三の属している箱館政府もそう遠くない未来、薩長政府という大きな者に食い破られ、その血肉となる。もしかしたら、薩長政府すらも、やがてもっと大きな者――西洋列強や世界の仕組み――に呑まれてゆくのかもしれない。小さな者が居場所を得続けるためには、抗《あらが》うしかないのだろう。

歳三は、目の前の男に、同類の匂《にお》いを嗅《か》いだ。大きな者に呑み込まれるをよしとしない、小さな者の跳ね返りの香りを。

ややあって、富蔵は首を縦に振った。

「いいぜ、やってやろうじゃねえか。だが、とりあえずはおめえと組むだけだ。薩長軍を撃退したら、次はお前らを敵に回して国盗りだ。てめえらの船も、全部開陽《かいよう》みたくしてやる」

「やっぱり、てめえらの仕業だったか」

「おう」

富蔵は胸を張った。

皮肉だった。もしも開陽が健在だったなら、制海権を薩長政府に奪われることもなかった。独立を果たした蝦夷地を、富蔵が牛耳った未来《さき》もなかったとは言い切れない。

すべては過ぎたことだった。

歳三はからりと笑った。

「本当は、やりたいことが他にあるんだが……。まあいい、その時は付き合ってやる」

不思議だった。あるはずのない未来《さき》のことを話しているというのに、なぜか心が浮き立った。

歳三は跳ねる心のままに続けた。

「それにしてもよ、富蔵。若いってのはいいな。どんな理不尽を前にしても、嫌だ嫌だで押し通す」

縄を切ってやると、富蔵は手首をさすりながら苦々しげに言う。

「なんのことかは知らねえが、そりゃ、背負っているものがねえからだろ」

「かもしれないな、だが、もし、なにかを背負うようになって、それでも嫌だ嫌だと言い続けられる大人になったなら――」

立ち上がった富蔵は、はっ、と短く笑う。

「今、俺たちの仲間に欲しいところだ」

「だな。だが、次代の種まで食い散らかしちゃいけねえよ」

戸口をくぐった歳三は箱館山を見上げた。朝日が、箱館山の峻険《しゅんけん》な山容を浮かび上がらせている。

「今日が大一番か。難儀なこった」

歳三は小さく呟《つぶや》き、五稜郭に戻るべく、踵を返した。

終話　明治十二年六月　伸輔の章

　船の甲板から見る函館《はこだて》の町は、見違えるようだった。

　かつては築嶋《つきしま》新地の辺りにしかなかった西洋風の建物が、函館湾一帯に広がっていた。海岸通り沿いに並んでいた廻船《かいせん》問屋や大商家はその数を減らし、かつて箱館《はこだて》奉行所のあった辺りには簓《ささら》子下見《こじたみ》作りの壁に真っ白い塗料《ペンキ》が塗られた西洋風の家や赤煉瓦《あかれんが》の蔵が軒を連ねている。明治二（一八六九）年に函館と名を改めたこの町は刻々とその姿を変え、過去を忘却の側へと押しやっている。

　船から甲板に降りた伸輔《のぶすけ》は、背中の薬箱を背負い直すと軋《きし》む桟橋を大足で渡り、函館の地に降り立った。

　六月の南風が伸輔のシャツの襟を撫《な》でた。春の香りがした。

　手続きをして港から出た伸輔は、空腹を感じつつも、目的の場所を目指した。向かったのは、港にもほど近い地蔵町《じぞうまち》の界隈《かいわい》だった。

　この辺りは明治二年の箱館総攻撃の際に壊滅的な被害を受けた。五月十一日、薩長《さつちょう》政府軍が箱館山を占領、逆落としを敢行したことにより、箱館市街が戦場となったのだった。特に地蔵町の辺りは榎本《えのもと》軍が一本木関門《いっぽんぎ》を防衛線としたことで激戦地となり、戦が終わった後には何も残らなかった。変な話だが、箱館が被害を受けたことにより、仲輔はしばらく食い扶持《ぶち》に困らなかった。町の復興には人手がいる。手に職のない仲輔でも、毎日のように仕事があった。地蔵町の辺りには、仲輔が人足として関わった建物がいくつもある。

そんな真新しい地蔵町の一角に、小さな建具屋があった。二階建ての木造の建物で、脇《わき》には長屋への入り口がある。表の戸からは鑿音《のみおと》や槌音《つちおと》が絶えず聞こえる。

仲輔はその建具屋の戸を開いた。

「こんにちは、薬屋です」

そう呼ばわると、奥から少年が姿を現した。鑿を手にした、頭に鉢巻を巻くその少年は、仲輔の顔を見るや顔をほころばせた。

「なんだ、仲輔おじさんか」

仲輔も少年の顔を見るなり、その頭を撫でた。

「杉《すぎ》坊か、大きくなったなあ。何歳になった」

「八つ」

「そうか。もうそんなになるのか」

函館から離れた頃《ころ》はよちよち歩きの子供だった。過ぎ去った時を数えるのは、常に驚きとともにある。

杉坊——杉作《すぎさく》と戸の前でじゃれあっていると、奥から女の呆《あき》れ声が浴びせられた。

「まったく、あんたたちは昔から馬が合ったみたいだけど、何年経《た》っても変わらないのね」

三和土《たたき》の作業場となっている戸の向こうに、赤い綿の着物をまとう女が立っていた。さすがに髪型は娘のものから大人のそれに改めていたが、それでも気の強そうな表情は相変わらずで、思わず頬《ほお》が緩んだ。

「久しいね、お雪《ゆき》」

「ええ、久しぶり」

お雪は相変わらず、くすりとも笑わず、伸輔を迎えた。

なおも伸輔の周りではしゃぐ杉作を一喝したお雪は、仕事に戻るように言った。すると杉作はしゅんとしょげかえり、他の者たちと同じく三和土の上に敷かれた筵《むしろ》に座ると、そこに置きっぱなしになっていた彫りかけの欄間《らんま》に向かい始めた。

「へえ、杉坊、もう仕事を覚えたのか」

「そりゃそうよ。あたしだって三つの頃から鑿を握ってたわ」

「腕はどうなんだ?」

「からっきし。でも、いいんじゃないかな、それはそれで。昔みたいに、親の稼業を継がなくちゃならない時代じゃないんだし」

お雪の目は、驚くほどに慈愛に満ちていた。だが、伸輔の視線に気付いたのか、お雪はその表情を打ち消し、話を変えた。

「そういえば知ってる? 萬屋《よろずや》さんのこと」

徳川《とくがわ》の天下だった時代からこの地に君臨し続けた大商人の屋号である。函館に住んでいて知らないのはもぐりだ。

「なんでも、醬油《しょうゆ》事業に専念するんだって。萬屋さんさえ商い替えする当世、あたしたちみたいなもんならなおさらでしょう」

「そうかも、しれないなあ」

萬屋はかつて松前《まつまえ》の場所請負によって利益を得ていた。だが、その主体である松前藩が消滅したことで、商いを変えざるを得なかったのだろう。

伸輔は奥の部屋に通された。客間なのだろう、表の作業場に漂っていた埃《ほこり》の気配はまるでなく、真新しい畳表の香りが鼻腔《びこう》をくすぐった。

伸輔が畳の上に座ると、差し向かいに座ったお雪は曰《いわ》くありげに頷《うなず》いた。

「相変わらずね」

「何が？」

「正座してる」

きちんと折り畳まれた己の両足を見下ろして、伸輔は頰《ほお》を掻《か》いた。

人足だった時分から、「ここはそんな行儀のいい奴《やつ》が来るところじゃねえ」と同業者に馬鹿にされたものだった。だが、身についた所作はそう簡単に変えられるものではない。

「ああ、一生ついて回るものだろうね。――お雪は元気だったか」

「ええ。この通りよ。おかげで、こんなにも商いが大きくなった」

新しい調度に囲まれる客間を見渡し、お雪は胸を張った。

箱館戦争の戦火を潜《くぐ》った後、お雪は建具職人を始めた。本来、襖《ふすま》を作るのが建具師の仕事だが、お雪には鑿の腕があった。階段の手すりや橋の擬宝珠《ぎぼし》、欄間の飾りなどはお手の物だった。慢性的に職人が不足する中、そうした仕事も請けるようになったお雪は頭角を現し、明治五（一八七二）年、二十そこそこで己の作業場を持つに至った。

男が幅を利かせる職人の場で、お雪も苦労したことだろう。だが、一切そんなことをおくびにも出さず、誰《だれ》よりも働いて誰よりも稼ぎ、裏長屋まで備えた己の城を建てるに至ったのだ。さらにそれから少しして、お雪は子を産んだ。お雪の周りに男の影はなかった。誰から聞かれても父親の名を明かすことはなかった。そうして生まれたのが杉作だが、伸輔ですら、杉作の父を知らない。

地蔵町の女傑――。いつしかそう呼ばれるようになったお雪に心配など、余計なお世話にも程があった。

伸輔は、客間の長押《なげし》の上に掛けられた神棚を見上げた。

そこには、一つの札が掛けられていた、長細い、文のような真っ白な札に、「櫛《くし》」の一字が書かれている。

伸輔の視線に気付いたのだろう、お雪は言い訳っぽく続けた。

「ああ、ご近所さんが受け取れっていうから仕方なく」

これは、高田屋大明神《たかだやだいみょうじん》のなれの果てだった。

箱館戦争によって〝鼠町《ねずみちょう》〟は解体、高田屋大明神の社も取り壊された。信徒は五月十日の小競り合いと五月十一日の箱館総攻撃に巻き込まれ四散したが、僅《わず》かに生き残った人々が、細々と信仰の火を灯《とも》している。今ではほとんどかつての姿を留《とど》めておらず、櫛と書かれた札を拝むばかりの素朴な信仰となった。

「あんなことがあっても、高田屋大明神は消えなかった。まるで、水脈みたいに、函館の町の地下に流れているんだろうね」

お雪の言葉に伸輔は頷いた。

かつて、この町を揺るがした熱は、決して冷めてはいない。地下に沈んだだけだ。きっとこの町は、これからもずっと、かつて存在した矛盾を呑《の》み込んだまま、時代の波に対峙《たいじ》してゆくのだろう。

お雪は札から目を離した。

「それにしても――。どうして函館に戻ってきたの？　〝見識を広げたいから日本中を見て回りたい〟って言ってたあなたが」

明治七（一八七四）年、伸輔は函館から旅立った。まとまった銭が貯《た》まったこともあった。だが、それ以上に、時代の風雲にあてられたところがあった。折しも、佐賀《さが》の乱、台湾《たいわん》出兵といった大事件が起こっていた。どちらも、小さなものたちが大きなものたちに踏み潰《つぶ》される出来事であった。

伸輔は、佐賀の乱や台湾出兵に、かつての箱館の姿を見た。そして、居ても立ってもいられなくなって旅に出た。

「成果はあった？」

「いや。ほとんどなかったよ。ただただ、同じ繰り返しを見せつけられただけだった」

旅の最中、士族反乱の暴風に行き当たった。いくつかの乱は新聞を通じてその様子を眺めた。後に最大の士族反乱と謳《うた》われる西南《せいなん》戦争は、自ら旅してその様をつぶさに眺めることができた。

そして――。

「そういえば、昔の知り合いに逢《あ》ったんだ」

「知り合い？　誰？」

「ほら、僕が榎本軍に捕まったことがあっただろう。あの時、僕らの前に立ちはだかった忍びみたいな男だよ。覚えてない？」

「え、知らない」

そういえば、かの男は印象らしき印象がまるでない男だった。伸輔は苦笑した。

明治十（一八七七）年、西南戦争の様を眺めていた伸輔は、博多《はかた》近くの宿場町で小芝長之助《こしばちょうのすけ》と再会した。新政府軍の制服に身を包む小芝に声をかけられた際、伸輔はまったくその顔を思い出すことができなかった。だが、しばらく話すうち、かつての敵が目の前にいることに気づき、身を固くした。

『今更警戒しても遅かろう。そもそも、箱館戦争は過去の話だ。お前など眼中にない』

新政府で密偵をしているという小芝は、『お前に伝えることがある』と、箱館戦争末期の出来事について語り出した。

箱館戦争は、五月十一日、薩長政府軍による箱館山占領と箱館市街での戦闘によって最終局面を迎えた。箱館山の南から険しい山道を登り箱館山を秘密裏に占領した薩長軍は、朝、山の中腹から箱館市街に攻撃を加え、海岸通りを封鎖、弁天《べんてん》台場を孤立させた後、陸橋から五稜郭《ごりようかく》を目指した。

その薩長軍に対したのが、箱館政府陸軍奉行並の土方歳三《ひじかたとしぞう》だった。兵を率いて一本木関門に拠《よ》り、味方を鼓舞しつつ戦線を維持していたが、やがて、薩長政府方の松前藩兵鉄砲隊に撃たれ落馬、そのまま息を引き取った。その後、総崩れしそうになる味方を見るに見かね、軍に合流していた鼠の富蔵《とみぞう》が活を入れ、戦線を守ったというが、戦の流れを変えるには至らなかった。富蔵も銃弾に斃《たお》れ、一本木関門は薩長政府に抜かれた。そしてそれからすぐ、五稜郭を残したところで箱館政府は薩長政府に降伏した。

なぜ、こんな話を？　そう聞くと、小芝は顎《あご》を撫でた。

『あの戦争を生き残った俺は、語るか、押し黙るしかないのだ。だが、口を結ぶにはちと心苦しい』

その時は小芝の言葉にピンとこなかった。だが、お雪にこの話をしたその時、すうと肩が軽くなった感覚があった。頭では依然理解できぬまでも、ようやく身体《からだ》でだけは小芝の言葉の意味が肚に落ちた。

すべての話を聞き終えたお雪は、ふーん、と鼻を鳴らした。

「で、それがなんだと？」

「さあ。わからない」

「は？　そんな話をするためにここに来たの？」

「まあ、そんなところかな」

「呆れた。あなた、昔からお人よしだったけど、今じゃお人よしどころか風狂同然よ。刀を捨てたのだってそうよね」

あれは明治七年、仲輔が函館を出立する日のことだった。

桟橋に立った仲輔は、歳三から貰《もら》った拳銃《けんじゆう》と、自分の差料《さしりよう》を海に捨てた。もったいないとお雪は反対したが、聞かなかった。もう、何にも属さない。そう仲輔は言い、船の行き交う函館湾にそれらのものを投げ捨てた。

「でもさ、お雪も捨てたじゃないか。例の飾り櫛」

そう返すと、初めて、お雪は表情を変えた。

「だって、しょうがないじゃない。その場の雰囲気に呑まれたんだもの」

そう、お雪もまた、金牡丹《ぼたん》の飾り櫛を海に投げ捨てた。波間にぽちゃんと水しぶきが上がった瞬間、お雪は海風に向かって大声で叫んでいた。ふざけんな、とも、ざまあみろ、とも、やってやった、ともつかない、感情の奔流だった。もしかすると、仲輔が幾重にも隠されたお雪の本音に触れたのは、後にも先にもこの時だけだったのかもしれない。

顔を真っ赤にするお雪を前に、仲輔は腰を浮かした。

「もう行くよ」

「えっ、もう少しゆっくりすればいいのに」

「ああ、ちょっと、行きたいところがあるんだ。古い幼なじみに会いに」

仲輔は小さく笑った。

町で腹ごしらえを終え、花を買った仲輔は、市街から函館山を登った。数年ぶりの道のりだったが、思いのほか迷うことはなかった。急激に変化する函館にあって、この山だけはそうそう姿を変えることはない。獣道同然の道をしばし上り、やがて開けたところに出た。記憶を頼りに歩き回ると、やがて、見慣れた一本の春楡《はるにれ》の木が仲輔を迎えた。若木といって差し支えないその木の根元には、一抱えほどある自然石が風雪に耐え、立っていた。

「来たよ」

仲輔は墓石を優しく撫でた。

三平《さんぺい》の墓だった。

遺骸《いがい》は見つからなかった。だが、ある寺の供養記録に三平らしき人物のものがあり、たまたまその寺が遺品を残してくれていた。その血染めの鉢巻に見覚えがあった。三平の巻いていたものだった。

仲輔は、函館山の中腹に墓を建てた。その辺の大石を一人で運んで春楡の苗を植え、墓代わりにした。どうせこの下にはなにもない。己が手を合わせるための場所と割り切った。

仲輔は墓石に花を手向け、竹の水筒から墓石に水をかけた。

「三平、僕は、ようやくやりたいことが見つかったんだ。聞いてくれるかい」

墓石は何も答えない。

「この五年、日本中を見て回った。西南戦争の頃には九州にいたんだ。ひどいものもたくさん見た。不平士族たちの反乱を、もっと大きなもの――薩長政府が踏み潰す様も目の当たりにした。結局、僕らは、大きなものに踏み潰されていくばっかりなのか、そうも思った。でも、僕はこう思うんだ」

仲輔はまっすぐ、墓石を眺めた。

「人は一人じゃ弱い。だから、仲間が要る。皆から少しずつ力を借りることができれば、大きなものと戦うことができる。僕は、そう思ってる」

〝新聞〟って知っているかい。仲輔はそう切り出した。

「瓦版《かわらばん》みたいなもので、東京で人気なんだ。これを函館でやろうと思ってる。苦しい人、独りになっている人を繋ぐ場になればいいなって。家中みたいにがちがちじゃない、緩やかな舫《もや》いにしたいんだ」

近頃、さかんに「自由」という言葉が飛び交うようになった。何物にも囚《とら》われず、自らの意志でもって行動すること、あるいはその状態を指すらしい。いい言葉だと思った一方で、一人一人にとてつもない強さを求める言葉だ、とも感じた。

己に拠る。言うは易《やす》く、行なうに難い。自由とは、だれの力も借りず自力で己を守ることと同義だ。この広大無辺の地で、己の生きる場所や方法を自分で決めなければならない。そして、己の手で、己の存在を周りに認めさせなければならない。時々、恐怖のあまり、立ち竦《すく》みそうになる。この天地は信じられぬほど広く、驚くほどに過酷であることを、伸輔は数年にもわたる旅で嫌というほど思い知った。

それでも——。伸輔は思う。

己独りの天地で炊く飯は、目が覚めるほどに美味《うま》い。

己に向けられた掛け値なしの笑顔は、なによりも温かい。

そして、人と繋がったほうが、自由な人生は愉《たの》しい。

「また来るよ」

伸輔は顔を上げた。

さわさわと春楡の葉が騒《ざわ》めいている。

風の音に誘われるがまま函館湾に目を向けると、日々刻々と姿を変える函館の姿があった。

かつては高田屋嘉兵衛《たかだやかへえ》の、後には榎本軍の夢と共にあった町は今、この町一人一人の暮らしを乗せ、荒れ狂う津軽《つがる》海峡の只中《ただなか》にぽつんと浮かんでいた。

主な参考文献

須藤隆仙（編）『箱館戦争史料集』新人物往来社
大山柏『戊辰役戦史』時事通信社
木村幸比古（監修）『戦況図解 戊辰戦争』サンエイ新書
濱口裕介、横島公司『松前藩（シリーズ藩物語）』現代書館
須藤隆仙（編）『箱館戦争のすべて』新人物往来社
菊池勇夫『五稜郭の戦い：蝦夷地の終焉（歴史文化ライブラリー）』吉川弘文館
好川之範、近江幸雄（編）『箱館戦争銘々伝〈上〉〈下〉』新人物往来社
新人物往来社（編）『新選組銘々伝〈第二巻〉』新人物往来社
菊地明（編著）『土方歳三日記 下：新選組副長、鳥羽伏見戦、箱館戦争、そして散華』ちくま学芸文庫
函館市史編さん室（編）『函館むかし百話：あなたの知らない街の秘話集』幻洋社

その他、多くの書籍、ＷＥＢサイトなどを参考にさせて頂きました。この場をお借りし、厚く御礼申し上げます。

本書は歴史に材を採ったフィクションです。――著者

本書は書き下ろしです。

著者略歴

谷津矢車（やつ・やぐるま）
1986年東京都生まれ。駒澤大学文学部歴史学科考古学専攻卒。2012年「蒲生の記」で第18回歴史群像大賞優秀賞受賞。2013年『洛中洛外画狂伝　狩野永徳』でデビュー。著書に第7回歴史時代作家クラブ賞作品賞を受賞した『おもちゃ絵芳藤』のほか、『某には策があり申す 島左近の野望』『廉太郎ノオト』『吉宗の星』などがある。

Kadokawa Haruki Corporation

谷津矢車

北《ほく》斗《と》の邦《くに》へ翔《と》べ

*

2021年11月18日第一刷発行

発行者 角川春樹
発行所 株式会社 角川春樹事務所
〒102-0074 東京都千代田区九段南2-1-30 イタリア文化会館ビル
電話03-3263-5881（営業）03-3263-5247（編集）
印刷・製本 中央精版印刷株式会社

ISBN978-4-7584-1389-3 C0093
http://www.kadokawaharuki.co.jp/